D

David Farland est né en 1957 sous un autre nom. Il fit son entrée en 1985 dans des compétitions pour les prix littéraires qui lui valurent de voir ses premières nouvelles publiées. Son premier roman, paru en 1989, est un space opera mouvementé qui mêle la tradition heinleinienne à un zeste de cyberpunk. Son second ouvrage (1990) fut nominé pour le Philip K. Dick Award.

Écrivain d'action et de passion, libertaire et conceptuellement ambitieux, il a tenu à prendre un pseudonyme lourd de sens (*Farland* signifie « terre lointaine ») pour inaugurer un cycle de fantasy aux riches couleurs où il prend le contrepied de tout ce qui s'est fait dans le genre jusqu'ici : créateur d'univers aussi puissants que ses illustres prédécesseurs – David Eddings, Robert Jordan, Tad Williams –, il s'offre en sus le luxe d'inventer un « système de magie » original, complexe et parfaitement cohérent. Un auteur ambitieux à découvrir.

LES ENTRAILLES DU MAL
II

PAR LE FEU ET PAR LE SANG

DU MÊME AUTEUR
CHEZ POCKET

LES SEIGNEURS DES RUNES

1. La Douleur de la Terre I
   Le Don d'amour
2. La Douleur de la Terre I
   L'Anneau du Serpent
3. La Confrérie des loups I
   La dernière chance
4. La Confrérie des loups II
   Le Sceau de la désolation

SCIENCE-FICTION
Collection dirigée par Jacques Goimard

DAVID FARLAND

LES SEIGNEURS DES RUNES

LES ENTRAILLES DU MAL
II

PAR LE FEU ET PAR LE SANG

POCKET

Titre original :
WIZARDBORN

Traduit de l'américain par
Isabelle Troin

Si vous souhaitez recevoir régulièrement
notre zine **« Rendez-vous ailleurs »**, écrivez-nous à :

« Rendez-vous ailleurs »
Service promo Pocket
12, avenue d'Italie
75627 PARIS Cedex 13

PRESSECO
PAPIER RECYCLÉ
NATURE PROTÉGÉE

ISBN 2-266-12013-1

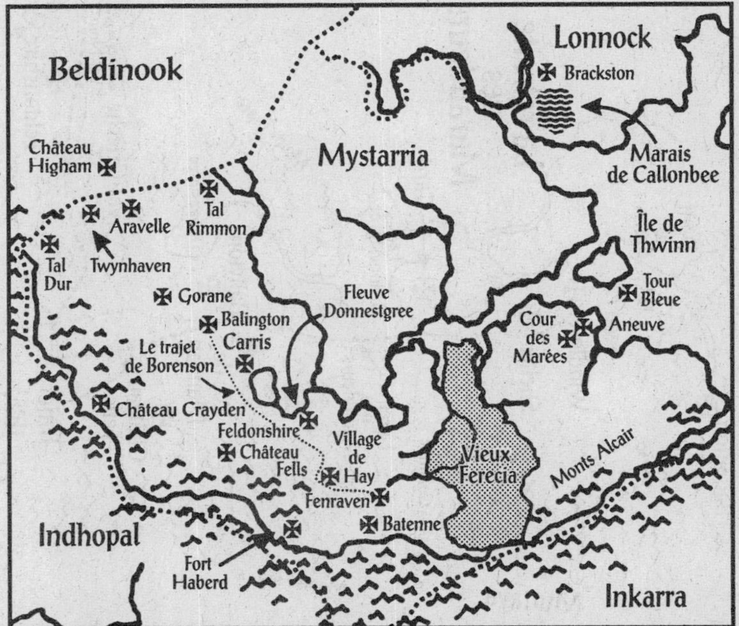

Beldinook
Lonnock
Brackston
Marais de Callonbee
Mystarria
Château Higham
Tal Rimmon
Aravelle
Tal Dur
Twynhaven
Île de Thwinn
Tour Bleue
Gorane
Fleuve Donnestgree
Balington
Carris
Cour des Marées
Aneuve
Le trajet de Borenson
Château Crayden
Feldonshire
Village de Hay
Château Fells
Vieux Ferecia
Monts Alcair
Fenraven
Batenne
Indhopal
Fort Haberd
Inkarra

Balington
Dent
de
Garrin
Seed
Windlow
Shelter
Muttaya
La retraite
des
Maraudeurs
Carris
Passe de la Colombe
Lac
Donnestgree
La retraite
des
Maraudeurs
Monts Hest
Monts Brace
Ballyton
Roc de
Mangan
Fleuve
Donnestgree
Château
Fells
Val-Grièche
Val-Noir
Feldonshire
Trajet
des
Maraudeurs
Mares
Puantes
Vers
Hay

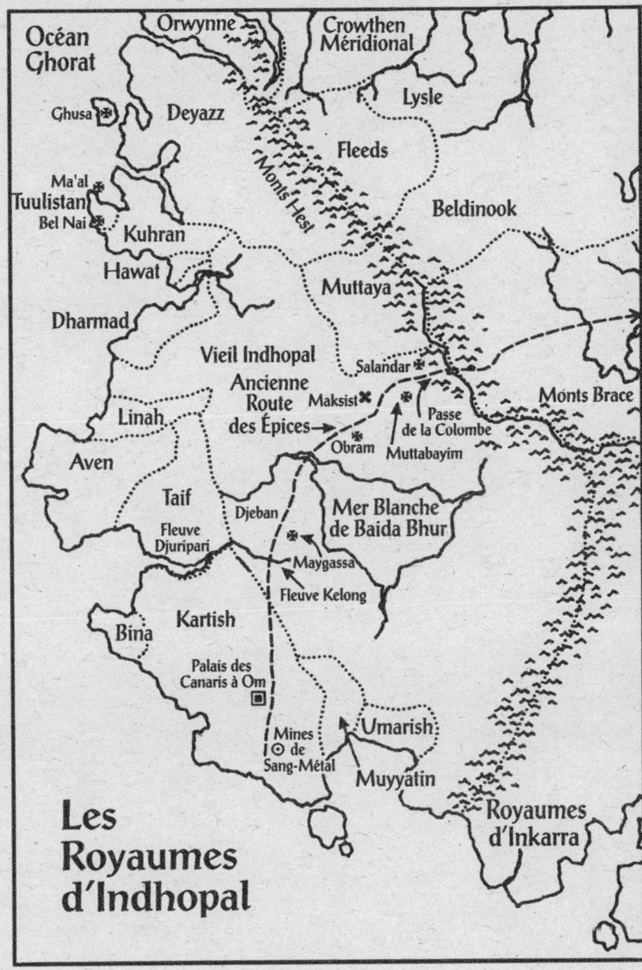

Océan Ghorat
Orwynne
Crowthen Méridional
Lysle
Ghusa
Deyazz
Fleeds
Monts Hest
Ma'al
Tuulistan
Bel Nai
Kuhran
Beldinook
Hawat
Muttaya
Dharmad
Vieil Indhopal
Salandar
Ancienne Route des Épices
Maksist
Monts Brace
Passe de la Colombe
Linah
Obram
Muttabayim
Aven
Taif
Djeban
Mer Blanche de Baida Bhur
Fleuve Djuripari
Maygassa
Fleuve Kelong
Kartish
Bina
Palais des Canaris à Om
Umarish
Mines de Sang-Métal
Muyyatin
Royaumes d'Inkarra
Les Royaumes d'Indhopal

LIVRE NEUVIÈME (SUITE)

DEUXIÈME JOUR
DU MOIS DES FEUILLES

LE CALME ENTRE LES TEMPÊTES

CHAPITRE XXXII

AU SERVICE DE SON MAÎTRE

Un bon serviteur ne se préoccupe pas de sa dignité. Aucune tâche n'est trop méprisable pour être exécutée quand on est au service de son maître.

Kaifba Jureem.

Feykaald en avait assez appris dans le camp du Roi de la Terre. Il savait où étaient les forceps de Raj Ahten. Il avait assisté à la charge dévastatrice contre les maraudeurs, vu des hommes ignorer l'avertissement de leur souverain et courir à leur perte. Il connaissait les forces de Gaborn aussi bien que ses limites, et avait entendu de la bouche du jeune homme qu'il ne viendrait pas au secours de l'Indhopal. Contrairement à Jureem, il ne voyait aucune raison de le servir.

Gaborn n'était qu'un Roi de la Terre déchu, rien de plus.

S'il restait encore dans le coin, c'était uniquement à cause des forceps. Même dans ses rêves les plus fous, il n'aurait jamais pensé que Gaborn n'en ferait pas usage immédiatement. Toute la matinée, il s'était demandé pourquoi le jeune homme les gardait en réserve.

Gaborn était peut-être trop prudent. Préférait-il recevoir des Dons lui-même plutôt que de passer par des vecteurs ? Ou voulait-il laisser à ses officiants le temps de lui choisir les meilleurs Dédiés possibles ? Si tel était le cas, Feykaald ne pouvait l'en blâmer. *Ce garçon est peut-être plus sage que je ne le pense…*

Mais l'heure n'était plus aux spéculations.

Feykaald attendait le bon moment. Il espérait que les maraudeurs lui fourniraient une occasion d'agir, créant une diversion suffisante pour qu'il puisse charger une caisse sur son cheval et s'enfuir.

Le bon moment arriva plus vite qu'il ne l'aurait cru.

Un mur de vent se dirigeait vers le camp, s'élevant si haut dans les airs que la poussière qu'il soulevait obscurcit bientôt le soleil.

Trois cavaliers galopaient devant la tempête, des éclairs crépitant le long de leurs lances. Au sommet du Roc de Mangan, les maraudeurs sifflèrent et rugirent.

Gaborn souffla dans son cor de guerre. Ses gardes vinrent se placer à ses côtés, avec le magicien Binnesman et sa wylde. Bien que la suite du jeune roi se composât de plus de deux mille chevaliers, la plupart s'étaient déployés autour des falaises, et ne rejoindraient pas leur maître à temps.

Le chariot au trésor était à une centaine de pas de Gaborn et des autres, près des véhicules de ravitaillement. Les sentinelles empoignèrent leurs marteaux de guerre et se ruèrent vers Gaborn pour le protéger.

Aussitôt, Feykaald saisit les rênes de sa monture et se rapprocha discrètement du trésor.

Jureem dégaina son cimeterre.

Toute la matinée, il avait observé Feykaald en sachant que celui-ci mijotait un mauvais coup. Il était certain que cette vieille araignée sourde filerait à la première occasion.

Tandis que le mur de vent et les trois cavaliers fondaient sur eux, il regarda Feykaald. Le vieil homme s'efforçait de calmer son étalon impérial gris effrayé par la bourrasque.

De la terre, des graviers et des brindilles soulevés par la tempête giflaient le visage des défenseurs. Jureem leva un bras pour se protéger. Il cria un avertissement aux gardes. Mais pour le moment, c'était leur souverain qui courait le plus grand danger.

Le vent hurlait en fondant sur Myrrima.

Depuis une heure, la jeune femme se demandait pourquoi Gaborn les avait suppliés, elle et son époux, de retarder un peu leur départ pour l'aider à veiller sur le camp.

À présent, elle comprenait.

En Heredon, Myrrima avait abattu l'Éclat Ténébreux — ou plutôt tué son corps. Mais l'élémental d'air qui l'animait ne pouvait pas être détruit aussi facilement, et elle avait craint qu'il ne cherche à se venger.

Et voilà que ses hurlements de fureur résonnaient aux oreilles de la jeune femme.

Les trois cavaliers fonçaient sur elle. C'étaient des chevaliers de Mystarria en armure, montés sur des étalons de force et armés de lances blanches.

Myrrima tira une flèche de son carquois et examina la pointe d'acier conçue pour transpercer un plastron. Elle cracha dans sa paume pour lisser les plumes de l'empennage.

Son cœur battait la chamade. Les cavaliers chargeaient, poussés par le vent. La tempête qui faisait rage derrière eux déracina un chêne vénérable, arracha des mottes de terre et projeta des brins de paille avec la puissance de minuscules javelots. Des hirondelles battaient désespérément des ailes pour tenter de lui échapper.

Myrrima se laissa tomber à genoux et évalua la trajectoire des cavaliers en plissant les yeux. Ils allaient passer tout près d'elle, sur sa gauche. Et elle n'aurait droit qu'à une seule flèche.

Armant l'arc d'acier du seigneur Hoswell, la jeune femme prit une profonde inspiration pour se calmer et visa.

— C'est moi qui t'ai tué ! cria-t-elle à l'Éclat Ténébreux. C'est moi que tu viens chercher !

Un des cavaliers lança un cri de guerre et pointa sa lance vers le cœur de Myrrima. Des éclairs dansaient sur la pointe métallique de l'arme.

Du coin de l'œil, la jeune femme vit son époux courir vers elle en brandissant son marteau. Les rafales de vent la bourraient d'invisibles coups de poing.

Myrrima attendit que le cavalier ne soit plus qu'à trente pas d'elle. Alors, elle retint son souffle et tira.

Borenson bondit en avant comme s'il espérait plaquer l'étalon à terre. Il abattit son marteau sur la pointe de la lance. L'arme échappa aux mains de son propriétaire et se brisa en touchant le sol avec un craquement d'arbre foudroyé. Un éclair aveuglant s'en échappa et courut entre les herbes sèches.

Borenson fut projeté dans les airs, émit un son étranglé et retomba sur le dos avec un bruit sourd. De la fumée montait de ses bottes.

Myrrima leva les yeux. Sa flèche s'était plantée dans le cou du cavalier avec une telle force qu'elle lui avait transpercé la colonne vertébrale, manquant de peu le décapiter. Du sang jaillissait à gros bouillons de la plaie béante. Pourtant, le cavalier ne s'effondra pas tout de suite. Malgré son cou brisé, il demeura en selle un instant, ses mains mortes continuant à serrer les rênes.

Les deux autres cavaliers dépassèrent Myrrima au galop. Puis le mur de vent la frappa de plein fouet.

L'élémental fondait sur Gaborn telle une tempête cauchemardesque dont le front ne mesurait plus que mille pieds de large, mais s'élevait dans les airs sur près de trois mille.

Un éclair déchira le ciel au-dessus de sa tête.

— À couvert ! cria le jeune homme en poussant Iomé derrière lui.

Les gardes avancèrent pour intercepter les cavaliers. Langley chargea sur sa gauche, Skalbairn sur sa droite. Tous deux étaient des guerriers phénoménaux. Mais ni l'un ni l'autre n'était préparé à ce qui les attendait.

Gaborn leva son bouclier pour se protéger de la terre et des graviers qui le bombardaient. Un grand craquement retentit à l'est, alors que la tempête atteignait les chariots de ravitaillement et les renversait.

La main de Gaborn se crispa sur son marteau de guerre.

Skalbairn plongea sur un des cavaliers en brandissant son énorme hache de bataille. Son adversaire tenait sa lance de la main droite, de sorte qu'il lui présentait son flanc découvert.

Pourtant, Skalbairn ne le frappa pas comme Gaborn l'aurait fait. Il visa une patte de son cheval et la trancha au niveau de l'articulation. L'animal s'effondra, et son cavalier avec lui. Un éclair jaillit de sa lance et fusa vers le baron Handy d'Heredon, qu'il foudroya dans une atroce odeur de chair grillée.

Skalbairn courut vers son compagnon tombé à terre et brandit sa hache au-dessus de sa tête.

Les deux hommes furent engloutis par le mur de poussière.

Feykaald vit une bourrasque renverser les chariots, entendit les axes de leurs roues grincer et vit des caisses — pas celles qui contenaient les forceps, heureusement ! — rouler sur le sol.

Relevant l'ourlet de son burnous gris, il s'élança contre le vent. Des feuilles mouillées lui giflant le visage, il leva un bras pour se protéger. Il avait déjà affronté des tempêtes de sable bien pis dans le désert.

Depuis des années, il feignait d'être faible et presque sourd. Mais il avait des Dons de Force et de Constitution auxquels il pouvait faire appel en cas de nécessité... Comme maintenant.

Chaque caisse recelait quatre mille forceps pour un poids total de six cents livres. Il les avait remplies lui-même et connaissait le contenu de chacune. Les forceps étaient rangés dans des sacs de jute, pour qu'on puisse aisément les charger sur le dos d'un cheval.

Feykaald attacha son étalon impérial au chariot, bondit à l'arrière du véhicule et trancha avec sa dague les cordes qui retenaient la bâche. Le vent la gonfla et l'emporta au loin comme si elle avait pris son envol.

Feykaald souleva le couvercle d'une caisse. À l'intérieur, il trouva deux sacs reliés par une corde.

Malgré ses deux Dons de Force, le vieil homme eut du mal à les soulever. Grognant et haletant sous l'effort, il parvint à les jeter sur le dos de son cheval. Plus tard, quand il aurait le temps, il les fixerait convenablement.

Autour de lui, le vent hurlait telle une créature vivante.

Feykaald savait que ses chances de s'échapper augmenteraient si Gaborn ignorait tout de son forfait. Il remit donc le couvercle de la caisse en place.

La tempête était sur lui et il n'y voyait presque plus rien.

Il bondit en selle, tourna le dos au vent et partit au galop sous le couvert du nuage de poussière.

Un cavalier solitaire galopait vers Gaborn. Aux couleurs de son bouclier, le jeune homme reconnut le baron Beckhurst et lâcha un hoquet de stupéfaction. Beckhurst lui avait toujours semblé loyal envers la Maison Orden.

Le seigneur Langley alla l'intercepter.

Gaborn entendit Binnesman incanter tout en luttant contre le vent pour se rapprocher de lui. Mais le vieux magicien n'avait pas de Dons et se déplaçait trop lentement.

Gaborn baissa son bouclier. Ses Pouvoirs de la Terre l'avertissaient que le danger était centré sur Iomé.

Langley bondit devant l'étalon de Beckhurst, puis abattit son marteau de guerre sur les pattes de l'animal comme Skalbairn avant lui.

Mais l'étalon avait de nombreux Dons et il était bien entraîné. Sans effort apparent, il sauta par-dessus Langley comme il l'eût fait dans une course d'obstacles. Un instant, Gaborn crut même qu'il allait s'envoler.

Le nuage de poussière noir aveuglait presque Gaborn. Mais, grâce à ses pouvoirs, il savait à chaque instant où étaient ses Élus et s'ils couraient un danger. Iomé s'était éloignée de lui, et l'Éclat Ténébreux la menaçait plus que jamais.

— Non ! hurla-t-il en la cherchant du regard.

Pivotant, il vit sa femme courir vers Binnesman. Jureem était à ses côtés.

L'étalon de Beckhurst bondit de nouveau, passant près de Gaborn sans se soucier de lui.

— Frappe ! ordonna la Terre.

Une seconde, Gaborn hésita. Puis il lança son marteau de guerre.

L'arme tournoya dans les airs et manqua sa cible.

Son cœur se serra. Son manque de précision allait-il coûter la vie à Iomé ?

La wylde de Binnesman chargea, bâton à la main. Elle l'abattit sur la lance de Beckhurst, faisant jaillir un éclair qui l'inonda de lumière et dansa à la surface de sa peau verte. Mais elle ne parut pas en souffrir, puisqu'elle trouva la force de frapper violemment les pattes de l'étalon. Celui-ci eut un hennissement de douleur et trébucha. La wylde en profita pour viser l'arrière du crâne de Beckhurst.

Le baron eut le temps de ramener son bras en arrière et de projeter sa lance.

Grâce à ses Dons de Métabolisme, Gaborn vit toute la scène au ralenti.

La lance blanche filait vers le dos d'Iomé…

— À terre ! cria-t-il.

Du coin de l'œil, Jureem vit la lance approcher. Il pivota et fit un bond sur le côté.

L'arme l'atteignit à la poitrine, fit exploser sa cage thoracique et continua sa trajectoire.

La wylde décapita Beckhurst d'un coup de bâton.

La lance s'enfonça dans l'épaule d'Iomé, et une tache de sang fleurit sur sa robe.

Elle tomba.

Au-dessus de leur tête, l'élémental d'air rugit de triomphe comme pour se moquer des efforts de ces misérables mortels.

Binnesman leva son bâton à deux mains et incanta, puis effleura la silhouette prostrée d'Iomé.

Avec un sifflement victorieux, l'élémental leur envoya une dernière rafale et s'éloigna.

CHAPITRE XXXIII

RÉVÉLATIONS

L'étude amène la sagesse. La sagesse amène le pouvoir. Le pouvoir amène les responsabilités.

Inscription dans la Salle des Chiffres
de la Maison de la Compréhension.

Iomé revint à elle, une douleur fulgurante lui déchirant l'épaule. Autour d'elle, le chaos régnait dans le campement.

Binnesman l'avait retournée sur le ventre, à moins qu'elle ne soit tombée ainsi. Elle se souvenait d'avoir fui en courant avec l'espoir d'entraîner à sa suite le cavalier qui menaçait Gaborn, puis de s'être jetée à terre sur un avertissement et d'avoir senti la pointe de la lance heurter son épaule.

Elle n'avait pas dû rester inconsciente longtemps. Au loin, elle entendait encore le rugissement de la tempête qui filait vers les montagnes.

L'Éclat Ténébreux était reparti aussi vite qu'il était

arrivé, laissant derrière lui un sillage de destruction. Les brides des chevaux s'étant rompues, ils erraient dans le campement.

Tout le monde se pressa autour d'Iomé, l'air soulagé.

Binnesman appliqua sur sa plaie un baume qui lui parut aussi doux que du miel sur la langue. Avec un grognement de douleur, elle se hissa sur les coudes et les genoux.

Alors, elle aperçut deux cadavres ensanglantés à quelques pas d'elle, dont celui de Jureem. Le fidèle serviteur s'était sacrifié pour la sauver.

— Jureem ? appela-t-elle.

— Ne bougez pas, lui ordonna Binnesman. Laissez votre blessure se refermer.

— Et Jureem ? insista Iomé.

Le magicien secoua la tête.

— Lui et le seigneur Handy nous ont quittés.

Cette nouvelle accabla Iomé. Elle connaissait Handy depuis l'enfance. Il n'était qu'un timide garçonnet de huit ans quand son père l'avait amené à la cour de Sylvarresta. Quant à Jureem, bien qu'il ait précédemment servi Raj Ahten, il restait au-dessus de tout reproche. Les deux hommes étaient morts pour protéger leur reine.

— Ça ira. La lance n'a fait que m'effleurer…

— Vous avez eu de la chance qu'elle ne vous transperce pas le cœur. Heureusement que ma wylde était là. Sinon…

La jeune femme tenta de nouveau de se redresser. Binnesman voulut l'en empêcher, mais finit par capituler.

— Vous ne saignez plus. Grâce à vos Dons de Constitution, demain, cette blessure ne sera plus qu'un mauvais souvenir.

Puis il se dirigea vers le seigneur Borenson pour lui administrer des soins.

Iomé regarda autour d'elle. Averan, Gaborn, Langley et Skalbairn l'observaient d'un air inquiet. Une dizaine de pas plus loin gisait le corps de l'homme qui avait tenté de l'assassiner… Enfin, ce qu'il en restait après que les chevaliers du Rofehavan se furent acharnés sur lui.

Iomé rampa jusqu'au cadavre de Jureem, dont la poitrine semblait avoir implosé. Il n'y avait aucune chance qu'il soit encore en vie, mais qui savait ce que pouvaient entendre les morts ? La jeune femme saisit sa main encore tiède.

— Jureem, lui chuchota-t-elle à l'oreille, la chaleur de son souffle ternissant l'anneau d'or qui pendait à son lobe. Je te remercie, fidèle serviteur. S'il existe un moyen de te récompenser de ton dévouement dans ce monde ou dans l'autre, je le trouverai.

Elle se recueillit quelques instants sur la dépouille.

Levant les yeux, elle vit que le baron Waggit ne la quittait pas du regard. Des larmes roulaient sur ses joues et il semblait désorienté.

— Ne pouvons-nous rien faire pour lui ? balbutia-t-il.

Iomé se demanda ce que pouvait faire à un homme le fait d'être confronté si brutalement au concept de mort. Depuis qu'il avait reçu son Don d'Intelligence, Waggit avait vu des dizaines d'hommes périr de façon violente…

— Si, répondit-elle. Nous assurer que nos actes futurs seront un monument à sa mémoire.

Waggit remua les lèvres, et elle crut qu'il allait demander à recevoir le reste de ses Dons pour partir à la guerre. Mais il détourna la tête et s'éloigna.

À Carris, il avait tué des maraudeurs sans savoir ce

qu'était la mort. À présent, le courage lui manquait. Iomé songea que Gaborn avait gaspillé un forceps.

Elle lâcha la main de Jureem et la posa sur la plaie béante de sa poitrine. Deux chevaliers vinrent chercher son corps.

Iomé regarda Averan. Le chêne à l'ombre duquel elles s'étaient reposées gisait désormais sur le flanc, ses racines torturées s'élevant jusqu'à vingt pieds de hauteur. Le vent avait arraché jusqu'au moindre brin d'herbe, dénudant le sol.

Averan était assise par terre, les genoux repliés contre sa poitrine. Iomé s'en émerveilla : elle avait craint que la tempête n'emporte la fillette.

Un peu plus loin, Binnesman demanda à Borenson :

— Avez-vous des difficultés à respirer ?

— Il faut juste que je reprenne mon souffle, grogna le colosse roux.

Gaborn fixait Iomé comme s'il essayait de la transpercer du regard. D'un geste sec, il congédia les gens qui se pressaient autour d'eux en chuchotant : « Que les Puissances soient remerciées. »

— Pourquoi ? demanda-t-il sur un ton accusateur lorsqu'ils se furent éloignés. Pourquoi l'Éclat Ténébreux en avait-il après toi ?

Iomé ne voulait pas alourdir encore son fardeau.

— Je ne…

— S'il te plaît.

— Il voulait ton fils.

— Mon fils ? répéta Gaborn.

— Oui. La première fois que nous nous sommes rencontrés, à Château Sylvarresta, il m'a dit qu'il sentait un fils dans mon ventre.

Iomé ne savait pas comment Gaborn réagirait. Elle aurait préféré le lui annoncer autrement. Elle craignait qu'il ne soit furieux contre elle parce qu'elle lui avait caché quelque chose d'aussi important.

— C'est pour ça que j'ai pris des attributs supplémentaires, avoua-t-elle. Je voulais lui donner naissance le plus vite possible. Si l'Éclat Ténébreux souhaite sa mort à ce point...

Les yeux de Gaborn brillèrent tandis qu'il battait des paupières pour refouler ses larmes. Iomé et lui avaient reçu trop de Dons de Métabolisme pour espérer retrouver une existence normale. Ils vieilliraient et mourraient avant que leur héritier n'atteigne l'âge adulte. Gaborn le savait ; il avait conscience du prix monstrueux qu'Iomé venait de payer pour leur enfant.

— Tu devrais t'allonger, souffla-t-il.

— Je suis bien, ne t'en fais pas...

— Tu es plus que bien. Tu es magnifique, dit-il d'une voix brisée par l'émotion. Quand comptais-tu m'en parler ?

— Je ne sais pas. Je voulais attendre une accalmie dans la bataille... Ou le premier anniversaire de l'enfant, selon ce qui se serait produit d'abord.

Gaborn eut un sourire forcé. Elle voyait que l'inquiétude le rongeait.

— Dans ce cas, je suis content qu'il y ait eu une accalmie.

Le rugissement de l'Éclat Ténébreux mourut, et fut suivi par un grondement de tonnerre. À l'horizon, deux éclairs déchirèrent le ciel.

Assisc dans l'hcrbc, Avcran ćtait perdue en elle même, prisonnière de ses cauchemars. Ses crampes d'estomac avaient diminué et elle transpirait un peu moins, mais il lui semblait que les éclairs lui fouaillaient les entrailles.

Au sommet du Roc de Mangan, les maraudeurs émirent un sifflement d'alarme.

Les images que le tonnerre faisait remonter à la surface de sa mémoire la terrifiaient : une horde de milliers de créatures filant dans les étroits canyons des Monts Brace, alors que le ciel explosait, feu d'artifice qui les aveuglait et les étourdissait.

C'étaient les derniers souvenirs du Gardien.

Averan ressentait encore sa douleur. La nuit précédente, il avait fait si froid que ses articulations avaient failli geler, jusqu'à ce qu'il se tapisse enfin dans un trou avec ses congénères pour partager leur chaleur.

Alors que les rayons du soleil caressaient son visage, l'enfant frissonna. Ses pieds lui faisaient mal d'avoir trop couru. L'épuisement du Gardien qui avait marché, combattu et travaillé plusieurs jours durant, l'assaillit en même temps qu'une soif brûlante.

Mais plus que tout, elle éprouvait la terreur du Gardien face à la foudre. Celle-ci déclenchait en elle une angoisse primitive et affolante, au-delà de toute raison. Pendant que les chevaliers déblayaient le champ de bataille autour d'elle, Averan se demanda pourquoi il en était ainsi.

Mais, si les souvenirs des maraudeurs défilaient en elle, la fillette ne pouvait pas choisir dans quel ordre ni à quelle vitesse. Elle n'avait aucun moyen d'y puiser les informations qu'elle recherchait.

Elle resta immobile de longues minutes, s'enfonçant toujours davantage dans les replis obscurs de l'âme du Gardien. Des maraudeurs creusant des tranchées pour canaliser de l'eau bouillante vers les cavernes qu'ils venaient de découvrir, des maraudeurs poussant devant eux des troupeaux de vers géants, des maraudeurs nettoyant les carcasses de leurs proies...

Le Gardien n'était qu'un paysan, mais il n'avait rien de commun avec un paysan humain. Averan avait dressé des graaks et connu des laitières et des bergers. Ils développaient toujours une affection envers les animaux dont ils avaient la charge. La fillette elle-même était très attachée à ses graaks ; elle aimait les gratter entre les oreilles ou caresser leur gosier à la texture de cuir.

Il n'en allait pas ainsi pour le Gardien. Tout le temps où il veillait sur ses vers, de leur éclosion jusqu'à l'âge adulte, il parvenait tout juste à se retenir de les déchiqueter à coups de griffes et de crocs. C'était une créature dominée par son monstrueux appétit.

Soudain, Averan comprit quelle avait été sa mission à la surface : apprendre à capturer et à élever des humains.

À travers les souvenirs du Gardien, elle voyait une caverne, dans le Monde du Dessous. Des hommes et des femmes émaciés y étaient pelotonnés, trop terrifiés pour remuer le petit doigt pendant que le Gardien se déplaçait parmi eux. Il les considérait tous comme des repas potentiels, mais il savait que ses supérieurs les avaient comptés et qu'il ne pouvait se permettre d'en dévorer un. Il était là pour observer leur comportement.

Puis il tomba en arrêt devant une femme qui tenait un nouveau-né. Il le lui arracha et n'en fit qu'une bouchée. Un repas trop léger et plutôt fade !

Averan était horrifiée : pas seulement parce que le Gardien avait dévoré un bébé, mais parce qu'*elle* avait mangé le Gardien. La nausée la gagna.

Gaborn avait besoin d'elle pour remporter une nouvelle victoire. La fillette se leva et s'approcha de lui. Elle avait l'impression de ne plus maîtriser son corps, ses mains et ses pieds agissant indépendamment de sa volonté. Dans ses souvenirs, elle se déplaçait toujours à quatre pattes.

Averan enjamba une hirondelle morte pour atteindre Gaborn. Il était penché sur Iomé, l'observant avec sollicitude.

— Vous aviez raison ! lança la fillette. Les maraudeurs sont des monstres. Ils n'ont rien de commun avec nous.

Gaborn lui jeta un regard intrigué.

— Qu'est-ce qui te fait dire ça ?

— Le sort qu'ils nous réservent. Je sais maintenant ce qu'ils ressentent quand ils nous regardent : une faim dévorante, et rien d'autre. Vous vous demandiez pourquoi ils se sont arrêtés ici. Je n'en suis pas certaine ; peut-être parce qu'ils ont froid et qu'ils sont fatigués. Ils ne sont pas faits pour marcher dans la neige ou pour traverser des rivières de glace comme la nuit dernière, ni pour rester des jours entiers sans boire. Ils sont en train de mourir de soif. Et, surtout, ils ont peur de vous !

Gaborn gloussa comme si la fillette venait de lui adresser un compliment qu'il ne méritait pas.

— Comment est-ce possible ?

— Ils vous sentent. Hier, pendant la bataille, le mage funeste a goûté votre odeur. Il savait que c'était vous qui aviez invoqué le ver du monde et fait trembler la terre ; il savait aussi que les hommes se battent avec davantage d'ardeur en votre présence. Il a transmis votre odeur à tous ses guerriers en les avertissant du danger que vous représentiez, juste avant que sa Rune de Désolation ne soit détruite et que la foudre ne déchire le ciel.

— Et alors ?

— Ne comprenez-vous pas ? Les maraudeurs vous prennent pour Erden Geboren, leur ancien ennemi. Ils pensent que vous avez invoqué des Gloires pour qu'elles luttent à vos côtés. Ils ne battent pas en retraite vers le Monde du Dessous : ils vont avertir le Seul et Unique Maître !

Dans le silence qui suivit, plusieurs chevaliers approchèrent pour écouter la suite des révélations d'Averan.

— Que se passera-t-il s'ils réussissent ? demanda Gaborn.

— Le Seul et Unique Maître ordonnera à toutes ses armées de vous détruire.

CHAPITRE XXXIV

LES LIMBES

Au commencement, il n'y avait qu'un seul monde, qu'un seul soleil, et tous les hommes étaient des Éclats qui prospéraient à l'ombre du Seul et Unique Arbre.

Prologue de la Saga de la Création.

Erin Connal n'arrivait pas à laisser vraiment derrière elle la porte des limbes dans le village en ruine de Twynhaven. Bien sûr, elle lui avait tourné le dos et était repartie avec Celinor, mais elle ne cessait d'y penser alors que des problèmes plus pressants réclamaient son attention.

Deux heures après avoir quitté Twynhaven, Celinor et elle firent halte au sommet d'une colline d'où l'on voyait Château Higham, à deux lieues au sud-est de Beldinook.

— Un nid de guêpes pour nous, déclara Celinor.

Les cavalières de Fleeds les avaient avertis que la fille de Lowicker faisait un caprice. Mais de leur poste d'observation, les deux jeunes gens trouvèrent que ça ressemblait fort à une guerre.

Des charpentiers et des maçons s'affairaient sur les remparts. Trois mille chevaliers s'entraînaient à la lance sur les pelouses. Au nord, une colonne de fantassins serpentait entre les collines. Des chariots pleins à ras bord, en provenance de l'est, formaient un bouchon sur la route. Au-delà, une brume couleur de terre planait dans les airs, comme soulevée par le passage d'une armée.

Erin et Celinor prirent la direction de l'ouest, coupant à travers bois et contournant Beldinook sans oser emprunter aucune voie aménagée. Pour ne pas se perdre, ils suivirent le cours d'un ruisseau asséché. Ils chevauchaient en silence, aux aguets. Enfin, Celinor, car Erin ne parvenait pas à se concentrer sur ce qui l'entourait.

Alors qu'ils traversaient un paisible bosquet aux frondaisons traversées par les rayons du soleil, la jeune femme n'avait même pas conscience du bourdonnement sourd des moustiques autour d'elle. Elle était comme hypnotisée par le souvenir des flammes vertes dansant au milieu des ruines noircies.

Elle avait découvert un passage vers un autre monde. Qui pouvait dire quelles merveilles s'étendaient au-delà ? Il lui aurait suffi de faire un pas pour le découvrir. Quelle aventure ! Mais si elle savait les magiciens capables d'effectuer un tel voyage, Erin doutait qu'une personne ordinaire comme elle s'en sorte indemne.

Sa dague avait disparu. Avait-elle été détruite, ou gisait-elle dans les limbes ?

Le croassement d'un corbeau, sur une colline voisine, fit sursauter Erin. Quelque chose ou quelqu'un avait dérangé l'oiseau. Ce pouvait n'être rien de plus qu'un ours ou un sanglier, mais Celinor et elle avaient toutes les raisons du monde de faire montre d'une prudence excessive. Ils tirèrent sur les rênes de leurs montures et tendirent l'oreille, le nez levé vers les pins qui cachaient le sommet de la colline.

Comme rien ne bougeait et que le corbeau s'était tu, les deux jeunes gens se remirent en route, s'enfonçant dans l'étroit canyon au fond duquel courait le lit du ruisseau. Ici, les pins étaient si denses qu'ils n'avaient pas à redouter l'irruption d'autres cavaliers.

Erin ferma les yeux. N'ayant pas beaucoup dormi les derniers jours, elle prit quelques instants pour se reposer à la manière des Seigneurs des Runes : en laissant son esprit vagabonder dans les royaumes du rêve.

Elle rêva de Twynhaven, de l'odeur amère et sèche des cendres qui couvraient le sol et des cadavres de familles entières, sous la lueur vacillante projetée par le cercle de flammes vertes.

Dans son rêve, elle fit un bond à l'intérieur.

Ses pieds touchèrent le sol d'un autre monde. Un instant, elle demeura accroupie dans une herbe aussi dense que les brins de laine d'un tapis. Il faisait nuit autour d'elle, et elle sentait l'humidité monter du sol.

Des centaines de milliers d'étoiles scintillantes emplissaient le ciel, chacune pareille à un cristal étincelant posé sur une couverture de velours marine, leur éclat combiné produisant plus de lumière que la pleine lune. Erin lâcha un hoquet de surprise émerveillée.

Devant elle, au sommet d'une butte, se dressait un chêne monolithique dont chaque branche était plus épaisse et tortueuse que le tronc de tous les arbres qu'elle avait jamais contemplés. Une chaumière aurait pu se nicher dans leurs fourches.

Le Seul et Unique Arbre ! songea-t-elle. Selon la légende, il abritait les hommes dans les limbes.

Un coup d'œil sur sa gauche lui révéla quantité

d'arbres semblables qui se dressaient majestueusement sur le sol vallonné. Chacun était parfait à sa façon, comme si un esprit supérieur les avait conçus et leur avait donné forme.

Erin regarda autour d'elle. Les champs étaient vides. Le chant d'aucun criquet ne perturbait la sérénité nocturne. Au loin, à des lieues de distance, un animal — peut-être un oiseau ? — lâcha un cri rauque.

Elle fit quelques pas en direction du chêne le plus proche et s'arrêta net. Une odeur de brûlé lui chatouillait les narines. L'herbe qui lui montait jusqu'aux genoux avait été piétinée sur un cercle de trois cents pieds de diamètre. Un chemin partait de cette zone, et une silhouette immobile, au centre, scintillait comme de l'eau dans la lueur des étoiles.

Erin se rapprocha. On aurait dit un scorpion de trois pieds de long. Mais s'il avait une queue de scorpion, et des griffes dont l'une était cassée, il luisait comme de l'argent. Une auréole de suie suggérait qu'il avait été frappé par la foudre.

Était-ce une statue, une créature morte… ou toujours vivante ? À en juger par la piste qu'il avait ouverte dans l'herbe, il avait tenté de se traîner jusqu'à sa tanière.

Erin saisit son marteau de guerre et huma l'air. L'herbe dégageait une odeur douce, presque sucrée, mais la foudre avait frappé ici. La jeune femme distinguait dans le sol des symboles magiques brûlés.

Elle fit le tour du cercle. Les runes étaient au nombre de treize, toutes différentes, toutes inconnues d'elle et séparées les unes des autres par une égale distance. De profondes empreintes de sabots trahissaient le passage récent de plusieurs cavaliers. Erin sentait la transpiration de leurs montures.

Elle tenta de comprendre ce qui s'était passé.

Quelqu'un avait brûlé des runes dans le sol, attirant peut-être l'attention d'une patrouille. Mais qui donc avait tué le scorpion ?

Erin se dirigea d'un pas prudent vers le chêne semblable à une montagne, dont les frondaisons auraient pu abriter toute une forêt. Chacune de ses feuilles était aussi large que le plastron d'un cavalier, chaque gland aurait rempli un heaume.

La jeune femme n'avait pas encore atteint son pied quand elle prit conscience du grondement étouffé du tonnerre, au loin. Elle s'interrogea. Il n'y avait pas d'ozone dans l'air, et pas le moindre souffle de vent. Pourtant, un éclair déchira l'horizon.

Erin plissa les yeux. À cet endroit, sur cinq lieues, le ciel était d'une impénétrable noirceur, comme si des nuages masquaient les étoiles. Des langues de flammes dardaient dans les ténèbres.

Mais ce n'était pas une tempête naturelle. Des colonnes de feu jaillirent du sol. À la lueur des éclairs, la jeune femme distingua des formes gigantesques, pareilles à celles de géants dotés d'ailes de chauves-souris.

Erin n'avait contemplé ce spectacle qu'une fois : quand un seul Éclat Ténébreux avait frappé Château Sylvarresta. À présent, des milliers déferlaient sur le paysage. Ils étaient encore à trois lieues de la jeune femme, mais se rapprochaient à toute allure.

Erin se mit à couvert, espérant que l'arbre la dissimulerait comme un buisson soustrait une souris au regard perçant d'un faucon. Mais la pente de la colline était raide et, au-dessus d'elle, les frondaisons cachaient les étoiles. Des centaines de pas séparaient l'ombre de la première branche et les cavités offertes par les replis du tronc.

Une forte odeur de décomposition agressa les narines d'Erin alors que ses pieds martelaient le sol couvert d'un épais tapis de feuilles pourrissantes. Ici régnaient le froid et les ténèbres. Les rayons du soleil n'avaient pas effleuré le sol depuis des millénaires. Rien ne poussait à l'ombre de l'arbre.

Erin trébucha. Des ossements secs que les feuilles mortes avaient dissimulés jusque-là craquèrent sous ses bottes. Elle aperçut une grande épée plantée dans la terre, sans doute pour commémorer une bataille. Puis l'éclat terni d'un plastron métallique, et un crâne trop gros pour avoir appartenu à un humain.

La foudre frappa plus près, à une demi-lieue seulement à en juger par le bruit. Erin craignit que la lumière blanche ne révèle sa présence aux Éclats Ténébreux qui se rapprochaient en poussant des hurlements lugubres.

La jeune femme s'enfonça sous les frondaisons. Le tronc torturé du chêne ne mesurait pas moins de cent pieds de large. La lueur d'un éclair arracha un cri involontaire à Erin. Enfoncés dans l'écorce vénérable, deux yeux la regardaient.

Elle se pétrifia et sonda les ténèbres jusqu'à ce que la foudre lui révèle de nouveau l'étrange spectacle. Quelqu'un avait sculpté un visage de femme dans la mousse et les lichens. Ses traits étaient d'une beauté surnaturelle, sa bouche grande ouverte comme pour crier.

Erin bondit à l'intérieur de la cavité. Elle venait de déboucher dans une caverne de trente pieds de large lorsqu'elle perdit l'équilibre et roula au pied d'une longue pente dans un cliquetis d'ossements.

L'odeur musquée qui la prit à la gorge lui révéla qu'elle était dans l'antre d'un prédateur. L'ombre de l'arbre avait éclipsé la lueur des étoiles. Seule la lumière intermittente des éclairs déchirait les ténèbres. Les cieux étaient en colère. Une tempête se préparait.

Courbée en deux, Erin remonta vers l'ouverture. Au

loin, un lièvre bondissait dans les champs ; on aurait dit qu'il flottait au-dessus du sol comme dans un rêve.

Les Éclats Ténébreux arrivaient. Un avertissement sinistre monta de leur gorge, cri de chasse qui glaça la jeune femme jusqu'à la moelle tel l'appel d'un loup porté par une bourrasque hurlante.

Un éclair frappa le sol devant le lièvre, qui fit un bond sur la droite et courut vers l'abri d'un chêne. Des silhouettes monstrueuses fondirent sur lui et il disparut.

Puis une ombre oblitéra toute lumière, et Erin entendit le battement d'ailes gigantesques. Une créature massive fila au-dessus de sa tête et plongea entre les racines du chêne. La jeune femme sentit le souffle de son passage. *Un Éclat Ténébreux*, pensa-t-elle, le cœur battant. Elle se plaqua à terre et demeura immobile, paralysée de frayeur.

Mais au lieu de sentir des griffes déchirer sa chair, elle entendit un bruissement de plumes accompagné d'un ululement.

Elle tourna la tête. Un hibou d'au moins vingt pieds d'envergure venait de se poser à une quinzaine de pas d'elle et lissait ses plumes de son bec.

Dans la plaine, la foudre se déchaînait toujours. Le grondement du tonnerre et les rugissements des Éclats Ténébreux faisaient trembler les arbres. Le vent sifflait dans leurs frondaisons, arrachant leurs feuilles.

Sans quitter son étrange compagnon du regard, Erin serra plus fort le manche de son marteau de guerre. Le hibou était perché sur une racine pourrissante, au-dessus d'un passage qui s'enfonçait dans le sol. Ses plumes grises duveteuses étaient tachées de blanc sur la poitrine, et un collier noir lui ceignait le cou. Ses yeux dorés aussi larges que des soucoupes reflétaient la lueur de la foudre.

Il observait Erin sans ciller. Quelque chose pendait

de son bec assez grand pour arracher le bras d'un homme.

Puis les ténèbres revinrent, mais l'image resta gravée dans l'esprit d'Erin. Elle avait eu le temps d'apercevoir des ossements blanchis à ses pieds. Sans aucun doute, elle était dans la tanière du hibou.

Des éclairs crépitants dessinèrent une toile d'araignée d'un bout à l'autre de l'horizon. Le hibou ferma les yeux, et Erin put voir ce qu'il tenait dans son bec.

Sa dague.

Quand il la lâcha, l'arme tournoya sur elle-même et alla se planter dans un crâne avec un bruit sec.

Alors, le hibou prit la parole, et son chuchotement crucifia Erin.

— Guerrière du Monde d'Ombres, je t'invoque !

Les mots ne résonnaient pas seulement dans les oreilles de la jeune femme ; ils s'adressaient à sa chair et vibraient jusque dans ses os.

Tu es en train de rêver, songea-t-elle. *Réveille-toi !*

Elle revint à elle dans la forêt, sous un ciel d'azur étincelant. Celinor chevauchait à ses côtés au fond du canyon. Levant la tête, elle aperçut un écureuil qui filait dans les branches d'un arbre.

Le cœur d'Erin battait à tout rompre. Elle croyait encore sentir l'odeur musquée de la tanière du hibou, entendre le grondement du tonnerre et les cris des Éclats Ténébreux...

Quelque part dans un autre monde, elle le savait, quelque chose avait trouvé sa dague.

CHAPITRE XXXV

SE METTRE À LA PLACE DE L'ENNEMI

Bien souvent, le geôlier devient le prisonnier. Tel est le danger qu'on court à se mettre à la place de l'ennemi.

Adage mystarrien.

— Pour une petite fille, c'est fou le nombre de mauvaises nouvelles que tu apportes, dit Gaborn à Averan.

Il eut un sourire inquiet et caressa le visage de l'enfant en s'interrogeant sur la révélation qu'elle venait de lui faire.

Gaborn était allé à Carris avec l'espoir de sauver son peuple. Il avait remporté une victoire éclatante, mais attiré sur lui l'attention de l'ennemi. À présent, celui-ci connaissait son nom et le traquerait sans pitié.

Binnesman l'avait averti : plus il tenterait de sauver de gens, plus ses adversaires s'acharneraient sur lui. En libérant Carris, il avait peut-être déclenché la bataille qui provoquerait la fin du monde.

Il n'avait pas pensé à ça.

Gaborn était forcé de remettre son plan en question. Il comptait débusquer et tuer le Seul et Unique Maître. Était-il possible que cela déclenche la catastrophe qu'il s'efforçait d'éviter ? Non, il n'arrivait pas à y croire. La Terre lui avait montré le chemin.

Pourtant, le doute le taraudait. Il avait perdu la plupart de ses pouvoirs et se sentait un peu désorienté. Et s'il se trompait du tout au tout ?

Il leva la tête vers le Roc de Mangan. Les maraudeurs avaient déraciné tous les arbres qui envahissaient les ruines et les précipitaient dans le vide. Un contingent de porteurs de lames était posté le long de la falaise. Ils agitaient leurs philia en quête d'une odeur ennemie.

Les déloger de leur perchoir serait presque impossible.

— S'ils veulent retourner dans le Monde du Dessous pour avertir leur maître, pourquoi s'arrêtent-ils ici ? demanda Gaborn.

— Peut-être parce que vous avez tué leur chef, dit Averan.

— En quoi cela modifie-t-il leur plan ?

— Un autre mage funeste va prendre le commandement, et il… imposera des changements.

— Que veux-tu dire ?

— Si vous avez pu venir à bout du précédent, c'est qu'il avait commis une erreur. Donc, son successeur développera de nouvelles tactiques et désignera de nouveaux généraux parmi les porteurs de lames.

À bien y réfléchir, ça semblait logique.

— Ça ne nous dit pas ce qu'ils mijotent, intervint Skalbairn.

Gaborn ne pouvait se fier aux renseignements fournis par Averan. La fillette était capable de lire dans l'esprit de maraudeurs morts, mais ses informations les plus récentes dataient déjà de quelques heures.

— S'ils sont épuisés et assoiffés, ils n'en donnent pas l'impression, dit Jerimas. Mais chaque moment qu'ils passent perchés là-haut sape un peu plus leurs forces.

— Que peut vouloir le nouveau mage ? demanda Iomé.

— Peut-être attend-il que le soleil réchauffe sa horde, avança Binnesman. C'est ce que font les lézards avant de se mettre en chasse.

— À moins qu'ils ne veuillent seulement se reposer et prendre le temps de réfléchir, dit Iomé.

— Ça m'étonnerait, ricana Skalbairn. Ce rocher ressemble trop à une forteresse. Je suis certain qu'ils espèrent nous pousser à les attaquer.

Et en effet, cela semblait probable.

Gaborn dévisagea ses compagnons. Les yeux de Jerimas brillaient d'excitation. Pour l'érudit, il ne s'agissait que d'un problème original à résoudre. Iomé paraissait effrayée. Skalbairn scrutait déjà la falaise en cherchant un moyen d'en déloger les maraudeurs.

— Ça pourrait aussi être une diversion, dit-il. Peut-être qu'ils attendent des renforts, ou qu'ils espèrent en attirer.

Une idée terrifiante.

— D'accord, murmura Gaborn. Nous allons nous en assurer.

Il ordonna à un capitaine de former un groupe d'éclaireurs.

— Et si les maraudeurs avaient plusieurs objectifs ? lança Jerimas.

Gaborn soupçonnait un complot. Des dizaines de milliers d'habitants de Carris étaient toujours en danger. Il utilisa ses pouvoirs pour les contacter… Et sentit immédiatement quelque chose de bizarre.

Ces gens n'étaient plus à Carris ! La plupart avaient fui la cité en direction du sud-est, se trouvant actuellement à une quinzaine de lieues à l'est de sa position. D'autres s'étaient réfugiés dans le nord, et Gaborn sentait que rien ne les menaçait... pas plus que ceux qui étaient restés à Carris.

Son mauvais pressentiment concernait seulement une partie de ceux qui se dirigeaient vers le sud-est. Dans cette région de Mystarria, les routes étaient assez mauvaises. Beaucoup de voyageurs les dédaignaient en faveur des barges qui descendaient le fleuve Donnestgree.

Le cœur serré, Gaborn se souvint des blessés qu'il avait donné l'ordre d'évacuer. Les malades et les agonisants étaient si nombreux qu'une dizaine de Binnesman n'aurait pas suffi à s'occuper d'eux. À présent, ils étaient éparpillés sur des lieues le long du fleuve. Allaient-ils se jeter tête baissée dans une embuscade ?

Le danger augmentait. D'ici vingt-quatre heures, il serait sur eux. Il pourrait prendre n'importe quelle forme : des maraudeurs, une inondation ou une attaque des troupes de Lowicker.

Gaborn se tourna vers Skalbairn.

— Envoyez une dizaine d'éclaireurs en aval du fleuve Donnestgree, ordonna-t-il.

— Oui, messire. (Le haut marshal fit un signe de tête à son capitaine.) Vous savez que si ces maraudeurs veulent mettre leur maître en garde contre vous, votre devoir est de les en empêcher.

— Le plus simple serait peut-être d'éliminer le Seul et Unique Maître avant qu'il apprenne la nouvelle, dit Gaborn.

Mais il ignorait comment le trouver.

Averan était la seule personne capable de suivre la piste des maraudeurs, et elle aurait besoin des connaissances du Guide pour lui indiquer le chemin. Or, elle n'avait pas encore accepté de l'accompagner dans le

Monde du Dessous. Gaborn n'osait pas le lui demander. Il n'avait pas le droit de la sacrifier.

Une dizaine de chevaliers s'étaient rassemblés autour d'eux.

— Messires, pourriez-vous nous laisser seuls quelques instants ?

Gaborn prit la fillette par l'épaule et s'éloigna avec elle. Seuls Iomé et son Diem osèrent les suivre.

— Averan, dit Gaborn, l'estomac noué, j'ai un très grand service à te demander.

— Lequel ? murmura la fillette, tremblant de la tête aux pieds.

Elle semblait terrorisée, bien qu'elle s'efforçât de ne pas le montrer.

— Je dois aller dans le Monde du Dessous pour chercher la Salle des Ossements et le Seul et Unique Maître. Peux-tu me conduire à lui ?

— Tu ne peux pas exiger ça de cette enfant ! lança Iomé.

— Je n'ai pas le choix. Le temps presse.

— La wylde pourrait peut-être le faire à sa place ?

— J'y ai pensé, mais elle ne parle pas encore assez bien. Je doute qu'elle puisse comprendre nos questions, et encore moins y répondre.

— Averan n'est qu'une petite fille ! Elle non plus, elle ne comprend pas vraiment ta question.

— Bien sûr que si ! s'exclama l'enfant. Je sais ce qu'elle implique davantage que lui ! (Elle pointa un index sur Gaborn.) Il ne se rend pas compte. Le voyage sera long et dangereux. Les maraudeurs rampent dans des tunnels pendant des jours pour trouver la Salle des Ossements.

— Combien de jours ?

Averan secoua la tête.

— Je ne sais pas. Les maraudeurs ne mesurent pas le temps de la même façon que nous.

— C'est très important, dit Gaborn sur un ton suppliant. Je sens augmenter le danger. Il menace chaque homme, chaque femme et chaque enfant que j'ai choisi. Nous ne pouvons pas nous permettre de chercher le Guide pendant des jours. Connais-tu un autre moyen de trouver le chemin de la Salle des Ossements ?

Averan fit un signe de dénégation, mais Gaborn n'était pas certain de la croire.

— Ne pourrions-nous pas suivre la piste que les maraudeurs ont laissée sur le sol ? insista-t-il.

— Jusqu'à l'entrée du Monde du Dessous, peut-être. Mais le sol devient trop dur dans les souterrains les plus profonds, ceux où les sorcières pondent leurs œufs. Et des sentinelles montent la garde.

Gaborn soupira et se massa les tempes pour combattre la migraine qu'il sentait poindre.

— Si vous voulez que je vous emmène, vous devez faire descendre le Guide de ce rocher, dit la fillette en désignant le monolithe.

— C'est ce que je vais faire, répliqua Gaborn. Avant que nous nous mettions en route, il faudra que tu prennes des Dons. Je ne veux pas que tu te traînes en arrière. Tu auras besoin de force, d'agilité, de constitution et de métabolisme, mais surtout d'odorat pour sentir les marques laissées par les maraudeurs.

— Averan…, commença Iomé.

Mais la fillette l'interrompit.

— Ce n'est pas grave. Mes amis ont disparu, et tout le monde doit mourir un jour. Il veut savoir si je suis prête à périr avec lui dans le Monde du Dessous.

— C'est exact, dit gravement Gaborn. On pourrait en arriver là.

Iomé se mordit la lèvre et jeta un regard douloureux à Averan. Mais elle savait que son mari ne demandait pas une chose pareille à la légère. La fillette lui prit la main et la serra.

— Je sais ce que je fais, assura-t-elle. La mort d'une seule personne est préférable à celle de toute l'humanité, vous ne croyez pas ?

Gaborn ne fut pas surpris par les larmes qui montèrent aux yeux d'Iomé, car elle avait toujours tendrement chéri son peuple. Mais il s'étonna de l'étreinte farouche que sa femme offrit à Averan.

— Je ne suis pas très douée pour ce genre de calcul.

Gaborn s'agenouilla et les enveloppa toutes les deux dans ses bras.

— Iomé, chuchota-t-il à l'oreille de la jeune femme. Je veux que tu ailles t'abriter en lieu sûr, et je n'en connais pas de mieux protégé que la Cour des Marées. Il faudrait que tu apportes un message de ma part à un vieil ami. Il saura où se procurer les attributs dont nous avons besoin.

— Plusieurs jours seront nécessaires pour que les chiens s'attachent à Averan, objecta Iomé.

— Nous demanderons aux dresseurs de recevoir les Dons eux-mêmes et de lui servir de vecteurs. Ainsi, cela pourra être fait en quelques heures.

Iomé hocha la tête. Gaborn entreprit de rédiger sa missive. En écrivant, il laissa son esprit vagabonder.

Quand il avait neuf ans — l'âge d'Averan —, il avait accompagné son père et d'autres Seigneurs des Runes à la chasse, près de la source du fleuve Dweedum. Là, ils avaient trouvé quelques saumons qui remontaient le courant avec des semaines d'avance. Alors qu'ils dressaient leur camp, Mendellas Draken Orden avait mentionné qu'il aurait aimé manger du poisson au dîner.

Ses compagnons ne pouvaient pas refuser le défi.

C'était une de ces journées d'automne où les rayons du soleil ont du mal à se faufiler dans les canyons, et où la brume matinale tente d'escalader les falaises comme pour s'échapper dans le ciel. Les alouettes et les pinsons sautillaient dans les branches des pins. Sur le flanc des collines, les spores des fougères étaient si denses que leur odeur planait dans toute la forêt.

Le niveau de l'eau était si bas que les rochers gris qui composaient son lit luisaient au soleil. Les Seigneurs des Runes entrèrent dans le courant pour pousser les saumons jusqu'au pied des Chutes de Sauvagin. L'eau pareille à une chevelure d'argent y cascadait sur deux cents pieds, soulevant une écume froide qui éclaboussait le visage de Gaborn. Aucun saumon ne pouvant franchir les chutes, le petit bassin qui s'étendait en contrebas semblait un endroit idéal pour la capture.

Les saumons n'étaient pas nombreux. Gaborn en avait repéré trois ou quatre pendant la remontée du fleuve. Il n'en apercevait plus qu'un seul, qui semblait d'autant plus désirable.

Les seigneurs lui avaient fourré un épieu dans les mains en lui ordonnant de se tenir à la sortie du bassin et d'attraper tout poisson qui tenterait de s'échapper. Puis ils s'étaient avancés dans l'eau jusqu'à ce qu'elle atteigne la sous-ventrière de leurs montures, et avaient tenté d'embrocher leurs proies avec des lances conçues pour la chasse au sanglier.

Une belle pagaille ! Les étalons pataugeant dans le bassin avaient soulevé tant de boue que l'eau s'était troublée, et malgré un impressionnant déploiement d'efforts, leurs cavaliers avaient tout juste réussi à attraper quelques truites longues comme l'avant-bras du jeune garçon.

Mais Gaborn était le fils de son père. S'il voulait attraper un poisson, se dit-il, il devait réfléchir comme un poisson. Se mettre à sa place.

Les seigneurs continuaient à s'agiter à l'endroit où l'eau était la plus profonde et où la boue devait la rendre irrespirable. Gaborn se dirigea vers le bord du torrent, où l'eau était encore limpide et où des roseaux fournissaient un semblant de cachette. Bientôt, il repéra la queue d'un saumon, ramena son épieu en arrière…

Les Seigneurs des Runes avaient parlé pendant des jours — certains avec humour, d'autres avec une pointe d'amertume — du petit garçon qui avait réussi à attraper le seul saumon du bassin, alors qu'eux-mêmes s'étaient ridiculisés.

Si j'étais un maraudeur, que ferais-je ? s'interrogea Gaborn. La horde battait en retraite le long de la piste par où elle était arrivée deux jours plus tôt.

Mais un maraudeur intelligent ne serait pas passé par là.

— Seigneur Langley, haut marshal Skalbairn, appela-t-il. Serait-il possible que le gros de leurs troupes fasse diversion et qu'un groupe d'éclaireurs s'en soit écarté ?

— J'ai posté des guetteurs, répondit Skalbairn, mais il est difficile de dire ce qu'ils ont fait pendant la nuit.

— Envoyez une centaine d'hommes chercher d'autres pistes à l'endroit où ils se sont enfouis hier soir. Je suis presque sûr que certains maraudeurs sont restés en arrière et ont attendu le départ du reste de la horde avant de partir dans une autre direction. Je veux que vos hommes tuent tous ceux qu'ils rencontreront.

— Oui, messire.

— Après avoir donné vos ordres, rassemblez tous les seigneurs. Nous devons tenir un conseil de guerre pour trouver un moyen de déloger les maraudeurs du Roc de Mangan.

Gaborn se tourna vers Averan.

— À ton avis, est-il possible qu'ils soient en train de creuser un puits ?

— Dans la falaise ? s'étonna Iomé.

Même Gaborn avait du mal à le croire. Mais les maraudeurs avaient une force hors du commun, et ils étaient des milliers, là-haut.

Le jeune homme se concentra. Il sentait le danger planer autour de certains de ses hommes.

Il leva les yeux. Les maraudeurs étaient en train de sculpter une sorte de dôme au sommet du Roc de Mangan. Les baveurs recrachaient la pulpe des arbres selon une configuration qu'il reconnut sans mal. Un brouillard brun s'en élevait, et des lueurs bleues scintillaient au-dessous. Un énorme Tisseur de Flammes se hissa sur le dôme en rampant et brandit vers le ciel son bâton cristallin.

Binnesman hoqueta de surprise.

— Ils sont en train de fabriquer une nouvelle Rune de Désolation !

CHAPITRE XXXVI

MAYGASSA

Maygassa est la plus ancienne cité du monde. Elle se dresse dans toute sa splendeur depuis deux fois dix millénaires, et si l'on devait creuser sous ses rues, on y découvrirait des ruines d'autres bâtiments et les ossements des Ancêtres. L'origine de son nom s'est perdue à travers les âges mais, selon les textes les plus anciens dont nous disposons, il signifie : « Première Demeure ».

Extrait de *Cités et Villages d'Indhopal*,
par maître Arashpumanja de la Salle des Pieds.

Sur les pentes occidentales de l'Anja Breal, dans la Vallée du Lotus, s'étendait Maygassa, capitale de l'ancien Indhopal. Une cité qui ne produisait rien d'autre que des gens : une myriade de gens !

Autrefois, les rajahs d'Indhopal y avaient construit le Palais des Éléphants, une forteresse perchée sur un énorme rocher gris à près de mille pieds au-dessus du fleuve. À sa base était gravée une longue suite de pictogrammes : les Textes de l'Illumination de Rajah

Peshwavanju, dont le dessin exquis avait été surnommé la Dentelle de Pierre.

Selon la légende, ce n'était pas l'œuvre d'une main humaine mais celle de la Terre, désireuse d'éclairer le chemin de ceux qui recherchaient l'Illumination.

Raj Ahten leva les yeux vers le palais et déchiffra le verset du haut : « Incline-toi devant le Trône de l'Éléphant, hautain voyageur. Perché sur ton fier chameau, sache que tu n'es rien. »

Ces mots le frappèrent avec la force d'un augure. Les avertissements de Binnesman, la façon dont les Pouvoirs de la Terre l'avaient abandonné, le mal qu'il s'était donné en vain pour capturer Wuqaz Faharaqin... Tout lui prouvait que la Terre était contre lui. Et voilà que la Dentelle de Pierre semblait étinceler d'un éclat accusateur.

C'était une coïncidence que son regard se soit posé sur ce verset-là, tenta-t-il de se convaincre. Les maçons de Peshwavanju savaient que les marchands qui empruntaient l'ancienne Route des Épices arriveraient à dos de chameau et lèveraient le nez pour lire les inscriptions.

Le cœur lourd, Raj Ahten s'arrêta au bord de la route pour permettre à son chameau de se reposer.

Il baissa les yeux sur Maygassa. Il avait toujours admiré cette cité, sa conquête étant le point d'orgue de sa campagne indhopalaise. Il se souvenait du moment où il était monté sur le Trône de l'Éléphant. Son père, Arunhah, lui avait dit autrefois que le nom « Ahten » signifiait « soleil ». Doté d'un prénom très courant, qu'il méprisait, le jeune Avil s'était rebaptisé en s'emparant de Maygassa. Le titre de Raj signifiant « dirigeant », il était devenu le Seigneur du Soleil.

En contrebas, la cité fortifiée s'étendait sur la berge du fleuve Djuriparari aux flots cuivrés. Ses remparts, et ceux de chaque palais qu'elle abritait, étaient taillés dans une pierre gris clair aux reflets de lavande.

Des flottes de navires marchands à la coque de tek et à l'unique voile brune mouillaient sur les eaux paresseuses. Ils apportaient des épices, du riz, de la canne à sucre, de la soie, de l'or, des melons et des fruits de la jungle. À des lieues de distance, Raj Ahten sentait l'odeur forte des hommes, du commerce et de la pourriture, de la pauvreté et de l'espoir.

En observant le fleuve, il sut qu'il allait avoir des ennuis à Maygassa. Ce jour-là, tous les bateaux descendaient le courant, leur voile carrée déployée pour accélérer l'allure. Les gens fuyaient.

De son perchoir, Raj Ahten distinguait la grand-route qui conduisait à Majpuhr. Elle était noire de chariots, de chevaux et d'humains.

À cette époque de l'année, personne n'osait se diriger vers le nord et le désert. Seuls les meilleurs chameaux de force avaient une chance de le traverser. Les réfugiés suivaient la lisière de la jungle pour aller à Deyazz.

— Que se passe-t-il ? demanda Bhopanastrat. Les maraudeurs arrivent ?

— Oui, répondit simplement Raj Ahten.

Il prit les rênes de son chameau dans sa main gauche engourdie, lui donna une tape de la droite sur l'encolure et descendit vers la vallée.

Maygassa était en effervescence. Un bourdonnement nerveux emplissait l'air : des milliers de voix inquiètes qui parlaient très vite. La cité grouillait encore d'hommes et de femmes qui empaquetaient leurs biens les plus précieux avant d'abandonner leur maison. Raj Ahten vit des mères jeter des ballots de vêtements par la fenêtre à leurs enfants restés dans la rue, tandis que les pères armés de dagues et de sabres montaient la garde devant les chevaux et les chariots.

Raj Ahten entra dans Maygassa par la Porte de l'Aveugle et s'engagea dans les larges avenues. La cité était livrée à la panique. Les gens qu'il croisait étaient si préoccupés qu'ils ne lui prêtèrent pas la moindre attention. Le seul homme qui lui jeta un coup d'œil ne s'intéressait qu'à son chameau, qu'il observa un instant, de la convoitise et de l'indécision dans le regard.

Raj Ahten soupçonnait que son peuple avait déjà commencé à s'entre-tuer dans sa hâte de fuir.

Une morne consternation s'empara de lui, engourdissement de l'âme qui faisait écho à celui de son corps. Près de cent lieues le séparaient encore de Kartish.

Pourtant, il n'osa pas laisser paraître son inquiétude. Enfonçant ses talons dans les flancs de son chameau, il entra sur le marché la tête haute, dépassa les Fontaines de Paradis dont les tuyaux d'argent poli se tortillaient comme des lianes et crachaient l'eau dans des bassins de rhodolite remplis de crocodiles.

Les réfugiés emmenaient leur famille, leurs animaux et tous leurs biens. Ceux qui possédaient des montures avaient de la chance. Une lueur de panique dansait dans les yeux des autres : « Quelqu'un a-t-il un chameau à vendre ? Je paye en or ! »

En temps normal, le marché de Maygassa — un des plus importants du monde — ressemblait à une ruche bourdonnante où les marchands guettaient leurs clients avec un œil de rapace. Près de la porte nord, les guérisseurs vendaient des plantes curatives (goku et ginseng), des potions à base de sang de cobra blanc pour prévenir la vieillesse et des testicules de lézard pour renforcer la virilité. Près des docks, on trouvait les vendeurs de poisson, de légumes, de chanvre, de bois, de cuivre et de fer. Dans les plus beaux quartiers, les étals débordaient de rouleaux de soie, de lin, de mousseline, de coton et de laine teinte de mille couleurs.

La foule était si dense qu'on ne pouvait pas la traverser à dos de chameau.

Aujourd'hui, les échoppes étaient vides. La plupart des marchands avaient fui la cité. Il ne restait que les plus cupides qui comptaient en profiter pour vendre aux paysans affolés de pauvres mules malades au prix de vingt étalons.

— Raj Ahten ! cria tout à coup une voix de femme. Notre sauveur !

Tous les yeux se tournèrent vers lui. Depuis des années, Raj Ahten avertissait son peuple que les maraudeurs risquaient d'attaquer. Et il avait promis de les repousser.

— Lumière d'Indhopal ! s'exclamèrent les paysans soulagés.

Raj Ahten ne s'arrêta pas pour leur adresser quelques paroles de réconfort.

Bientôt, les cris de ses sujets moururent sur leurs lèvres. Il leva une main.

— Pourquoi cette confusion ? dit-il en fixant un homme qui offrait une poignée de rubis en échange d'un vieux chameau dont le poil avait viré au gris.

— Seigneur, balbutia le malheureux, les maraudeurs ont fait surface à Kartish ! Le Seul et Unique Maître les commande…

Raj Ahten soupira.

— Se dirigent-ils vers nous en ce moment ?

— Non, ô Lumière Universelle. C'est bien pis. Un mystérieux fléau ravage notre royaume, une atroce puanteur qui tue toutes les plantes sur son passage. Elle se déplace à peine plus vite qu'un homme, sauf lorsque le vent la pousse. Et elle s'est déchaînée la nuit dernière…

Raj Ahten fit un rapide calcul mental. Les maraudeurs avaient fait surface la veille à l'aube, et aussitôt créé un Sceau de Désolation à Kartish comme à Carris. Autrement dit, le fléau avait déjà dû ravager une zone de quatre-vingts lieues de diamètre.

Il tenta d'imaginer les conséquences. Faute de nourriture pour ses troupes, il ne pourrait pas assiéger la forteresse de ses ennemis. Il devrait frapper une seule fois, déchaînant toute sa puissance. Car si les maraudeurs restaient maîtres des mines de sang-métal, la guerre serait perdue.

La plupart des Dédiés de Raj Ahten étaient actuellement au Palais des Canaris, pas très loin des mines. Ils couraient un grand danger. *Je suis déjà mort*, songea le Seigneur-Loup. *S'ils disparaissent, je disparaîtrai avec eux.*

— Le fléau a ravagé Kartish et Muyyatin. La nuit dernière, le vent l'a poussé vers Dharmad et Aven. Bientôt, il aura dévasté tous les Royaumes-Gemmes. D'ici le crépuscule, il n'y restera plus une seule plante vivante.

Raj Ahten ne pouvait imaginer les poivriers d'Aven gisant noircis, les fruits de la passion de Dharmad en train de pourrir ou les rizières de Bina complètement flétries. Les champs et les vergers du sud de l'Indhopal étaient les plus fertiles du monde. Privé de la récolte, tout l'empire de Raj Ahten souffrirait de la famine cet hiver.

— Les gens fuient aussi vite que possible, mais le fléau se répand aussi pendant la nuit. Même un cavalier ne peut pas le prendre de vitesse ! Et attendre qu'il nous rattrape serait de la folie, car cela signifie une mort certaine.

— Que font mes guerriers ? demanda Raj Ahten.

— Des armées convergent sur les mines de Kartish, cria un soldat en surcot couleur safran. Aysalla Pusnabish mène la charge, avec trois millions de fantassins et quatre-vingt mille lanciers : tous les hommes valides que comptent les Royaumes-Gemmes.

Pusnabish était le seigneur de guerre en qui Raj Ahten avait la plus grande confiance, car il protégeait ses Dédiés. Il avait eu beau ratisser large, le gros de ses troupes devait se composer de manants qui mettraient des jours à se rassembler et tomberaient comme des mouches devant la première malédiction lancée par le Seul et Unique Maître.

— Donc, les maraudeurs ont pris Kartish hier, résuma Raj Ahten.

— Oui, seigneur, dit le soldat.

— Et Pusnabish a monté une contre-attaque.

— Comme je viens de vous le dire.

— Mais le fléau continue de s'étendre.

— Alors même que nous parlons. Je l'ai vu de mes propres yeux, à la frontière.

Donc, Pusnabish n'avait pas réussi à déloger les maraudeurs et à détruire le Sceau de la Désolation. Peut-être ne savait-il pas comment enfoncer les défenses ennemies… Ou était-il encore en train de rassembler ses troupes ?

Mais Raj Ahten craignait le pire : à savoir que Pusnabish et ses trois millions d'hommes soient déjà morts.

Il ne pouvait pas atteindre Kartish avant la tombée de la nuit. Et plus le fléau se répandrait, plus il deviendrait difficile de gagner Kartish pour en déloger les maraudeurs.

Il restait une petite chance que Pusnabish et ses hommes soient toujours en vie. Raj Ahten pourrait alors lancer une charge pour détruire le Sceau de la Désolation.

Une toute petite chance.

En traversant Maygassa, il refit son calcul. Si le fléau continuait à s'étendre, d'ici l'aube, il aurait englouti les Royaumes-Gemmes et provoqué une terrible famine dans tout l'Indhopal. Vingt-quatre heures plus tard, il toucherait Maygassa et se propagerait aux riches jungles du nord. Cinq jours après, il atteindrait le désert.

En moins d'une semaine, il aurait dévasté l'Indhopal. Ensuite, ce serait le tour du reste du monde.

CHAPITRE XXXVII

LES ADIEUX

Il faut chérir nos véritables amis au-delà de toute mesure, car dans notre souvenir ils brillent plus vivement que l'or et durent plus longtemps que le diamant.

Maître Jorlis de la Salle du Cœur.

Le cœur lourd, Myrrima s'apprêtait à quitter Gaborn. Des chariots venaient d'emporter les cadavres de Jureem, d'Handy et de leurs attaquants.

L'assaut contre Iomé s'était produit si soudainement que Myrrima avait encore les nerfs à fleur de peau. Les maraudeurs préparaient un mauvais coup au sommet du Roc de Mangan, et Gaborn parlait d'aller dans le Monde du Dessous pour combattre leur maître.

Langley passait d'un seigneur à l'autre afin de les rassembler pour un conseil de guerre. Avant qu'il ne débute, Gaborn confia à Myrrima et à Borenson un message pour le roi Zandaros.

— Assurez-vous de le lui remettre en mains propres. Algyer col Zandaros serait un puissant allié, et nous ne pouvons pas nous permettre de l'avoir pour ennemi.

— Nous n'y manquerons pas, promit la jeune femme. Et je prendrai soin d'Iomé jusqu'à ce que nos routes se séparent.

— Je n'en doute pas. Puisse la Terre vous protéger.

À la grande surprise de Myrrima, Gaborn l'étreignit en guise d'adieu. Elle avait beau considérer Iomé comme une amie, son jeune époux était le roi, donc trop au-dessus du commun des mortels pour se laisser aller à de telles effusions.

Myrrima rejoignit Averan. La fillette avait l'air désespéré.

— Écoute, petite sœur, dit Myrrima en lui prenant la main, je dois aller en Inkarra, et je suis venue te dire au revoir.

— Ça veut dire que je ne vous reverrai jamais…

— Bien sûr que non. Je reviendrai.

Averan secoua la tête.

— Personne ne revient d'Inkarra, et je vais dans le Monde du Dessous, dit-elle simplement.

Myrrima aurait voulu la réconforter.

— Aie foi en toi, en ton souverain… et en moi aussi. Ne suis-je pas ta grande sœur ?

— Pas vraiment, non.

La fillette avait raison. Roland n'avait pas eu le temps de demander au duc Paldane la permission de l'adopter. Officiellement, il n'avait pas tenu sa promesse. Averan n'était donc pas la sœur de Borenson. Ellc n'avait pcrsonnc au mondc.

Le père de Myrrima avait été assassiné des années auparavant. Mais il lui restait une mère et des sœurs dont le secours avait été inestimable. La jeune femme se tourna vers Gaborn.

— Votre Altesse, Roland Borenson avait l'intention d'adopter Averan, mais il est mort avant de pouvoir le faire. Je me demandais si vous pourriez accéder à sa requête — notre requête — dès maintenant.

Ce n'était pas grand-chose, et ça signifierait tant pour la fillette ! Myrrima voulait au moins lui donner ça.

Gaborn fixa Averan.

— Qu'en dis-tu ? Voudrais-tu prendre Myrrima pour sœur ?

L'enfant hocha la tête d'un air pensif.

— Borenson, accepterais-tu de devenir le frère et le tuteur d'Averan ?

— C'est une Gardienne de la Terre, intervint Binnesman. La Terre la nourrira et la protégera. Quant à son éducation, je m'en charge.

Myrrima sursauta.

— Je suis certaine que vous ne pensez pas à mal. Vous êtes capable d'enseigner la magie à Averan, mais vous n'avez pas l'habitude de vous occuper d'une enfant. Saurez-vous lui donner l'amour dont elle a besoin ? Et quand elle aura faim, lui préparerez-vous à manger ou la laisserez-vous gratter le sol en quête de racines ?

— Je suis certain que vous ne pensez pas à mal non plus, répliqua Binnesman. Mais vous êtes sur le point de partir en Inkarra. Comment comptez-vous vous occuper d'elle ?

— Notre propriété de Drewverry peut très bien l'accueillir. Ma mère et mes sœurs veilleront sur elle.

— Dans une maison, Averan serait comme un oiseau en cage, insista Binnesman.

Le regard de Gaborn passa de Myrrima au magicien.

— Rien ne l'empêche d'habiter dans une maison, de manger à une table et d'être quand même une Gardienne de la Terre, déclara-t-il. Je ne vois aucune raison de ne pas accéder aux dernières volontés de Roland. Mais Borenson ne m'a toujours pas répondu.

— Mon père a fait le choix à ma place, affirma le colosse.

— Qu'il en soit ainsi, dit Gaborn. Averan, je te remets aux bons soins de la famille Borenson. Tu es désormais la fille de Roland.

— Et ma sœur, ajouta gravement Myrrima.

Des larmes montèrent aux yeux de la fillette. Myrrima la serra contre elle, puis enleva le poisson d'argent qu'elle portait en pendentif et le passa au cou d'Averan.

— Ma mère et mes sœurs sont déjà en route pour Drewverry. Quand elles verront ce bijou, elles te feront bon accueil. C'était un cadeau de mon père. Drewverry sera ta maison aussi longtemps que tu le désireras.

Averan rendit son étreinte à la jeune femme.

— Au revoir, balbutia-t-elle.

Myrrima serra la main de Binnesman et de sa wylde pendant que les gardes du corps d'Iomé empaquetaient les forceps qu'ils devaient ramener à la Cour des Marées. Grimeson, leur chef, était un guerrier au teint mat qui arborait un unique sourcil noir broussailleux.

— Nous avons été volés ! s'écria-t-il soudain.

Debout à l'arrière du chariot au trésor, il jeta à terre le couvercle d'une caisse avant d'en ouvrir vivement une autre.

Plusieurs soldats coururent vers lui.

— Mais nous ne l'avons pas quitté des yeux ! protestèrent-ils.

— Même quand l'Éclat Ténébreux a attaqué ? demanda Gaborn.

Les gardes lâchèrent des exclamations consternées.

— Fouillez le camp ! ordonna Grimeson.

Gaborn ferma les yeux et se concentra.

— Inutile. Le voleur est parti depuis longtemps. Feykaald retourne en Indhopal.

— Il n'a pas plus d'une heure d'avance sur nous, dit Borenson, les poings serrés. Nous pouvons le rattraper.

— Messire, vous devez récupérer ces forceps, renchérit le vieux Jerimas. Ne vous y trompez pas : si Raj Ahten apprend qu'il vous en reste une telle quantité, il viendra les chercher.

À la grande surprise de Myrrima, Gaborn secoua la tête.

— Non. Un terrible danger menace l'Indhopal. Je suis certain que son peuple en a autant besoin que nous.

Parmi les Chevaliers Équitables et les représentants d'une demi-douzaine de nations qui les entouraient, Myrrima crut que quelqu'un allait protester. Mais personne n'osa s'opposer au jeune roi. Depuis plusieurs jours, il répétait que l'humanité entière était sous sa protection. Peut-être les autres commençaient-ils à le comprendre et à le croire…

Myrrima, Borenson et les gardes du corps d'Iomé montèrent en selle et attendirent leur reine. Main dans la main, Gaborn et elle s'étaient réfugiés à l'ombre d'un chêne centenaire, au bord du torrent. Ils parlaient à voix basse, et Myrrima vit des larmes inonder le visage de son amie. Elle n'entendait pas ce que Gaborn et elles se disaient, mais elle pouvait très bien l'imaginer.

Iomé savait que son époux comptait aller dans le Monde du Dessous pour traquer le Seul et Unique Maître, et elle craignait de ne jamais le revoir. Lorsqu'elle parvint à s'arracher enfin à lui pour rejoindre le reste du groupe, elle garda le silence de longues minutes.

Des chevaux de force tiraient le chariot aux forceps à une telle vitesse que ses roues ne semblaient pas toucher le sol. Ils se dirigèrent vers le sud-est en coupant à travers champs, suivant le cours du fleuve Donnestgree vers l'océan et la Cour des Marées.

Très peu de villages se dressaient dans les plaines. Myrrima demanda pourquoi à Borenson. Il lui répondit que les vents violents ne permettaient pas aux arbres de pousser, et que la terre recouvrait une épaisse croûte de pierre volcanique. Bien que l'herbe fût assez abondante pour faire prospérer du bétail, l'absence de combustible décourageait les Mystarriens de s'installer là.

Mais il n'en avait pas toujours été ainsi. Myrrima aperçut les ruines de plusieurs forteresses au sommet de collines solitaires. Borenson lui désigna le site de la Bataille des Cinq Mages, et fit halte pour lui montrer les ossements fossilisés d'un géant. Elle vit la tour où Leandra avait poussé sa mère dans le vide en apprenant qu'Andreas n'était plus.

Près du vieil autel de Rimmondy, ils effrayèrent un vol de jeunes graaks sauvages qui se repaissaient de la carcasse d'une vache.

En fin d'après-midi, ils atteignirent un croisement, cent lieues au sud-est de Carris. Des bouleaux au tronc argenté s'inclinaient au-dessus d'une rivière dont la surface limpide reflétait leurs feuilles.

Au sud s'étendait la route que devaient prendre Myrrima et Borenson, tandis qu'Iomé continuerait vers le nord-est. Ils s'arrêtèrent pour laisser leurs chevaux boire et brouter un peu d'herbe.

— Nous ne pouvons pas nous attarder ici, dit Borenson. Le soleil se couchera bientôt, et je veux être sorti des Terres de l'Ouest à la tombée de la nuit.

— Les Terres de l'Ouest ? répéta Myrrima en écarquillant les yeux. Celles qui sont hantées par des spectres ? Je croyais qu'elles seraient… plus à l'ouest.

— Elles sont à l'ouest du Vieux Ferecia. C'est tout ce qui compte.

— Mais il me semblait que c'était un gigantesque marécage…

— Absolument. Il commence derrière la Tour de Woglen, dit Borenson en désignant du menton les ruines d'une forteresse au sommet d'une colline.

Myrrima frissonna. Elle connaissait la légende.

Autrefois, une horde de Toths avait envahi la plaine et rougi l'eau de la rivière avec le sang des humains. Trois mois durant, les soldats de Fallion avaient lutté pour briser leur siège et reconquérir la tour. La victoire avait dû leur laisser un goût amer quand ils avaient découvert que la promise de Fallion gisait morte à l'intérieur.

Myrrima avait imaginé que la Tour de Woglen serait toujours debout, et le sol jonché de squelettes blanchis.

Elle ne s'attendait pas à ça. Elle n'avait pensé qu'à passer la frontière d'Inkarra, pas aux dangers qu'elle devrait affronter pour y arriver. Et voilà que Borenson lui promettait un marécage plein de spectres !

— Ne pourrions-nous pas contourner les Terres de l'Ouest ? proposa-t-elle.

— Il sera plus rapide de les traverser, répliqua Borenson, amusé par sa détresse.

Ils parlèrent quelques instants de ce qu'ils devaient emmener. Borenson avait trouvé de l'or dans la bourse de son père, et il savait pouvoir se procurer tout ce dont ils auraient besoin à Batenne, au pied des Monts Alcair.

Quand ils se furent mis d'accord, Myrrima partit à la recherche d'Iomé, qui s'était éloignée en suivant la berge. Après avoir effrayé une oie et sa couvée dans les roseaux, elle retrouva son amie adossée à un chêne, plissant les yeux pour se protéger contre la clarté aveuglante du soleil.

— Vous vous inquiétez pour Gaborn ? demanda Myrrima.

— Non, avoua Iomé. Mes pensées sont beaucoup plus égoïstes.

— Tant mieux, la félicita Myrrima.

— Comment ça, « tant mieux » ? s'étonna Iomé en se tournant vers elle.

Les trois heures précédentes, elle avait été si préoccupée qu'elle n'avait adressé la parole à personne.

— D'habitude, vous ne vous souciez que des autres, et vous vous oubliez.

— Je suis en train de me rattraper ! Je me demandais si Gaborn aurait une pensée à m'accorder cet après-midi.

— Je suis certaine que oui, affirma Myrrima.

— C'est bien le problème, se lamenta Iomé. Une seule pensée lui suffira pour savoir où je suis. Mais j'aurais préféré vous accompagner. Selon Jerimas, le roi Zandaros aurait mieux accueilli la requête de Gaborn si elle avait émané d'une proche parente.

— Gaborn ne pouvait pas prendre ce risque, dit Myrrima.

— Maintenant qu'il sait que je porte son fils, il n'a plus qu'une idée : me mettre en sécurité. Si je l'écoutais, je resterais allongée jusqu'au moment d'écarter les jambes pour accoucher !

Myrrima affecta d'être choquée.

— Votre Altesse ! s'exclama-t-elle en réprimant un éclat de rire.

Iomé fit la grimace.

— Je vous accompagnerais si je le pouvais, mais Gaborn s'en apercevrait aussitôt. Il se servirait de ses pouvoirs pour me poursuivre, et ça lui ferait perdre un temps précieux. Je n'ai pas le choix : je dois lui obéir.

— Vous serez en sécurité à la Cour des Marées…

— On est vraiment en sécurité près du Roi de la Terre. Et c'est là que je voudrais être.

Elle prit les mains de Myrrima dans les siennes.

— Tu me manqueras. Même si tu m'as sauvé la vie deux fois, je te considère comme bien plus qu'une protectrice. Je veux être ton amie. Je supplierai la Terre de veiller sur toi, chaque jour jusqu'à ton retour.

— Moi aussi, je penserai à vous, affirma Myrrima, la gorge serrée. Et j'espère que la naissance de votre fils se passera bien.

Iomé posa sa main gauche sur le ventre de la jeune femme.

— Puisses-tu avoir bientôt tes propres enfants.

C'était une vieille tradition heredonienne, les femmes enceintes offrant ainsi leur bénédiction à celles dont l'utérus restait vide. Un simple geste ; pourtant, Myrrima sentit ses muscles se contracter sous la main d'Iomé et recula vivement. Un instant, elle imagina que son amie pouvait vraiment la faire tomber enceinte.

Iomé éclata de rire.

— Ça t'arrivera bien assez tôt, à présent que ton mari… (Elle s'interrompit.) J'espère ne pas t'avoir offensée. Je sais que Borenson et toi, vous avez eu des problèmes. Je ne veux que ton bonheur.

— Ce n'est rien. Merci.

Myrrima ne pouvait dissimuler sa gêne. Elle n'osait pas dire à Iomé que Borenson et elle n'avaient jamais fait l'amour, et qu'elle avait menti au sujet de sa guérison miraculeuse.

— Laisse-moi te faire un autre cadeau, dit Iomé, comme si elle espérait se faire pardonner sa maladresse. Tu as besoin d'un collier pour remplacer celui que tu as donné à Averan.

Elle enleva de son cou l'opale dont Binnesman s'était servi pour combattre l'Éclat Ténébreux.

— Tiens, il te portera chance.

— Votre Altesse, dit Myrrima, je ne peux pas… Je n'ai rien à vous offrir en échange.

— Tu m'as déjà offert ma vie, et celle de mon fils.

Iomé attacha le collier au cou de Myrrima et l'étreignit. Puis elles revinrent vers l'endroit où Borenson était en train de bouchonner leurs montures.

Borenson fit ses adieux à Iomé et sauta en selle avec la grâce féline typique des Seigneurs des Runes. Myrrima l'imita, enfourchant son cheval de guerre sans geste inutile ou disgracieux. Elle se demandait pourquoi son époux s'obstinait à monter la petite jument pie qu'ils avaient trouvée après la bataille de Carris. Peut-être se jugeait-il désormais indigne de son étalon royal ?

Ils partirent en direction du sud, le long de la rivière. À un lacet, ils se retournèrent une dernière fois pour faire un signe de la main à Iomé.

La jeune femme se tenait entre les bouleaux à l'écorce argentée. Myrrima eut l'étrange sentiment qu'elle y était à sa place, comme une baie rouge sur une branche de houx. Avec sa robe de voyage verte, un fils qui grandissait dans son ventre, les chevaux qui paissaient près d'elle et le halo de branches qui la couronnait, Iomé incarnait l'épouse idéale d'un Roi de la Terre.

Iomé agita la main pour dire au revoir à Myrrima et au seigneur Borenson.

Quand ils eurent disparu au loin, ses épaules s'affaissèrent. Gaborn voulait la mettre en sécurité mais, pour le moment, elle se sentait surtout très seule. Ses amis iraient en Inkarra. Le Monde du Dessous engloutirait

Gaborn. Et elle… Elle ferait ce qu'on lui dirait pendant que le monde s'effondrerait.

Le sergent Grimeson donna le signal du départ ; ils se remirent en route avec leurs gardes et leurs chariots.

Les plaines dorées furent bientôt remplacées par une terre si riche qu'elle demeurait verdoyante une bonne partie de l'automne.

Les voyageurs traversèrent plusieurs petites communautés, à une telle vitesse que les fermiers avaient tout juste le temps de les reconnaître, et rarement celui d'ôter leur chapeau ou de mettre un genou à terre. Des cris retentissaient derrière eux : « Regardez, c'est la reine ! » « Venez voir ! Vite ! »

En fin d'après-midi, Carris n'était plus qu'un mauvais souvenir. L'odeur du blé remplaçait celle de l'herbe morte. La suie noire avait laissé la place à des vergers dont les branches ployaient sous les fruits mûrs, et les hurlements des blessés étaient remplacés par les meuglements des vaches.

Iomé se sentait pleine d'une énergie nouvelle.

Grimeson lui indiquait le nom de tous les villages et de toutes les cités, lui montrant parfois un ancien champ de bataille ou un site historique. Malgré sa laideur, Iomé réalisa très vite qu'il avait la tête sur les épaules et ne manquait pas d'intelligence. Elle se demandait quand même pourquoi Gaborn avait affecté à sa protection cet homme si mal dégrossi.

Alors que la nuit tombait, Iomé se surprit à saliver chaque fois qu'ils passaient devant une auberge. Voilà longtemps qu'elle n'avait pas pris un vrai repas ; l'odeur du jambon braisé sur un lit de poireaux ou du pain tout juste sorti du four la torturait.

Mais elle ne pouvait pas s'offrir le luxe de s'arrêter. Elle continua à galoper dans les ténèbres jusqu'à ce qu'elle s'endorme en selle, le vent dans les cheveux.

Soudain, une voix appela :

— Ma dame ?

Iomé s'arracha à son rêve et cligna des yeux.

Son escorte fit halte au sommet d'une colline. À leurs pieds, l'océan s'étendait dans toutes les directions. Iomé n'avait jamais vu la mer, jamais senti l'odeur de l'iode, jamais contemplé d'horizon aussi lointain.

Devant elle se dressaient plusieurs petites îles reliées par d'élégants ponts de pierre blanche presque impossibles à distinguer des nuages.

Les tours de la Cour des Marées s'élançaient vers le ciel comme des épieux d'argent visant le croissant de lune.

CHAPITRE XXXVIII

LE POINT DE VUE D'UN MAGICIEN

Les magiciens n'interviennent jamais dans les affaires du commun des mortels. Mais le commun des mortels s'immisce parfois dans les affaires des magiciens.

Binnesman, Gardien de la Terre.

Alors que la nuit tombait, Averan observait de loin le conseil de guerre de Gaborn. Les Seigneurs des Runes s'étaient assis en cercle sur des rochers et des souches mortes qu'ils avaient traînés près de la rivière. Ça faisait plus de trois heures que les maraudeurs rôtissaient sur leur perchoir. Le soleil se couchait à l'horizon, et une brise fraîche descendait des montagnes, apportant avec elle une odeur de pins.

La Rune de Désolation commençait à peine à prendre forme. Beaucoup de sorcières écarlates et de baveurs avaient déjà succombé, et ceux qui restaient avançaient lentement. Mais le symbole malsain brillait déjà, et une fumée nauséabonde dévalait le flanc des collines comme si elle bouillonnait hors d'un chaudron.

Averan s'interrogeait. Elle savait que le Tisseur de Bataille avait été envoyé à Carris précisément parce qu'il maîtrisait la Rune de Désolation. D'autres mages funestes pourraient en reproduire certaines parties, mais chacun ne connaissait qu'un petit morceau du tout.

Les hommes de Gaborn encerclaient toujours le Roc de Mangan. La brume maudite leur brûlait les sinus et les faisait larmoyer à tel point que les géants des glaces déplacèrent leur camp pour le dresser à contre-vent. Mais elle ne ressemblait en rien au fléau qui avait détruit toute végétation à des lieues autour de Carris.

Pour Averan, c'était la preuve que les maraudeurs ne parviendraient pas à fabriquer un second Sceau de la Désolation.

Mais Gaborn s'inquiétait. Il voulait détruire la rune, et surtout, il désirait trouver le Guide.

Rassemblés autour de lui, Skalbairn, Langley, Herin la Rouge, le duc Groverman, Jerimas et des dizaines d'autres seigneurs conféraient bruyamment. Un peu en retrait, Averan les écoutait dresser des plans futiles pour assaillir le Roc de Mangan. L'air était chargé de l'excitation qui précède une bataille.

— Il faut utiliser notre artillerie pour les déloger, affirma Skalbairn. Nous n'avons qu'à installer des balistes au pied de la face sud et bombarder les maraudeurs jusqu'à ce qu'ils battent en retraite. Puis nous monterons à l'assaut avec des échelles de siège.

— Je vous ai déjà dit que ça ne marcherait pas, lâcha Gaborn.

— Bien sûr que si !

— Le roi a raison, intervint Jerimas. Les maraudeurs se contenteraient de nous renvoyer nos pierres.

— Il doit pourtant y avoir un moyen, insista Herin. Et si nous construisions des tours de siège ? Nous pourrions les faire traîner par nos chevaux de force.

Gaborn secoua la tête.

— La Terre m'avertit de n'en rien faire.

Il avait opposé le même refus à tous les plans de ses hommes. *Si seulement il pouvait provoquer un séisme comme à Carris*, pensa Averan. *J'aimerais bien voir les maraudeurs dégringoler de leur perchoir !* Mais Gaborn avait perdu la plus grande partie de ses pouvoirs. Il était désormais incapable d'invoquer un tremblement de terre ou un ver du monde, et il n'était pas non plus fichu de mettre au point un plan d'attaque valable.

Levant les yeux, la fillette vit que Gaborn la fixait comme s'il espérait qu'elle lui fournirait une solution sur un plateau d'argent. Elle se prit la tête entre les mains. Il lui semblait que son crâne allait exploser, tant les souvenirs des maraudeurs qu'elle avait mangés s'agitaient dans son esprit. De nouvelles images lui apparaissaient sans cesse. Elle se sentait comme un obèse qui vient d'engloutir un festin et ne peut plus remuer tant il a l'estomac distendu, mais continue tout de même à s'empiffrer.

Soudain, elle eut une vision du site de nidification du Clan de la Pierre Creuse : l'endroit où le Gardien avait éclos, à une telle profondeur que la proximité du magma y faisait régner une température infernale. Elle se souvenait d'avoir utilisé ses dents de lait pour déchirer le sac à la texture de cuir qui l'enveloppait, puis de s'être fait attaquer par une de ses sœurs plus âgée alors qu'elle gisait encore sur le sol, affaiblie par cette épreuve.

Le Gardien avait lutté contre sa sœur et réussi à lui arracher une patte avant de s'enfuir. Une piètre victoire, car un cadavre entier aurait constitué un repas plus nourrissant. Après avoir dévoré la chair, il s'était fabriqué une arme avec l'os brisé, s'en servant pour éventrer les maraudeurs qui avaient éclos juste après lui. Leurs glandes et leur cerveau lui avaient permis de grandir très vite.

Les souvenirs du Gardien étaient à la fois macabres et fascinants. Ils hantaient Averan.

Un morne silence s'était abattu sur Gaborn et ses compagnons. Un peu plus loin, un glapissement succéda au bruit d'un bâton heurtant de la chair.

Le capitaine était toujours en train d'entraîner la wylde. Il lui avait montré comment se servir de son bâton pour se propulser par-dessus la tête d'un ennemi. À présent, il lui enseignait la façon de le manier pour se défendre contre plusieurs assaillants. Bien qu'elle n'eût aucun Don de Force, la femme verte lui rendait coup pour coup.

La voix de la raison retentit soudain. Elle appartenait à Jerimas.

— Voilà des heures que nous palabrons, et chaque fois que nous suggérons un plan, Gaborn nous répète que la Terre l'avertit de n'en rien faire. Sommes-nous certains de vouloir déloger les maraudeurs de ce rocher ?

— Que voulez-vous dire ? demanda Skalbairn de sa voix rauque.

Assis sur une pierre, il affûtait son énorme hache de guerre. Jerimas se pencha vers lui, sa longue barbe argentée effleurant ses genoux.

— Selon Averan, les maraudeurs meurent de soif. Dès qu'ils descendront de leur perchoir, ils se dirigeront sans doute vers l'eau potable la plus proche : celle qu'ils ont laissée à Carris. C'est peut-être pour ça que la Terre nous recommande de ne pas les attaquer.

— Moi, ça ne me dérange pas de les laisser se dessécher sur pattes, dit la reine Herin.

— Nous ne pouvons pas attendre, objecta Gaborn. J'ai besoin du Guide.

— Si je peux me permettre..., intervint Averan. Je ne pense pas qu'ils retourneront à Carris. Ils ont eu trop froid dans les montagnes la nuit dernière ; ils ne voudront pas les traverser une nouvelle fois.

— Le temps a changé, répliqua Skalbairn. La température sera plus douce ce soir.

— Les maraudeurs l'ignorent. Ils n'ont aucune expérience des conditions de vie à la surface.

— S'ils sont désespérés, ils risquent de se jeter sur nous en regagnant le sol, avança Jerimas. Nous devrions leur laisser une possibilité de fuir.

— Entendu, dit Gaborn. Vers le sud, ce sera bien. Il n'y avait guère que Fort Haberd dans la région, et ils l'ont déjà détruit. Personne ne risque plus rien. Mais ça ne me dit pas comment nous allons les inciter à descendre.

Averan leva les yeux. Tous les autres la regardaient en retenant leur souffle. Elle secoua la tête.

— Je ne sais pas, avoua-t-elle. Je ne comprends pas ce qu'ils fichent. Seul le Tisseur de Bataille savait construire une Rune de Désolation.

— Ils apprennent vite, fit remarquer Gaborn. Leur nouveau chef se surestime peut-être.

— Je vais vous dire ce qui peut les chasser de leur perchoir, grogna Skalbairn. La peur. Il faut qu'ils aient plus peur de rester là-haut que de redescendre. Que craignent-ils dans le Monde du Dessous ?

Averan tenta d'invoquer des images précises. Elle se souvenait d'un porteur de lame qui avait marché sur une créature enfouie dans le sol. Le dard de la bête lui avait transpercé le pied et y avait implanté des œufs qui étaient immédiatement passés dans son sang. Bientôt, des milliers de parasites avaient éclos dans son corps. Ses compagnons s'étaient débarrassés de lui en le jetant au fond d'un gouffre rempli de magma.

Il existait d'autres habitants du Monde du Dessous que les maraudeurs redoutaient. Mais une chose s'imposa à l'esprit d'Averan.

— La fumée.

— Évidemment, s'exclama Skalbairn. De la fumée dans un tunnel les tuerait aussi bien que des humains.

Gaborn secoua la tête.

— Carris brûlait, et pourtant, les maraudeurs ne se sont pas enfuis.

À la grande surprise d'Averan, Binnesman vint à sa rescousse.

— Mes dames, messires, je crains de devoir vous enlever ma jeune élève.

Il prit la main de la fillette et l'entraîna avec lui.

— Pourquoi ? s'étonna Gaborn.

— Vous lui en demandez beaucoup trop, répondit le magicien. Elle n'est ni une guerrière ni votre conseillère : juste une Gardienne de la Terre. Et il est temps qu'elle commence son apprentissage.

— Ça ne pourrait pas attendre ? grogna Skalbairn.

— Non. C'est une leçon importante qui traite d'obéissance et de la place de chacun en ce monde.

Gaborn voulut protester, mais Binnesman pointa vers lui un index noueux.

— L'obéissance, messire ! Lorsque le moment viendra de frapper les maraudeurs, la Terre vous avertira comme elle l'a déjà fait par le passé. À moins qu'une tempête ne les déloge de leur perchoir. Faites-moi confiance, ou plutôt faites confiance à la Puissance que nous servons. La Terre connaît le danger mieux que nous, et nous ménagera une échappatoire. Nous devons nous contenter de jouer notre rôle en temps et heure.

« Pour l'instant, je vous suggère à tous de prendre

un peu de repos. Allez dîner. Nourrissez vos chevaux. Jouez aux échecs pour vous distraire.

— C'est le meilleur conseil que j'aie entendu depuis longtemps.

Averan n'y comprenait plus rien. Elle savait que Gaborn avait désespérément besoin d'aller dans le Monde du Dessous. Le temps leur était compté. Et pourtant, il acceptait d'attendre que la Terre lui fasse signe. La fillette trouvait ça un peu trop risqué à son goût.

Binnesman conduisit Averan jusqu'à son cheval et l'aida à monter en selle.

— Où allons-nous ?

— Dans les montagnes, pour commencer ton entraînement.

— Printemps peut-elle venir avec nous ?

Le capitaine avait délaissé le bâton pour enseigner à la femme verte le maniement de la lance d'infanterie. Binnesman leur jeta un regard approbateur.

— Non. Elle a des choses plus importantes à faire.

Il monta en selle derrière Averan et éperonna son étalon gris. Les champs dorés défilèrent sous les sabots de l'animal.

— Pourquoi m'avez-vous emmenée ? demanda la fillette. Vous ne vouliez pas que je leur parle ?

— Ce n'est pas ça. Gaborn aimerait attaquer bien que la Terre le lui interdise. Il a besoin d'apprendre sa leçon, et toi... de te reposer.

Averan ne trouva rien à y redire. Pourtant, elle se sentait vaguement coupable de ne pas avoir pu aider le jeune roi.

Binnesman saisit son bâton passé dans la sangle d'une sacoche de selle et le tendit à la fillette. Dès que ses doigts se refermèrent dessus, elle crut sentir le bois pulser, comme si elle touchait un arbre vivant à l'écorce tiédie par le soleil. Elle retourna le bâton pour l'examiner.

Long d'environ cinq pieds et poli par les ans, il était taillé dans une branche de chêne d'un brun orangé. Binnesman avait noué une lanière de cuir à une de ses extrémités pour mieux le tenir. Quatre grosses perles y étaient retenues par un nœud : une d'argent, une de fer, une d'obsidienne et une en os de maraudeur.

Quelques runes étaient délicatement gravées au bout du bâton. Averan ne distingua pas dans le bois les trous minuscules laissés par des vers, ni les traces de brûlure ou d'entailles. Mais malgré son apparence quelconque, ce bâton n'avait rien d'ordinaire.

— Sens-tu le pouvoir de la Terre ? demanda Binnesman.

Averan fit oui de la tête.

— Tu dois trouver ton propre bâton. N'importe quelle branche fera l'affaire. Tout ce qu'il faut, c'est la demander poliment à un arbre.

— N'importe quelle branche ? répéta la fillette en regardant les saules qui poussaient sur la berge de la rivière.

— Du moment que tu sens que c'est la bonne, précisa Binnesman.

— Une branche de saule, ça irait ?

— Le porteur d'un bâton en bois de saule est proche de l'Eau et doué pour les arts de la guérison. Te sens-tu attirée par cet arbre ?

Averan étudia les feuilles vertes et dorées qui scintillaient au soleil. Elle les trouvait jolies, mais rien ne la poussait irrésistiblement vers elles.

— Non. Votre bâton est en chêne…

— Le bois de chêne est résistant, surtout au Feu, dit Binnesman.

Averan le regarda par-dessus son épaule.

— Et les autres arbres ? Ont-ils aussi des pouvoirs ?

— Je n'appellerais pas ça des pouvoirs, corrigea Binnesman. Disons qu'ils ont tous une personnalité différente. Celui que tu choisiras — ou plutôt, qui te choisira — m'indiquera le genre de capacités que tu développeras.

— Y a-t-il des arbres indésirables ?

— Certains sont plus faibles que d'autres. Mais je n'en dirai pas davantage pour ne pas t'influencer.

Averan ne se sentait pas vraiment attirée par les chênes qui se dressaient dans la plaine telles des sentinelles solitaires, avec leurs branches toutes tordues et couvertes de lierre. Elle n'accorda qu'un coup d'œil à un bosquet d'aubépines qui poussait sur un promontoire rocheux.

— Suis-je obligée de choisir aujourd'hui ?

— Bien sûr que non. Je t'en ai seulement parlé parce que au pied des montagnes, on trouve une grande variété d'arbres. Je voulais que tu sois prête au cas où l'un d'eux t'appellerait.

Ils s'approchèrent d'un petit ruisseau.

— Tu vois le trèfle jaune ? demanda Binnesman en désignant dans l'herbe une tache dorée.

Averan hocha la tête.

— On l'appelle mélilot. Si tu roules les feuilles entre tes doigts et que tu les appliques sur des varices, elles disparaîtront. Tu peux également t'en servir pour faire dégonfler tes ecchymoses, et en ajouter à une compresse d'oreilles de mouton pour arrêter les hémorragies.

L'étalon franchit le cours d'eau d'un bond élégant.

— En ce qui concerne les saules, même si tu ne veux pas t'en faire un bâton, leurs feuilles, en infusion, viennent à bout de la plupart des maux, faiblesses cardiaques comprises. Le milieu de l'été est le meilleur moment pour les ramasser. Certaines vieilles femmes préfèrent utiliser l'écorce, mais ça fait mourir l'arbre...

Binnesman tira sur les rênes de sa monture et mit pied à terre. Il se pencha pour cueillir une fleur aux pétales pourpres sur la pointe, mais jaune clair vers les pistils.

— C'est une pensée sauvage. Des écervelées à peine plus âgées que toi s'en servent pour faire des philtres d'amour. Personnellement, je trouve qu'une jolie coiffure et un sourire aimable produisent autant d'effet. Mais si tu mâches les feuilles fraîches pendant quelques minutes, ton moral remontera en flèche, et tu oublieras tes soucis.

Averan fourra quelques feuilles dans sa bouche. Elles avaient une odeur entêtante qui sembla ouvrir ses poumons pour permettre à l'air d'y circuler plus facilement. Tandis qu'elle mâchait pensivement, Binnesman remonta en selle.

— Si quelqu'un te suit, fais un nœud à la tige d'une clianthe et jette-la derrière toi. Tes ennemis s'empêtreront dans les broussailles.

Il révéla à Averan les vertus du pyrèthre et de l'ache pendant que son cheval grimpait le flanc d'une colline.

Ils entrèrent dans un petit bois et s'immobilisèrent à l'ombre d'un bosquet d'aulnes. Plus haut dans la montagne, la fille distinguait les feuilles rouges des érables et les aiguilles bleutées des sapins.

Elle tourna la tête vers le sud. Le Roc de Mangan était à des lieues en arrière.

— D'ici, on ne voit plus les maraudeurs, constata-t-elle, surprise.

— Ça permet d'envisager la situation sous un autre angle, n'est-ce pas ? lança Binnesman. De près, ce sont des monstres qui te dominent avec leurs crocs dégoulinants. Mais de loin… La Terre les engloutit.

Averan ne sut que répondre. Le soleil couchant projetait une lumière rasante, révélant des ondulations du sol qu'elle n'avait pas remarquées jusque-là. La température avait commencé à baisser.

— Gaborn veut que je l'accompagne dans le Monde du Dessous. Ai-je eu tort d'accepter ?

— Ça dépend. Que te conseille ton cœur ?

La fillette se concentra. Elle ne s'en était pas aperçue, mais les craintes qui l'avaient paralysée toute la journée s'étaient envolées. Pour la première fois, elle se sentait capable de regarder ses problèmes en face.

— Je n'ai plus peur. Plus maintenant !

— Parfait. Tu es une Gardienne de la Terre. Elle peut te dissimuler, te guérir et te faire sienne. Ne l'oublie jamais. Désormais, tu n'es plus une enfant mais une puissante magicienne. Et puis, Printemps et moi vous accompagnerons aussi.

Averan fut soulagée de l'apprendre.

— Mais tu dois me promettre de te rappeler qui tu es, reprit Binnesman. Ton devoir de Gardienne de la Terre est de protéger les petites choses.

Au ton de sa voix, la fillette eut l'impression d'avoir fait quelque chose de mal.

— Ne laisse pas Gaborn t'entraîner dans la mauvaise direction. Tu n'es pas ici pour combattre les maraudeurs.

— J'essaie de protéger les gens, se défendit Averan.

— Il est naturel de vouloir protéger les siens. Mais l'humanité n'est pas ton domaine. Tu n'as pas été appelée pour la servir.

— Comment pouvez-vous le savoir ?

— Parce que c'est *mon* domaine, dit Binnesman. Il ne peut y avoir qu'un seul Gardien de la Terre affecté à chaque espèce. Moi, je suis censé surveiller et protéger l'humanité. Toi... Je ne sais pas encore quelle est ta mission.

— Vous êtes vieux, dit Averan. Que se passera-t-il quand vous mourrez ? Ne faudra-t-il pas quelqu'un pour vous remplacer ?

Elle aimait bien l'idée de succéder à Binnesman. Mais il la détrompa très vite.

— Quand la Terre n'aura plus besoin de mes services, elle me relèvera de mes fonctions. Pas avant. Après ma disparition, l'humanité sera sauvée ou détruite. Dans les deux cas, le danger sera passé.

Une profonde tristesse envahit Averan. Comment pouvait-il supporter un tel fardeau ? Que ressentait-il face à ses accablantes responsabilités ?

— Vous en parlez d'une façon si détachée...

— Si l'humanité s'éteint, j'aurai du chagrin. Mais une autre espèce apparaîtra pour prendre sa place. Peut-être sera-t-elle aussi différente de nous que nous le sommes des Toths. Quoi qu'il en soit, la vie continuera en ce monde.

Binnesman regarda longuement l'armée de Gaborn stationnée au pied du Roc de Mangan. Le soleil couchant creusait ses rides et faisait briller ses yeux bleu pâle.

— Et maintenant, au travail !

Il tira sept petites agates blanches de sa poche et les disposa sur le sol.

— C'est tout ce que j'ai, s'excusa-t-il. Les pierres de cette taille ont des propriétés limitées, mais elles peuvent s'avérer utiles.

Il dessina des runes dans la poussière, faisant apparaître des images dans les agates. Au début, ce fut un simple paysage de montagnes enneigées — celles qui les surplombaient. Puis il déplaça les pierres, et le point de vue changea. Averan vit la route qu'ils avaient suivie le matin comme si elle l'observait du haut d'un escarpement. Elle entendait même le vent souffler dans les branches des pins et sentait une odeur de résine.

Les pierres me montrent ce que voient les autres pierres, réalisa-t-elle.

Des images défilèrent sous ses yeux. Un lac de montagne aux eaux miroitantes. Un ours qui courait dans les bois. Des chariots aux roues grinçantes en train de fuir Carris.

Binnesman semblait chercher quelque chose de précis.

Il s'arrêta sur une vallée où des silhouettes s'agitaient. Puis il imprima une légère rotation à une des agates, et l'image parut se rapprocher. Averan distingua une sorcière écarlate encerclée par une trentaine des chevaliers de Skalbairn. Elle grattait désespérément le sol. Un peu plus loin, huit porteurs de lame gisaient morts.

— C'est ça, chuchota Binnesman, très excité. Gaborn a envoyé des éclaireurs traquer tous les maraudeurs qui auraient pu se détacher de la horde. On dirait qu'ils en ont trouvé.

— Un groupe de neuf, lâcha Averan.

La plupart du temps, les maraudeurs se déplaçaient par multiples de trois. Un groupe de neuf était l'unité minimale pour une mission importante.

Les chevaliers chargèrent, lance en avant. Averan entendit leurs cris, le cliquetis de leur armure, le galop de leurs montures, le souffle rauque du maraudeur et même les battements d'ailes d'une oie affolée qui s'envolait non loin d'eux.

Lorsqu'il eut terminé, Binnesman fit un geste vif au-dessus des agates et l'image se dissipa. Il semblait pensif.

Ainsi, Gaborn avait raison. Les maraudeurs du Roc

de Mangan essayaient de faire diversion pendant qu'un petit groupe retournait avertir le Seul et Unique Maître.

Averan savait que le danger n'était pas écarté pour autant. Gaborn avait peut-être remporté une bataille, mais il restait soixante mille maraudeurs en haut de leur perchoir, et ils ne mettraient pas longtemps à réagir.

Binnesman déplaça trois des agates.

— Maintenant, je veux que tu te concentres sur ces pierres et que tu en tires une image. N'aie pas d'idées préconçues sur ce que tu verras. Ouvre grand ton esprit pour recevoir ce qu'elles voudront te montrer. Une fois que tu auras accédé à leur pouvoir, tu pourras diriger tes visions en les déplaçant.

Averan s'acharna de longues minutes sans parvenir à invoquer d'image.

Les agates restaient ternes.

Binnesman les fourra de nouveau dans sa poche.

— Ne t'inquiète pas. Nous réessaierons une autre fois.

— Et si je n'y arrive jamais ?

— Tous les magiciens n'ont pas besoin de tous les pouvoirs. Tu as déjà un don que je n'ai pas : savoir apprendre des maraudeurs. C'est une capacité étrange, mais très utile.

Il eut un soupir pensif.

— J'ai une autre idée. Ferme les yeux et imagine un cerf.

Averan obtempéra. Elle se concentra d'abord sur l'image d'un faon couché sur un lit de fougères.

Mais un souvenir du Gardien s'imposa à elle, et elle se revit en train d'éventrer un scarabée géant. « Commence par arracher ses plaques crâniennes pour atteindre son cerveau », ordonnait son maître.

Averan eut un haut-le-cœur. Elle cligna des yeux,

puis se concentra sur l'image d'un énorme cerf aux bois aussi épais que des branches d'arbre.

— Tu y es ? demanda Binnesman.

— Oui.

— Parfait. Maintenant, essaie d'imaginer les détails : la couleur de son pelage, son odeur, le bruit qu'il fait... Toutes les choses qui le distinguent des autres cerfs.

La vision d'Averan se précisa. « Son » cerf était âgé ; il avait des poils argentés et une entaille à l'oreille, souvenir d'une ancienne bataille. Son andouiller gauche comportait six pointes, et le droit huit. Ses naseaux frémissaient. La saison des amours ayant commencé, il émettait une odeur musquée. Sa queue se balançait pour chasser une mouche importune.

Il s'engagea dans le sous-bois.

Averan se concentrait si bien qu'elle crut entendre une brindille craquer sous ses sabots et la végétation s'écarter sur son passage. Puis elle s'avisa qu'elle ne rêvait pas. Tous les bruits lui parvenaient deux fois. La première, elle les entendait clairement ; la seconde, un écho semblait les lui renvoyer du haut de la colline.

La fillette attendit, le cœur battant et les yeux fermés, jusqu'à ce que l'intervalle entre bruit et écho diminue au point de devenir imperceptible.

— Tends la main, ordonna Binnesman.

Averan s'exécuta. Un museau humide effleura son poignet, et elle sentit un souffle chaud sur sa paume.

— Maintenant, ouvre les yeux.

Elle hoqueta de surprise. Elle avait du mal à croire qu'un cerf ait répondu à son appel. Mais l'animal qui se tenait devant elle était celui de sa vision.

La fillette lui caressa le museau. L'animal se laissa faire comme un fidèle toutou.

— C'est moi qui l'ai créé ?

— À ton avis ?

— Non, c'est impossible. Mais il est exactement...

— Tu as pu le voir dans ton esprit parce qu'il était tout près. Tu lui as lancé un appel mental, et il y a répondu. C'est un pouvoir assez courant chez les Gardiens de la Terre. Et parce que tu le possèdes, je pense que tu es ici pour protéger une espèce animale.

— C'est toujours mieux qu'un caillou, dit Averan.

Mais la leçon n'était pas terminée.

— Ça n'a rien de drôle, grogna Binnesman. Chaque Gardien de la Terre a une mission, et toutes sont d'égale importance. Pour remplir la tienne, tu disposes de pouvoirs bien spécifiques. Moi, je n'ai jamais réussi à appeler les animaux. Mais tu sembles très douée pour ça, puisque tu as réussi du premier coup. Et avec un cerf, qui plus est.

— Il y a des animaux plus difficiles à appeler que les autres ?

— Ça dépend de leur intelligence. Si tu avais échoué, je t'aurais demandé de réessayer avec une souris ou un ver de terre.

— Donc, un cerf est plus difficile à appeler qu'une souris, et un humain plus difficile qu'un cerf, résuma la fillette.

— Seuls les magiciens les plus puissants sont capables d'appeler des humains.

— Ça marche avec les morts ? demanda Averan, qui pensait à Brand, à Roland et à sa mère.

— C'est beaucoup plus facile avec eux. Même moi, je peux les appeler.

— Vraiment ?

— D'après toi, qui a invoqué l'esprit d'Erden Geboren à Longmot ? lança Binnesman en se désignant de l'index.

Averan écarquilla des yeux émerveillés.

— Une créature peut-elle refuser de répondre à mon appel ?

— Bien sûr. Le cerf croit être venu ici de son

propre gré, et d'une certaine façon, c'est le cas. Il aurait pu faire la sourde oreille.

La fillette caressa le museau de l'animal en souriant. Binnesman fit un pas en avant.

— Maintenant, regarde dans ses yeux et dis-moi ce que tu vois, ordonna-t-il doucement.

Averan gratta le menton du cerf. Elle n'aurait pas cru pouvoir approcher un animal sauvage d'aussi près. Mais elle avait toujours su d'instinct comment s'y prendre avec les graaks. Peut-être n'était-ce pas si différent…

Elle plongea son regard dans les grands yeux de l'animal et tenta de sonder leurs profondeurs. Une multitude d'odeurs humaines l'assaillirent : capes de laine, transpiration, armures métalliques… Les jarrets du cerf se contractèrent. Il se souvenait d'une chasse, des aboiements des chiens derrière lui tandis qu'il fuyait les archers. Il recula en secouant la tête.

— Il a peur, souffla Averan. Il y a trop d'humains dans les bois aujourd'hui. Ça l'inquiète.

Le cerf regagna la lisière des arbres en quelques bonds. Il s'immobilisa un instant sous les frondaisons, la tête haute ; puis les ombres l'engloutirent.

— Encore un pouvoir que je ne maîtrise pas, constata Binnesman. N'ayant jamais pu lire dans les esprits, j'ai toujours été forcé de m'en remettre à la parole.

— Pourtant, à la façon dont vous m'avez regardée quand nous nous sommes rencontrés, j'aurais juré que vous saviez à quoi je pensais.

— Quand tu auras vécu aussi longtemps que moi, tu n'auras besoin d'aucun pouvoir pour lire dans l'esprit des enfants.

La nuit enveloppait le paysage. L'odeur douceâtre de la paille qui montait des champs se mêlait à celle de l'écorce d'aulne et des feuilles mortes. Des pigeons sauvages roucoulaient dans les bois.

Binnesman et Averan s'assirent dans l'herbe. Au loin, les feux de camp pareils à des diamants scintillaient dans la plaine, et d'étranges flammes bleues crépitaient au sommet du Roc de Mangan.

LIVRE DIXIÈME

TROISIÈME JOUR
DU MOIS DES FEUILLES

UN JOUR DE MAGES

CHAPITRE XXXIX

ASGAROTH

Notre monde n'est qu'une ombre du Seul et Unique Monde. Vous n'êtes qu'un reflet des Éclats.

Extrait de la *Saga de la Création.*

La journée s'était déroulée sans encombre pour Erin et Celinor. Contourner Beldinook les avait forcés à ralentir considérablement, car leurs chevaux de force avaient du mal à négocier les pentes rocailleuses et abruptes.

À la tombée de la nuit, ils atteignirent enfin les plaines de Fleeds. Mais les ténèbres et les nuages, annonciateurs de tempête, les empêchèrent de forcer l'allure.

Ils firent halte dans une bonne auberge sur le bord de la route, où ils avalèrent leur premier repas décent de la journée : du pain noir et un ragoût d'oie parfumé au romarin, avec des navets cuits dans du miel et du beurre.

Après le dîner, ils montèrent dans leur chambre et se couchèrent. Celinor prit Erin dans ses bras. La jeune femme s'en étonna : ce n'était pas désagréable, mais comment arriverait-elle à dormir dans cette position ?

Elle se demanda au bout de combien de temps on s'habituait à la présence de quelqu'un d'autre dans son lit.

Celinor paraissait distrait, et Erin plus encore.

— Demain, chuchota-t-il.

Elle savait ce qu'il voulait dire. Le lendemain, au début de l'après-midi, les jeunes gens entreraient au Crowthen Méridional. Là, ils rencontreraient le roi Anders et découvriraient l'étendue de sa folie.

— Promets-moi de garder ton calme. Mon père a toujours été un brave homme. Je n'ai jamais eu à me plaindre de lui lorsque j'étais enfant. S'il est devenu incontrôlable, laisse-moi gérer la situation comme je l'entendrai.

Celinor avait raconté à Erin que son grand-père avait sombré dans la démence et qu'on l'avait enfermé dans les oubliettes du château, où il avait fini par mourir de vieillesse. Apparemment, c'était une malédiction familiale. Celinor l'avait promis à son père : s'il en était victime à son tour, il le traiterait de la même façon. Erin n'enviait pas sa position.

— D'accord. Mais sois prudent. Si on peut lire la folie dans les yeux de certaines personnes, d'autres parviennent très bien à la dissimuler. Ton père est dangereux.

Le roi Anders complotait contre Gaborn, et il avait déjà rassemblé bon nombre de partisans en affirmant que le jeune homme avait assassiné Mendellas Draken Orden pour s'emparer de son trône.

— Mon père n'est pas dangereux pour nous. Il ne voit pas les choses clairement, c'est tout. Je lui parlerai.

— Fais attention à ce que tu lui diras. Il est intelligent et rusé.

— Tu trouves ? Il prendrait sans doute ça pour un compliment…

— J'ai bien réfléchi. Il a voulu te faire croire que j'étais la sœur de Gaborn…

— Une hypothèse intéressante… Vu les habitudes des cavalières de Fleeds, il semble normal que ta mère ait choisi un reproducteur d'une noble lignée. Physiquement, tu ressembles à Gaborn, et tu es née neuf mois après que la suite de Mendellas Draken Orden se fut arrêtée à Fleeds pour la chasse d'automne…

— Je sais qui est mon père, coupa Erin.

Elle hésita à lui révéler son nom. La vérité était presque aussi gênante que le mensonge d'Anders.

— J'ai vu mon arbre généalogique. Ma mère a effectivement choisi un reproducteur dans la Maison Orden, mais ce n'était pas Mendellas. Elle pensait que Paldane ferait mieux l'affaire.

Celinor écarquilla les yeux.

— Évidemment, souffla-t-il. Tu n'es pas la sœur de Gaborn, mais sa cousine. Un héritage génétique aussi remarquable, sans le titre qui lui est associé.

Il comprenait le dilemme de la jeune femme. Paldane était l'oncle de Gaborn. Selon la loi mystarrienne, les biens et privilèges du duc défunt revenaient de droit à Erin, sa seule enfant. Et selon la loi de Fleeds, Celinor était désormais son époux. Au cas où Gaborn disparaîtrait sans laisser de fils, Celinor pourrait prétendre au trône de Mystarria, puisque sa femme appartenait à la Maison Orden.

Celinor gardant le silence, Erin se demanda si cette perspective le tentait. Enfin, il murmura :

— Tu ne dois jamais parler de ça à personne, et surtout pas à mon père.

Erin n'en avait pas l'intention, mais Anders était

malin. Peut-être l'avait-il déjà deviné, ou le soupçonnait-il…

La jeune femme tenta de dormir. Trop de choses se bousculaient dans son esprit. Elle ne cessait de penser à sa vision de l'après-midi, au grand hibou des limbes qui l'avait appelée. Ça avait eu l'air tellement réel…

Le hibou l'avait appelée « Guerrière du Monde d'Ombres ». Certaines personnes surnommaient les limbes « le Seul et Unique Monde », mais de là à penser que le sien n'en était qu'un reflet… Et l'endroit qu'elle avait vu en rêve ne correspondait pas du tout à ce qu'elle avait imaginé.

Finalement, elle s'assoupit…

… Et se réveilla dans la tanière du hibou.

Il faisait jour, et les rayons du soleil matinal filtraient entre les branches du chêne. L'oiseau était toujours juché sur son perchoir. Sous lui gisaient des ossements d'écureuil, de lapin et de faon. La dague d'Erin était toujours fichée dans le crâne d'une créature qui ressemblait vaguement à un batracien.

Les yeux fermés, le hibou respirait doucement. La jeune femme sentait mieux l'odeur de plumes, de sang séché et de mort qui émanait de lui.

Au fond de son antre, un tunnel plongeait sous les racines du chêne. Des torchères fixées aux murs suggéraient qu'il avait été creusé par des mains humaines, mais n'avait pas servi depuis longtemps. Des symboles d'arcane inconnus d'Erin étaient gravés dans le bois.

— Tu es revenue, chuchota le hibou. Merci d'avoir répondu à mon appel.

Erin leva les yeux vers lui. Il ne s'était pas exprimé dans sa langue, mais ses mots l'avaient frappée en même temps que les sentiments qu'ils véhiculaient : notamment, une gratitude sans bornes.

— Je ne suis pas venue de moi-même. C'est toi qui m'as amenée ici. Je ne mérite pas tes remerciements.

— Ne souhaitais-tu pas venir ? insista le hibou. Je n'aurais pas pu t'invoquer autrement.

— Si, peut-être... En fait, je cherchais de l'aide.

— Vous avez des problèmes dans ton monde ?

Erin perçut de l'amusement dans sa voix.

— C'est le moins qu'on puisse dire...

Le hibou s'agita sur son perchoir.

— L'avenir de notre monde repose peut-être sur tes épaules.

— L'avenir de *votre* monde ? s'étonna Erin.

— Celui de nos deux mondes, en réalité, précisa le hibou. Asgaroth est entré dans le tien.

Le nom d'Asgaroth frappa Erin comme un coup de massue. La jeune femme entendait les paroles de l'oiseau avec son cœur et non avec ses oreilles. Elles véhiculaient un savoir qui s'adressait directement à son âme.

Asgaroth était l'Éclat Ténébreux qui avait attaqué Château Sylvarresta, un seigneur à la puissance redoutable. Sa seule évocation terrorisait les autres Éclats, y compris les Gloires.

— Asgaroth est mort...

— Mort ? répéta le hibou. Tu es une guerrière accomplie, mais même une Furie ne pourrait détruire un locus.

Erin se réveilla en sursaut et s'assit dans son lit. Près d'elle, Celinor marmonna quelque chose dans son sommeil.

Le cœur de la jeune femme battait à tout rompre. Elle savait qu'elle ne parviendrait pas à se rendormir, craignant d'être à nouveau projetée dans les limbes.

Ce n'était pas un rêve. Jamais elle n'avait entendu le terme « locus » et pourtant elle savait ce qu'il désignait : une créature qui se logeait dans l'esprit d'un être maléfique et, tel un parasite, prenait le contrôle de son hôte.

Asgaroth était un seigneur des locus, un fléau qui existait depuis des temps immémoriaux. Pas un Éclat Ténébreux, mais quelque chose de bien plus redoutable : le serviteur d'une puissance infernale. Et il avait déjà aidé à détruire des milliers de Mondes d'Ombres.

CHAPITRE XL

UN VENT VIOLENT

Les créatures que les hommes appellent « ferrins » ont un nom que seuls connaissent les sages. Il existe trois races distinctes. Les ferrins des bois sont les plus gros, et sans doute les plus peureux. Les ferrins de l'eau, à la fourrure plus sombre, préfèrent les climats humides et nagent très bien. Les ferrins du désert ont de courts poils couleur de sable et sont parfaitement adaptés à la sécheresse.

Aucune de ces races ne peut survivre dans la neige. Elles ne se sont jamais aventurées à plus de vingt lieues au nord de Château Sylvarresta.

On sait que les ferrins ont été importés par un certain Yakor l'Intrépide, qui souhaitait débarrasser son royaume des rats et des épidémies qu'ils propagent. Ils accomplissent parfaitement leur mission, mais sont considérés comme des créatures nuisibles même par ceux qui bénéficient de leur présence. Bien que porteurs d'aucune maladie, ils mangent davantage que les rongeurs plus petits !

Extrait du *Bestiaire de Binnesman*,
chapitre consacré aux mammifères.

Alors que le roi Anders finissait de souper, des cris de douleur résonnèrent soudain dans son château.

Ils entrèrent par le sommet de la plus haute tour et s'engouffrèrent dans l'escalier en colimaçon. Le vent les porta jusque dans la salle de banquet avant de remonter par la cheminée.

Une oreille non avertie n'aurait entendu que le gémissement d'une bourrasque. Mais Anders avait guetté ce bruit tout l'après-midi.

Un instant, les flammes grandirent dans l'âtre. Son épouse sentit le courant d'air et frissonna.

Anders avait attendu un cri de femme. Mais le vent ne lui apportait que cinq voix, et toutes appartenaient à des hommes. Levant son verre, il trinqua avec ses derniers invités : le duc Stote de Lonnock et le prince Grunensen d'Eyremoth. Celui-ci, un jeune homme au visage poupin encadré par de longs cheveux noirs, était en train de dire d'une voix aiguë :

— Je ne supporte pas les voyages en bateau. La dernière fois que j'en ai pris un, la cale grouillait de rats. Ce n'est pas hygiénique du tout ! Voilà pourquoi je préfère me déplacer à cheval. Dans les auberges, au moins, les ferrins se chargent de les éliminer.

— Je croyais qu'il faisait trop froid en Eyremoth pour les ferrins, railla le duc Stote.

La femme d'Anders fronça les sourcils. Elle n'aimait pas le tour désagréable que prenait la conversation.

Anders se contenta de sourire. Il y avait des choses bien plus répugnantes que les rats.

— Une libation, proposa-t-il, aux amis venus de loin.

Le souper n'était pas très animé. Anders s'excusa

auprès de ses invités et monta au sommet de sa tour pour réfléchir.

Iomé était si loin dans le sud ! Il ne pouvait pas faire grand-chose d'ici. Son attaque avait été aussi maladroite qu'inélégante, et son maître était fort mécontent. Comment pouvait-il se racheter ?

Il songea aux rats. De gros rats au pelage noir comme du charbon s'enfouissant sous les maisons, se nourrissant d'entrailles de poisson sur les quais, grimpant aux arbres dans les bois. Amenant avec eux la peste.

Peu d'hommes étaient assez influençables ou bien disposés pour que ses sorts les convainquent de se battre pour lui. Il en avait déjà gaspillé trois. Mais toutes les guerres ne se livraient pas à coups d'épée.

Serait-il capable de déclencher une épidémie dont toute une nation serait victime ?

Dans un coin de son esprit, l'homme qu'il avait été s'écria : « C'est une idée monstrueuse ! »

Anders se considérait comme quelqu'un d'impitoyable. Il n'avait pas le choix, dans sa position. À l'âge de douze ans, il avait ordonné l'exécution d'un bandit de grand chemin. Il avait tué des Seigneurs des Runes au combat, et ne s'était pas gêné pour envoyer des assassins à Iomé.

Mais jamais il n'avait répandu la mort à une telle échelle.

Un vent froid lui souffla dans l'oreille : « Cela me plairait. »

— Non ! s'exclama Anders à voix haute.

Une rafale lui gifla le dos. Il en eut le souffle coupé et la tête lui tourna comme s'il était ivre. Trébuchant, il se rattrapa aux merlons pour ne pas basculer dans le vide. Il suffirait de si peu pour le précipiter sur les pavés…

— Obéis-moi, chuchota le vent.

Anders avait voulu servir l'Air avec l'espoir que l'Air le servirait en retour. D'une certaine façon, c'est ce qu'il avait fait. Mais à présent, il menaçait de se retourner contre lui. Anders n'avait plus le choix : il devait faire ses quatre volontés s'il ne voulait pas payer très cher sa défection.

Un vent glacial le rouait de coups, déchirant sa robe et sa tunique et lui transperçant le cœur.

Il se redressa de toute sa hauteur et laissa le froid l'envahir.

— Venez, mes guerriers, murmura-t-il.

Toute la journée, le vent avait soufflé du sud. À présent, la girouette de la tour désignait l'ouest.

Les bourrasques redoublèrent de férocité.

Dans les rues résonnèrent le piétinement de milliers de petites pattes et le couinement de milliers de voix. Plissant les yeux pour sonder les ombres, Anders vit de minuscules silhouettes noires filer sur les pavés.

Un chien bondit en aboyant et saisit l'une d'elles entre ses crocs. D'un coup de mâchoire, il lui brisa l'échine.

Mais les rats continuaient à émerger des sous-sols de la cité. Ils jaillissaient des égouts, des caves et des granges, descendaient des arbres, sortaient des planchers pourrissants, galopaient le long des toits et se ruaient hors du château telle une marée noire et poilue.

Une femme qui rentrait chez elle à vive allure hurla en les sentant filer entre ses jambes.

Anders savait que les gens parleraient de ce mystérieux exode pendant des jours. Mais il avait besoin de ces répugnants petits rongeurs doués pour répandre les maladies.

Ils quittèrent la ville sous le couvert des ténèbres, filant vers l'est comme des flèches.

— Iomé, rentre à la maison, chuchota alors Anders. Ton peuple a besoin de toi.

À cet instant, sa femme sortit sur le balcon.

— Tu comptes rester là toute la nuit ? demanda-t-elle. Tu as des invités, l'aurais-tu oublié ?

Le roi Anders sourit.

CHAPITRE XLI

LE PÈRE DE FARION

Farion est la Reine du Sommeil. Elle récompense les enfants sages en les conduisant dans des royaumes de rêve, et punit les galopins en les poussant le long des chemins tortueux des cauchemars. Pour s'attirer ses faveurs, un enfant désobéissant peut laisser un fruit ou un bonbon sur sa table de nuit.

Mythe d'Ashoven.

Au-dessus du Roc de Mangan, les étoiles se consumaient dans le ciel. Le soleil était couché depuis une heure, mais les maraudeurs continuaient à lancer des sorts du haut de leur perchoir.

Des chariots de ravitaillement étaient arrivés de Château Fells, et les hommes de Gaborn avaient le ventre plein. Enroulés dans leur couverture, beaucoup d'entre eux dormaient pour la première fois depuis des jours.

Tout semblait calme. Pourtant, assis près d'un feu

qu'il contemplait pensivement, Gaborn sentait l'approche d'un danger.

Le baron Waggit, qui montait la garde autour du périmètre, appela dans l'obscurité :

— Messire, Skalbairn voudrait vous montrer quelque chose.

Gaborn bondit sur ses pieds. Suivi par son Diem, il emboîta le pas à Waggit, dont les cheveux couleur de paille brillaient comme de la soie dans la lumière des étoiles. Des feux de camp brûlaient tous les deux cents pas, décrivant un cercle autour du Roc de Mangan.

Les sons portaient si loin dans la quiétude nocturne que Gaborn entendait la respiration sifflante des maraudeurs, comme s'ils s'étaient approchés subrepticement à la faveur de l'obscurité. De la fumée montait toujours du sommet de la falaise, et des lumières bleues crépitaient autour de la Rune de Désolation.

Le long du périmètre, Gaborn apercevait le pâle éclat des heaumes et des épées de ses hommes.

Il s'arrêta devant Skalbairn, non loin du pied du Roc de Mangan. Le haut marshal avait sellé son cheval. Une lance dans la main droite et les rênes dans la gauche, il balayait la plaine du regard.

Près de lui, Chondler était en train de chuchoter :

— Vous êtes l'homme le plus courageux que j'aie jamais rencontré… ou le plus grand imbécile que la terre ait porté !

— Ce n'est pas un imbécile ! cria Waggit en les rejoignant. Parole d'expert !

Skalbairn lui flanqua une claque amicale dans le dos.

— Que se passe-t-il ? demanda Gaborn.

Le haut marshal tendit un bras.

— Vous voyez cette sorcière écarlate, derrière les rochers ? J'ai bien envie de me la faire.

Gaborn suivit son regard. Une créature monstrueuse errait au hasard dans la plaine, comme hébétée. Son corps couvert de runes phosphorescentes brillait doucement. Traînant les pattes arrière, elle était à mi-chemin entre eux et le Roc de Mangan.

— Comment est-elle arrivée là ? demanda Gaborn.

— Nous l'avons vue descendre de la falaise, répondit Chondler. Elle a glissé et fait une chute de trois cents pieds.

Gaborn envisagea de l'attaquer, mais cette idée souleva en lui une panique inexplicable.

— Laissez-la. Elle n'est pas aussi vulnérable qu'elle en a l'air.

— Si seulement j'avais une baliste, grommela Chondler, je lui planterai un carreau dans le gésier.

— Nous avons des balistes, l'informa Gaborn. Elles sont arrivées il y a une heure avec les chariots de ravitaillement.

Chondler et Waggit se regardèrent, les yeux brillants. Gaborn se concentra... Il ne semblait pas dangereux d'attaquer le monstre à distance.

— D'accord, capitula-t-il. Allez les chercher.

Chondler et Waggit s'éloignèrent dans l'obscurité, le laissant seul avec Skalbairn et son Diem.

— Je vois que vous vous êtes pris d'affection pour le baron...

— C'est un brave type, grogna Skalbairn. Il ferait un mari idéal pour ma fille Farion. Elle a besoin de quelqu'un de gentil, qui ne lui reproche pas ses faiblesses. Voyez-vous, elle est un peu simple d'esprit.

Gaborn ne répondit pas.

— Chondler pourrait vous servir, ajouta Skalbairn au bout de quelques instants.

— Ne le fait-il pas déjà ?

— Non. Il a juré fidélité à la Confrérie des Loups. Il n'a pas vraiment confiance en votre jugement. Il vous trouve un peu trop bien élevé pour faire un bon général. Trop gentil, si vous préférez.

Gaborn ne put s'empêcher de glousser.

— C'est très sérieux, insista Skalbairn.

Il lui raconta la fameuse histoire de la mère charitable et de son fils cupide.

— Selon Chondler, conclut-il, il n'existe qu'une seule vertu : la modération. Encore ne faut-il pas la pratiquer avec excès.

Gaborn fronça les sourcils.

— Considère-t-il donc qu'un homme est bon s'il donne autant qu'il vole, et dit la vérité aussi souvent qu'il ment ?

— Plutôt s'il donne plus qu'il ne vole, et sauve davantage de gens qu'il n'en massacre, corrigea Skalbairn.

— C'est assez… pratique comme raisonnement.

— Très pratique. Ça évite de se poser trop de questions et de s'encombrer de remords.

Gaborn savait que les humains trouvaient toujours un moyen de justifier leurs vices, une vertu poussée à l'excès pouvant en devenir un. Mais il croyait que les torts causés à autrui étaient pareils à des écueils entre lesquels les êtres dotés de conscience devaient s'efforcer de naviguer. Les arguments de Chondler tournaient en rond et n'apportaient rien de bon.

— Et vous, qu'en pensez-vous ?

— Je peux difficilement vous reprocher votre tolérance, puisque j'en ai bénéficié, dit Skalbairn.

— J'ai eu tort de choisir Raj Ahten, avoua Gaborn. Je m'en rends compte à présent. Ai-je également eu tort de vous choisir ?

Skalbairn secoua la tête.

— Je l'ignore. Évidemment, j'espère que non. Hier, vous m'avez sauvé la vie six fois. J'ai une dette envers vous, et j'entends bien la rembourser.

Alors que Gaborn le fixait en silence, une étoile filante traversa le ciel au-dessus du Roc de Mangan, laissant derrière elle un sillage de lumière.

Pendant la bataille de Carris, le jeune homme avait envoyé des avertissements à des milliers de gens. Il ne savait pas combien de vies il avait sauvées.

Un grondement s'éleva soudain dans la plaine, derrière Skalbairn. Se tordant le cou pour mieux voir, Gaborn aperçut un nuage de poussière. Une ouverture de trente pieds de large béait non loin d'un feu de camp, à l'endroit où le sol venait de s'effondrer.

— Que se passe-t-il ? s'exclama Skalbairn.

Gaborn comprit aussitôt d'où venait l'impression de danger. Les maraudeurs étaient en train de se rapprocher du campement en creusant un tunnel !

Averan avait affirmé qu'ils n'étaient pas là pour construire une seconde Rune de Désolation. Ils s'étaient arrêtés au Roc de Mangan parce qu'ils étaient assoiffés, terrifiés et désespérés.

Un plan naquit dans l'esprit de Gaborn. *Frappe*, lui ordonna la Terre. *Frappe maintenant !*

— Sonnez le rassemblement ! Que tout le monde s'écarte des feux et se rassemble au bord de l'eau !

Le roi se détourna et s'élança dans les ténèbres.

— Vous voulez fuir ? lança Skalbairn derrière lui.

— Non, au contraire, jeta Gaborn par-dessus son épaule. Nous allons attaquer ! Et je sais comment. J'aurais dû y penser plus tôt !

« Nous avons déjà assisté à un miracle aujourd'hui. Laissez-moi un peu de temps, et je vous en montrerai un second.

CHAPITRE XLII

LA BAIE DES CORNEILLES

Fallion construisit neuf vaisseaux majestueux
Et les fit mettre à flot à la Cour des Marées ;
Ces navires chargés de guerriers audacieux
Il les bénit, puis les Toths les chargea de tuer.

Extrait de la *Ballade de Fallion.*

Iomé avait parfois tenté d'imaginer la Cour des Marées. En vain.

Elle savait que la capitale de Mystarria se dressait sur plusieurs îles, et avait entendu parler des fameux ponts qui les reliaient. On les avait taillés dans du cristal apporté des Monts Alcair dans d'énormes barges.

Iomé se les représentait pâles et translucides comme de la glace au clair de lune, mais elle fut surprise par leurs élégants piliers sculptés. Chacun illustrait une des vertus auxquelles aspiraient les Seigneurs des Runes mystarriens. Le courage était un guerrier chevauchant un serpent géant qui tentait de l'étrangler ; la charité, une belle dame penchée sur un sac de fruits qu'elle distribuait aux pauvres.

La taille de ces œuvres était impressionnante. Des navires pouvaient passer sous les ponts sans les effleurer du bout de leurs mâts.

Iomé connaissait l'existence de la Grande Tour du Roi — le plus haut édifice du Rofehavan, dont les remparts se dressaient à trois cents pieds du sol —, mais sa vision lui donna le vertige. Elle parvenait à peine à distinguer les minuscules silhouettes des guetteurs postés sur le chemin de ronde.

Mais en entrant dans la cité, la jeune femme vit le prix que les rois de Mystarria avaient payé pour ce sanctuaire. La place était comptée, et bien que les rues fussent d'une propreté immaculée, leur étroitesse évoquait un canyon. Aux endroits où des passerelles aériennes reliaient les bâtiments, Iomé avait l'impression de se déplacer à l'intérieur d'un tunnel éclairé par des lanternes de cristal.

Le vent froid charriait une odeur iodée.

Iomé observait les élégantes citadelles en s'efforçant de ne pas crier de stupéfaction chaque fois qu'elle découvrait une fontaine ou un jardin suspendu. Le sergent Grimeson et les chevaliers qui l'accompagnaient semblaient satisfaits par sa réaction.

Iomé ne voulait pas ressembler à une paysanne qui ne se serait jamais aventurée hors de son village, mais c'était ainsi qu'elle se sentait.

— Vous devriez voir ça à l'aube, quand le soleil levant embrase les tours, déclara fièrement Grimeson. (Il choisissait ses mots avec soin, comme s'il n'avait pas l'habitude de faire de longs discours.) On dirait que toute la ville a été coulée dans de l'or ! Les colibris et les sucriers se posent dans les jardins pour boire du nectar. C'est… plutôt joli.

Les colibris étaient la grande fierté de Mystarria.

Personne n'en avait jamais vu avant la guerre contre les Toths. Mais après avoir détruit les envahisseurs, Fallion avait envoyé neuf grands navires au-delà de la Mer de Carroll pour éliminer tous leurs semblables. Les royaumes lointains abritaient de nombreuses merveilles, dont les colibris que Fallion lui-même avait rapportés en cadeau pour son peuple.

Je suis la reine de Mystarria, se répétait Iomé, *le plus beau et le plus riche des royaumes du Rofehavan. Et pourtant, je me sens ici comme une barbare du grand Nord.* Elle était déjà amoureuse de la Cour des Marées, mais sentait qu'elle n'y serait jamais chez elle.

Elle entra au palais sur le coup de minuit. Grimeson ordonna aux domestiques de servir un festin dans la salle de banquet pendant que ses hommes iraient mettre les forceps en sécurité.

Iomé déroula le parchemin qui contenait les instructions de Gaborn. Il demandait que Grimeson aille seul chez un certain Abel Scarby, capable de leur procurer les chiens dont ils auraient besoin. Il avait joint un schéma, et donné l'ordre de ne jamais révéler à personne où vivait Scarby.

— Qui est cet homme ? s'étonna Iomé. Pourquoi Gaborn ne veut-il pas rendre son adresse publique ?

— Scarby est le meilleur dresseur de chiens de combat de Mystarria, répondit Grimeson. Il passe son temps à échapper à la garde. Je vais m'en occuper.

Iomé sursauta.

— Et mon mari le connaît bien ?

— Évidemment ! Ce sont de vieux amis.

Gaborn ne cessera jamais de m'étonner, songea la jeune femme. Il avait de bien étranges fréquentations…

— S'il est l'ami de Gaborn, j'aimerais le rencontrer. Je vous accompagne.

— Mais, Votre Altesse, dit Grimeson, le dîner sera bientôt prêt !

— Il peut attendre mon retour. Cela est bien plus important.

Le capitaine capitula, car il ne pouvait désobéir à sa reine.

Quelques minutes plus tard, sur des montures fraîches, ils arpentèrent les rues désertes où seuls rôdaient des chats et des ferrins.

Ils atteignirent bientôt la Baie des Corneilles, où de petites tavernes se pressaient le long des quais où flottait une odeur de poisson mort, d'huile de baleine, d'urine et de crabe bouilli. De la suie maculait les murs des bâtiments les plus anciens.

Malgré l'heure tardive, de la musique et des rires s'échappaient de la porte entrouverte des établissements publics. Des marins aux jambes arquées étaient accoudés à des tonneaux de bière, et des catins peinturlurées étalaient leurs appas. De vieilles femmes nettoyaient des filets à la lumière des lanternes.

Ce quartier de la ville ne dormait jamais. À l'aube, les bateaux sortiraient avec la marée montante. Si aucun léviathan ne venait les troubler, ils ne rentreraient pas avant la tombée de la nuit.

Entre deux boutiques, Iomé apercevait parfois les coracles et les trimarans. Amarrés dans la baie en forme de fer à cheval, ils dansaient comme des bouchons de liège à la surface des eaux scintillantes. Beaucoup avaient une proue sculptée en forme de serpent et des runes de protection blanches en guise d'yeux.

Grimeson fit ralentir sa monture et entra dans une ruelle sombre où les immeubles maculés de suie s'inclinaient les uns vers les autres. Iomé comprit qu'il valait mieux ne pas s'aventurer seul dans ce quartier… si on était une personne ordinaire. Mais elle n'avait pas grand-chose à craindre, d'autant plus qu'un garde du corps l'accompagnait.

Les sabots de leurs montures résonnaient sur les pavés incrustés de sel. Des hommes au teint bistre dormaient sous des porches étroits, et la seule lumière provenait d'une porte ouverte, au bout de la rue. Deux mastiffs au collier hérissé de pointes jaillirent de derrière une caisse, aboyant et montrant les crocs aux chevaux.

L'étalon de Grimeson se cabra et celui d'Iomé recula. Tandis que la jeune femme luttait pour reprendre le contrôle de sa monture, une demi-douzaine de silhouettes émergèrent de l'ombre.

Un homme cria un ordre aux mastiffs et leur flanqua des coups de pied en lâchant un chapelet de jurons qu'Iomé entendait pour la première fois. Un autre, plus jeune, bondit en avant et s'empara des rênes du cheval d'Iomé. Il leva les yeux vers la jeune femme et sourit.

Les autres se rapprochèrent. Un colosse à la barbe striée de poils blancs émergea d'une porte cochère, tenant une énorme massue cloutée. Il interpella Grimeson d'une voix forte pour couvrir les aboiements des chiens.

— C'est un beau cheval que tu as, l'ami, et une bien belle donzelle ! Et je parie qu'en plus ta bourse est gonflée d'or ! Donne-moi une bonne raison de ne pas te trouer la panse pour te prendre tout ça.

Iomé lutta pour maîtriser sa monture affolée par les grognements des mastiffs rassemblés. Le jeune homme tenait fermement ses rênes, et ne fit pas mine de les lâcher même quand elle se pencha pour tirer une dague de sa botte. Grâce à ses Dons, elle aurait pu l'égorger avant qu'il ne s'aperçoive de ce qui lui arrivait, mais elle se retint.

— Tu ne saurais dompter ni la donzelle ni le

cheval, répliqua Grimeson, mais si tu veux de l'or, je suis prêt à t'en donner, car « trop de richesses, c'est une malédiction ».

Il tira sa bourse et la lança au ruffian. Iomé étouffa un cri outragé.

Le colosse flanqua un coup de massue à un chien, qui glapit et s'éloigna la queue entre les pattes. Alors, il éclata de rire.

— Grimeson, vieux brigand, que viens-tu faire chez les galériens ? Ne me dis pas que tu manques d'hommes de caractère pour te tenir compagnie ! À moins que Gaborn ne se soit enfin décidé à m'arrêter…

— Si je cherchais des hommes de caractère, je ne serais pas venu ici, plaisanta le sergent.

Une porte s'ouvrit, et trois enfants vêtus de haillons jetèrent un coup d'œil curieux dans la ruelle.

Le colosse soupesa la bourse de Grimeson et la lui rendit.

— Que puis-je faire pour toi ?

Grimeson lui lança de nouveau la bourse.

Le ruffian écarquilla les yeux.

— Le roi a besoin de chiens. Et il sait qu'Abel Scarby est le meilleur dresseur de toute la ville.

Scarby eut une grimace de fierté.

— Des chiens de combat ? Des mastiffs et des pit-bulls ?

— Non, intervint Iomé. Nous cherchons une race particulière. Des chiens au poil jaune, de petite taille mais capables de se lier rapidement à leur maître. Certains seigneurs pousseraient de hauts cris à l'idée de se servir d'eux, mais vous, vous saurez peut-être où en trouver…

Scarby la fixa longuement. Iomé avait relevé sa capuche, mais elle ne pouvait dissimuler la qualité de ses vêtements et de sa monture. Le colosse devait avoir l'habitude de traiter avec des hors-la-loi, car il ne lui demanda pas son nom.

— En effet. Ils ne sont pas très populaires, dit-il en crachant sur les pavés, mais je sais où m'en procurer. Et vous ne trouverez pas de créatures plus féroces dans les fosses de combat. Je me souviens d'une femelle aussi vicieuse qu'une belette…

— Pourriez-vous nous en fournir ce soir ? coupa Iomé. Maintenant ? Ils ne sont pas pour moi, mais pour le roi. Il nous en faudrait au moins une trentaine. Davantage si possible.

— Vous les aurez pour le lever du soleil, promit Scarby.

— Encore une chose. Le vendeur devra recevoir des Dons d'Odorat et servir de vecteur à l'agent du roi. Il sera grassement récompensé pour ses services.

Scarby blêmit, comprenant soudain à qui il parlait. Il s'agenouilla et fit un signe de tête impérieux au jeune homme qui tenait les rênes de la monture d'Iomé.

— Kador, ôte tes pattes du cheval de la reine !

Kador recula, levant les mains devant lui comme pour parer un coup.

— Pardonnez-nous, Votre Altesse, dit Scarby. Nous sommes des hommes rudes, habitués à protéger nos arrières. Nous faisons la loi dans cette ruelle. Mais nous ne voulions pas vous offenser.

— Rassurez-vous, je ne le suis pas. Les amis de Gaborn sont mes amis.

Scarby la fixait d'un air troublé.

— C'est vrai, ce qu'on raconte ? demanda-t-il. Gaborn est devenu le Roi de la Terre ?

— C'est vrai.

— Et des temps sombres nous menacent, comme dans la légende ?

Iomé fit oui de la tête.

Scarby lui lança la bourse, qu'elle rattrapa au vol.

— Vous n'avez pas besoin de me payer, Votre Altesse.

Il posa l'extrémité de sa massue sur le sol, tel un chevalier offrant les services de son épée à son suzerain.

— Je ne suis pas doué pour les courbettes. Je ne porte pas d'habits de soie, et si vous veniez chez moi, vous trouveriez que ça pue comme dans la tanière d'un ours. Ma table ne sera jamais assez bien garnie pour vous recevoir. Mais mon cœur est aussi juste et loyal que celui de tous les seigneurs qui vous ont prêté allégeance. Si les bonnes manières me font défaut, je me bats avec la même détermination aveugle qu'un animal. Et j'ai engendré dix-sept enfants. Alors, si j'osais vous demander de transmettre ma requête au roi... Lui qui me considère comme son ami, s'il pouvait nous choisir, moi et mes gosses...

Les jeunes ruffians qui entouraient Iomé levèrent vers elle un regard humide comme celui d'un chien qui mendie des déchets à la table de son maître. Les enfants en haillons se dirigèrent timidement vers leur père, qui passa un bras autour de leurs épaules.

Iomé hésita. Gaborn n'avait plus le pouvoir de choisir cet homme, mais elle n'osait pas le lui dire. Il semblait si désespéré...

Dix-sept enfants ! La jeune femme pensa à celui qu'elle portait dans son ventre. Supporterait-elle qu'on le lui arrache ?

— Gaborn est en train de combattre les maraudeurs très loin d'ici, répondit-elle pour gagner du temps. Je suis certaine qu'il vous choisirait s'il le pouvait.

— Quand il reviendra ici, alors. Vous lui demanderez ?

Il y a une chance qu'il récupère ses pouvoirs, pensa

Iomé. Pourtant, elle craignait que ça ne soit jamais le cas.

— Je lui demanderai, promit-elle.

Les lèvres de Scarby tremblèrent, et des larmes de gratitude brillèrent dans ses yeux. Il étouffa un sanglot. Une petite fille de quatre ou cinq ans échappa à son étreinte et courut dans la maison en criant :

— Maman ! Maman !

— Merci, ma dame, souffla Scarby d'une voix étranglée. Je tâcherai d'être digne de vous.

Iomé lui lança de nouveau la bourse.

— Gardez aussi l'argent, je vous en prie. Sinon pour vous, du moins pour votre femme et pour vos enfants !

Scarby baissa la tête et s'inclina.

— Toutes mes condoléances pour votre père. D'après ce que j'ai entendu dire, c'était un grand roi.

— Merci.

Iomé fit faire demi-tour à sa monture et partit au galop. Surpris, Grimeson eut du mal à la rattraper.

Un peu plus loin, lorsqu'ils eurent quitté le quartier du port, la jeune femme arrêta sa monture et se laissa tomber à terre. Elle tremblait de tous ses membres.

— Votre Altesse, vous allez bien ?

— Par les Puissances, je ne me suis jamais sentie aussi honteuse et démunie. Je ne pouvais pas lui dire non. Lui apprendre que ses enfants risquaient de mourir avant d'avoir eu une chance de vivre. Pas sous les yeux des petits. Je n'aurais jamais cru que…

Soudain, elle comprenait ce que devait ressentir Gaborn. Mais, pour lui, ça devait être mille fois pis…

Se retenant au mur d'une poissonnerie, Iomé se pencha et vomit.

Grimeson garda le silence. Il savait que rien de ce qu'il dirait ne pourrait la consoler.

Iomé pleurait sur son peuple.

CHAPITRE XLIII

LA DÉBÂCLE

Le marteau de cavalerie est l'arme favorite des guerriers mystarriens. Son manche de l'acier le plus fin mesure généralement entre quatre et six pieds. Sa tête étroite taillée en pointe aux deux extrémités est d'une longueur suffisante pour transpercer le crâne d'un maraudeur ou l'armure d'un autre humain.

Extrait du *Guide des Armes* de maître Bander.

Averan et Binnesman étaient assis au sommet de la colline sous la voûte étoilée du ciel. Le soleil s'était couché des heures auparavant, et un croissant de lune brillait à l'horizon. Au loin, la fillette apercevait la lueur tremblotante des feux de camp autour du Roc de Mangan.

Des cerfs étaient sortis des bois pour paître dans la plaine. Ils contournaient Averan et Binnesman sans se soucier plus d'eux que s'ils avaient été des pissenlits.

Le magicien avait planté son bâton dans le sol et

expliqué à Averan que les Gardiens de la Terre devaient toujours procéder ainsi, afin de puiser l'énergie nécessaire au renouvellement de ses pouvoirs. Après, il s'était tu.

Il n'avait pas assommé la fillette en lui décrivant les propriétés de dizaines de plantes et ne s'était pas plaint du peu de temps dont ils disposaient. Depuis des heures, il balayait la plaine du regard comme s'il pouvait voir jusqu'à l'autre bout du monde.

— Vous êtes en train de lancer un sort ? demanda timidement Averan, qui ne voulait pas le déranger.

La biche qui broutait près d'elle ne frémit pas au son de sa voix.

Binnesman jeta un regard en coin à la fillette.

— D'une certaine façon, répondit-il. Je reprends des forces au contact de la terre. La caresse de l'herbe et l'odeur des pins me ravigotent.

— Je vois.

Averan garda le silence une minute, puis lança :

— Que se passe-t-il quand les gens meurent ?

— Leur corps retourne à la Terre, et leur esprit… va rejoindre les autres esprits.

— Vous avez vu Erden Geboren. Semblait-il heureux ?

— Aussi heureux que peut l'être un spectre, je suppose, marmonna Binnesman.

Averan voyait bien qu'il esquivait ses questions les plus épineuses… comme tous les adultes de sa connaissance. On aurait dit qu'ils ne s'étonnaient plus de rien et ne s'interrogeaient plus sur rien.

— Tous les esprits ne se relèvent pas pour devenir des spectres, insista-t-elle. Qu'arrive-t-il aux autres ?

— Personne ne le sait vraiment… On prétend que certains renaissent dans les limbes, ou dans des mondes qui sont l'ombre du nôtre, comme le nôtre est l'ombre du Seul et Unique Monde.

— Je crois que je préférerais être un spectre. J'aimerais rester ici.

— Pourquoi ? Veux-tu tromper la mort ?

— Bien sûr.

— C'est impossible. Avec un peu de chance, tu apprendras à l'affronter sereinement, voire à l'accueillir comme une amie.

— Il n'est pas difficile de surmonter ses peurs. N'importe qui en est capable. Moi, ce que je veux, c'est tromper la mort !

— Autrement dit, tu me demandes comment il faut s'y prendre pour devenir un spectre. Je ne suis pas certain de le savoir. Je crois que les morts peuvent entendre nos pensées et que nous les invoquons en songeant à eux ou en souhaitant leur présence. À moins que nos regrets ne leur confèrent davantage de substance…

Il se tut un instant.

— J'ai remarqué que les spectres sont presque toujours des gens qui avaient une volonté hors du commun de leur vivant. La plupart s'efforçaient de faire le bien, de créer plutôt que de détruire.

— Mais pas tous ?

— Pas tous, non. Certains avaient une volonté hors du commun, mais un cœur malveillant.

— Quelles sont les autres conditions pour devenir un spectre ?

— Qui sait ? Tu vois les étoiles dans le ciel ? Il en existe des millions, et autour de chacune tournent des mondes comme le nôtre.

— J'ai déjà entendu parler de ça dans la Saga de la Création que chantait maître Brand.

— Vraiment ? Ce devait être un homme sage, car peu de gens s'en souviennent encore.

— Il en connaissait une toute petite partie.

— Dans ce cas, laisse-moi te raconter ce que je sais. Autrefois, il n'existait qu'un monde et qu'une étoile sous laquelle poussait le Seul et Unique Arbre. La Seule et Unique Rune les reliait. Puis un ennemi voulut en prendre le contrôle. Il détruisit la rune, dont les fragments s'éparpillèrent comme des éclats de verre à travers le cosmos.

« À présent, il existe des milliards de mondes dotés de leur propre soleil. Chacun est un fragment du Seul et Unique Monde, plus ou moins authentique à sa façon.

— Et ils sont peuplés par des gens comme nous ?

Binnesman fronça les sourcils.

— Je ne crois pas. Pas exactement. Nous sommes tous le reflet distordu d'une plus grande entité à laquelle nous appartenions jadis. Les humains d'ici ne ressemblent pas forcément aux humains d'ailleurs. Mais nos cœurs sont similaires, à défaut de nos apparences. Nous aspirons tous à regagner le Seul et Unique Monde. Tel est, selon certains, notre unique désir véritable.

Averan savait que les mages pouvaient aller dans les limbes. Les Tisseurs de Flammes de Raj Ahten avaient invoqué un Éclat Ténébreux à partir du Seul et Unique Monde, et elle avait entendu parler d'autres créatures originaires de cette dimension.

— Averan... La Terre a besoin que nous soyons forts. L'avenir avance vers nous à la vitesse d'un ouragan.

« J'ai créé Printemps pour qu'elle soit le Champion de la Terre, mais je n'ai pas eu le temps de l'entraîner. Et je ne l'aurai pas ! Bien que je ne puisse pas la délier, nous l'emmènerons avec nous. Je suis certain qu'elle nous sera utile.

— De quoi parlez-vous ? demanda Averan, craignant qu'il ne l'entraîne dans le Monde du Dessous à l'instant même.

Soudain, le sol vibra. Un sifflement retentit dans la

forêt, et la fillette crut qu'un ver du monde allait jaillir du sol, comme à Carris.

Mais ce n'était qu'un tremblement de terre.

Averan regarda Binnesman pour qu'il la rassure. Le magicien s'était levé et pointait l'index vers le ciel, que huit étoiles filantes traversèrent les unes à la suite des autres.

— Que se passe-t-il ? demanda Averan.

Tout autour du Roc de Mangan, les flammes des feux de camp se rejoignaient, formant un monstrueux croissant.

Les hommes de Gaborn étaient en train d'incendier la plaine !

— Viens, ordonna Binnesman. Le temps n'est plus au repos. Allons prendre part à la bataille.

Pendant que la monture de Binnesman dévalait le flanc de la colline, Averan regarda les flammes qui se propageaient, s'élevant toujours plus haut vers le ciel. Peu à peu, elles emplirent son champ de vision, rugissant à ses oreilles et bloquant tout autre son.

À travers le nuage de fumée rougeoyante, la fillette aperçut les maraudeurs affolés qui agitaient leurs philia au sommet de leur perchoir. Elle se demanda ce qu'espérait Gaborn. Le feu ne réussirait pas à prendre la falaise d'assaut. La pente était trop escarpée et la végétation trop rare.

Mais les maraudeurs avaient peut-être signé leur propre perte en déracinant et en jetant au pied du Roc de Mangan les chênes qui occupaient son sommet. Leur écorce sèche brûlerait en dégageant une fumée suffocante.

Cette idée terrifiait Averan. Elle avait vu le monde à travers les souvenirs des maraudeurs et connaissait leurs peurs les plus primitives. L'odeur de la fumée les paniquait. Mais la fillette aussi redoutait le Feu, car il était l'ennemi de la Terre, la Puissance antagoniste de celle qu'elle servait.

— Vous sentez ça ? cria-t-elle à l'oreille de Binnesman.

— Quoi donc ?

— Le Feu. Il a conscience de notre présence, et il est furieux que Gaborn cherche à l'utiliser.

— Ne crains rien, la tranquillisa Binnesman. Le Feu consume. Son appétit est plus fort que son intellect. Il profite de chaque occasion de répandre la destruction. Aucune vie ne lui importe, que ce soit celle d'un humain ou d'un maraudeur, d'un allié ou d'un ennemi. Telles sont sa plus grande force et sa plus grande faiblesse. Tâche de t'en souvenir.

Averan n'avait jamais envisagé le Feu comme une Puissance. Mais ses Pouvoirs de la Terre la mettaient en garde contre un danger grandissant.

Sur la face externe du croissant de feu, elle distinguait des chevaliers montés sur leurs étalons, une lance à la main. Les flammes se reflétaient sur le métal poli de leur armure.

Soudain, une sorcière écarlate fonça vers eux, ses tatouages brillant d'une vive lueur.

Trois chevaliers chargèrent. Quand l'un d'eux lui planta sa lance dans le flanc, elle pivota vers lui avec un sifflement furieux. D'autres mages maraudeurs émergèrent du sol à leur tour.

Averan comprenait tout. Les créatures avaient creusé un tunnel, espérant sans doute sortir derrière les hommes de Gaborn pour les prendre à revers et bénéficier de l'effet de surprise. Mais le jeune homme avait dû s'en apercevoir, allumant cet incendie pour les enfumer comme de vulgaires blaireaux.

Les maraudeurs regagnaient tous la surface au même endroit — une ouverture située au-delà du mur de flammes — et fondaient aussitôt sur leurs ennemis.

Binnesman passa un bras autour de la taille d'Averan et éperonna son étalon.

En s'approchant, la fillette vit que tous les hommes de Gaborn n'étaient pas montés en selle pour repousser la charge des maraudeurs. Des centaines se tenaient près de petits feux, le long de la rivière, et y jetaient d'énormes morceaux de viande.

Horrifiée, Averan comprit qu'ils avaient tranché les philia anales de maraudeurs morts et les faisaient cuire pour affoler le reste de la horde. Malgré la distance, elle sentait une légère odeur d'ail et un avertissement retentissait dans son cerveau. « Attention, attention ! C'est la mort qui vous attend ! »

La fillette regarda le Roc de Mangan. Les flammes que le vent poussait vers l'est venaient d'atteindre le pied de la falaise. Une colonne infernale monta à l'assaut de la roche.

Au sommet de leur perchoir, les maraudeurs paniquèrent. Ils foncèrent vers la face sud du Roc de Mangan pour s'enfuir. Dans la bousculade, beaucoup d'entre eux furent projetés dans le vide et tombèrent en agitant désespérément les pattes. Ils heurtèrent au passage ceux de leurs semblables qui descendaient en s'agrippant aux rochers et leur carapace éclata quand ils s'écrasèrent sur le sol. D'autres s'en sortirent vivants mais pas indemnes ; ils s'éloignèrent à la hâte, traînant un membre brisé.

Il y eut une nouvelle onde de choc, et Averan se demanda si Gaborn avait subitement retrouvé ses pouvoirs. Était-ce lui qui faisait trembler la terre ?

Un pan de falaise s'effondra. L'avalanche emporta deux mille maraudeurs. Certains furent réduits en bouillie, d'autres se relevèrent avec difficulté et s'enfuirent sans demander leur reste. Un mur de flammes se dressait du côté est du Roc de Mangan, répandant un nuage de fumée étouffante.

Tout ce temps, Averan entendit les hurlements d'agonie des maraudeurs dans sa tête. L'odeur des philia rôties lui donnait la nausée.

Binnesman fit galoper sa monture vers celle de Gaborn. Le jeune souverain contemplait l'œuvre de ses hommes, la lueur des flammes se reflétant dans ses yeux bleus.

— N'est-ce pas magnifique ? cria Gaborn. Averan avait raison : les maraudeurs bluffaient ! Ils étaient incapables de fabriquer un nouveau Sceau de la Désolation. Ils voulaient que j'épuise mes forces à tenter de les déloger. Une fois que je l'ai compris, j'ai aussitôt pensé à incendier la plaine. Nous n'allons pas perdre un seul homme ! La connaissance ! La connaissance est une arme plus redoutable qu'un marteau de guerre !

Dans leur empressement, les maraudeurs se jetaient du haut de la falaise. Même du point le plus bas, ça représentait une chute d'une centaine de pieds, et beaucoup se cassaient une ou plusieurs pattes en heurtant le sol.

Les derniers porteurs de lames et les mages funestes jaillirent de leur tunnel comme s'ils avaient un Éclat Ténébreux aux trousses.

Averan avait fourni à Gaborn l'arme dont il avait besoin pour vaincre les maraudeurs. Mais elle était écœurée, n'ayant jamais voulu provoquer un tel carnage.

Un grondement pareil à celui du tonnerre retentit au sud de la plaine. Les créatures survivantes formaient des colonnes pour battre en retraite. Le sol tremblait sous leur poids.

Gaborn jeta un coup d'œil à la fillette et désigna le Roc de Mangan.

— Allons voir si le Guide est là-bas.

CHAPITRE XLIV

PRIÈRES NOCTURNES

N'importe quel lieu de pouvoir est propice pour solliciter l'aide des Puissances. Les magiciens de l'Air montent au sommet d'une tour ou d'une montagne ; ceux du Feu allument un brasier ; ceux de l'Eau se baignent dans un bassin et ceux de la Terre recherchent le contact avec le sol.

Les Puissances répondent souvent à nos invocations, mais il est rare que les humains les écoutent.

Extrait du *Grimoire de Sorcellerie à l'Usage des Enfants* de maître Col.

Raj Ahten et ses hommes galopaient sur l'ancienne Piste des Forteresses, au sud de Maygassa. N'ayant pu se procurer des montures fraîches, ils étaient en train de crever leurs chameaux.

La maigre colonne de réfugiés s'était transformée en un véritable raz de marée humain que la piste ne pouvait plus contenir et qui se déversait de chaque côté dans la jungle. De longues heures, Raj Ahten avait dû se déplacer au pas en se frayant un chemin dans cette foule compacte.

Au-dessus de lui, dans les ténèbres, des singes paniqués bondissaient de branche en branche et jetaient des fruits sur les intrus. La jungle entière semblait en éruption.

Sur la berge du fleuve Kelong bordé de rizières, Raj Ahten s'arrêta près d'un pont une heure après minuit pour observer son peuple. Ce qu'il vit le fit trembler.

Des dizaines de milliers de gens se pressaient à la lueur des torches. Pliant le dos sous de lourds ballots, les hommes avançaient en ahanant tels des animaux de trait. Vêtus d'un simple pagne et couverts d'une sueur luisante, ils s'appuyaient sur des cannes. Les femmes portaient un panier sur la tête ou un bébé attaché sur le ventre.

Plusieurs éléphants s'étaient engagés en même temps sur le pont. Il s'était effondré sous leur poids, et leurs cadavres gisaient dans l'eau au milieu des poutres de bois brisées. Désormais, les réfugiés étaient obligés de ralentir pour traverser le fleuve à pied.

Toutes les variantes de l'humanité étaient réunies là. Un fier seigneur était juché sous un petit pavillon de soie, sur le dos d'un éléphant blanc harnaché d'or. Ses gardes à l'uniforme écarlate bordé de fourrure jouaient des coudes parmi des paysannes à la tunique de coton grossièrement teint. De riches marchands voyageaient dans des voitures à bras tirées par des laboureurs musclés.

Des familles entières s'entassaient dans des chariots brinquebalants tractés par des buffles. Un pauvre homme tirait une brouette où il avait chargé son épouse infirme comme si elle eût été un sac de racines de gingembre qu'il conduisait au marché. Un vieux philosophe était entouré d'étudiants au crâne rasé et aux bras chargés d'étuis à parchemin. Des fous étaient enchaînés les uns aux autres par les chevilles ; leurs gardiens leur flanquaient des coups de baguette de bambou pour les faire avancer.

La lueur des torches se reflétait sur la surface paresseuse du Kelong, un nuage de fumée bleue planant au-dessus des têtes.

Les réfugiés encombrés par leurs enfants tâtonnaient du bout du pied à la recherche d'un appui solide au fond du fleuve. Raj Ahten repéra une fillette qui ressemblait beaucoup à l'aînée de Saffira, et que sa mère portait sur son dos.

La mère glissa et s'enfonça dans les eaux boueuses du Kelong. Lorsqu'elle refit surface, l'enfant avait disparu. Des cris s'élevèrent autour d'elle ; quelques paysans plongèrent pour tenter de retrouver la fillette, mais sans succès. Raj Ahten savait qu'elle ne tarderait pas à réapparaître. Elle flotterait un petit moment sur le ventre, jusqu'à ce que le courant la pousse vers la berge en compagnie de tous ceux qui n'avaient pas réussi à franchir le Kelong.

Les réfugiés continuaient à affluer.

Un paysan qui avait presque atteint l'autre rive repéra le chameau de Raj Ahten.

— Ô Lumière d'Indhopal, protège-nous ! s'exclama-t-il. Seigneur du Soleil, nous t'implorons !

Ceux qui l'entouraient tournèrent la tête vers Raj Ahten et pataugèrent dans l'eau boueuse pour se rapprocher de lui. Bientôt, il fut assailli par une foule de réfugiés qui levaient des mains suppliantes.

Au loin, il sentait la mort : la puanteur familière de la malédiction des maraudeurs. Ordonnant à ses hommes de contourner la foule, il s'éloigna du fleuve alors que les ailes noires de la nuit lui apportaient les gémissements désespérés de son peuple.

Une heure après, il atteignit une colline qui surplombait les plaines. Une lieue plus loin, la jungle et la prairie fumaient et viraient au gris de cendre sous ses yeux. Une ancienne cité de pierre blanche n'était plus qu'un squelette démantibulé.

Les réfugiés serpentaient lentement sur la route, tel un ruban illuminé par des milliers de lanternes. Jamais ils n'arriveraient à prendre le fléau de vitesse.

L'air se remplit d'un sifflement évoquant celui de la chair qui grésille dans un feu. Sur le passage de la brume brune, les feuilles se racornissaient et tombaient de leur branche. Les arbres craquaient, comme frappés par la foudre. Des nuages de perroquets et de tisserins hébétés volaient en cercle au-dessus de cette désolation.

À l'horizon, un paysage dévasté s'étendait aussi loin que portât le regard. Et Raj Ahten était encore à soixante lieues au nord de Kartish.

— Quoi que nous fassions, ce sera la famine cette année, dit Bhopanastrat.

L'énormité des ravages assommait Raj Ahten. Il lui faudrait plusieurs jours pour l'assimiler totalement.

D'un coup d'aiguillon sur le museau, il força son chameau à s'agenouiller pour le laisser descendre.

— Faites manger les animaux, ordonna-t-il. C'est peut-être la dernière fois qu'ils en auront la possibilité.

Puis il se détourna. Il sentait le regard de Bhopanastrat et de ses hommes peser dans son dos. Tous se demandaient ce qu'il comptait faire, mais aucun n'osait lui poser la question.

Depuis le matin précédent, ses muscles n'avaient pas cessé de faiblir. À présent, sa main gauche tremblait.

Malgré ses milliers d'attributs, la malédiction de Binnesman menaçait de le détruire.

Raj Ahten voyagea toute la nuit, traversant des cités désertes dans un décor d'horreur surréaliste.

Il restait encore quelques créatures vivantes. Des tarentules rampaient dans les ruines, se nourrissant de souris et de linottes. Mais les arbres gisaient sur le sol. D'un bout à l'autre de l'horizon, pas un brin d'herbe n'avait échappé au fléau. Une odeur de pourriture lui remplissait les narines.

Tous les habitants n'avaient pas réussi à fuir. Des cadavres jonchaient le bord de la route : vieillards, infirmes ou malheureux qu'on avait égorgés pour leur voler un chariot ou un bœuf.

Cette désolation absolue lui faisait oublier que Wuqaz Faharaqin tentait de soulever son peuple contre lui et que Gaborn était en train de comploter sa perte. Rien de ce que des humains pourraient faire ne rivaliserait avec la destruction répandue par les maraudeurs.

Un peu avant l'aube, Raj Ahten retrouva une de ses armées : trois cent mille manants qui avaient dressé leur camp dans une cité abandonnée, cinq lieues au nord du Palais des Canaris. Coiffés de chapeaux de paille ou de turbans, ils avaient le dos voûté et tout le désespoir du monde se lisait dans leurs yeux.

Même s'ils parvenaient à repousser les maraudeurs, la famine aurait raison des leurs pendant l'hiver. À voir leur expression lugubre, ces hommes savaient qu'ils allaient mourir d'une façon ou d'une autre. Çà et là, Raj Ahten entendit des prières s'élever dans le noir.

Lorsqu'ils aperçurent leur maître, certains soldats crièrent de joie. Mais la plupart se contentèrent de lui jeter un regard de morne curiosité.

Au centre du camp, un ballon de soie en forme de graak était arrimé par des cordes quelques dizaines de pieds au-dessus du sol. Les Tisseurs de Flammes et le Diem de Raj Ahten étaient assis en tailleur autour d'un feu.

— Quelles sont les nouvelles du front ? demanda Raj Ahten.

— Aysalla Pusnabish a pris la tête de votre armée, répondit Rahjim. Toute la journée d'hier, il a testé les défenses des maraudeurs. Beaucoup d'hommes sont morts.

— Combien ?

— La plupart de vos chevaliers.

Raj Ahten lâcha un juron. Les mines de Kartish aux flancs escarpés étaient un terrain propice pour les maraudeurs, pas pour des cavaliers.

— Comment est-ce possible ?

Rahjim haussa les épaules.

— Les maraudeurs ont construit une forteresse. Le mage funeste qui la protège est plus puissant que celui que vous avez affronté à Carris. Mais tout n'est pas perdu. Pusnabish s'est bien préparé pour la bataille de demain.

Raj Ahten massait sa main gauche engourdie avec l'espoir de rétablir la circulation sanguine. Az fronça les sourcils.

— Ça ne va pas ? Je peux vous soigner, si vous le désirez.

Raj Ahten connaissait le prix de sa guérison, et il n'était pas encore prêt à renoncer à son humanité.

Il étudia son armée d'un regard glacial. Les soldats portaient de simples plastrons, des casques à pointe et de petits boucliers ronds fixés sur leur avant-bras gauche. Ils disposaient des armes appropriées pour se battre contre des maraudeurs : lances, haches et marteaux de guerre. Mais faute de Dons, ils auraient du mal à les manier et se fatigueraient rapidement.

Trois cent mille manants ne seraient pas de taille à affronter la horde ennemie. Pourtant, ils pouvaient quand même avoir leur utilité. Lors de la bataille de Carris, les maraudeurs avaient reculé face aux humains, car ils ne savaient pas distinguer les Seigneurs des Runes des soldats ordinaires.

L'ignorance des maraudeurs serait sans doute leur meilleure arme.

Raj Ahten utilisa le pouvoir de sa Voix et de son Charisme pour hurler :

— Honorables guerriers, je vous salue ! L'heure que nous redoutions est venue. La destruction nous menace. Seuls votre force et votre courage peuvent encore sauver les royaumes d'Indhopal ! Ce soir, leur sort est entre nos mains. Ce soir, je vous ferai livrer une bataille telle que l'humanité n'en a jamais connu ! Venez avec moi, pour notre peuple et pour l'Indhopal !

Il fut le premier surpris par le pouvoir de sa Voix. Malgré leur épuisement, les soldats brandirent leurs armes et crièrent des vivats.

Il bondit sur le dos de son chameau pour leur ouvrir le chemin.

En hiver, la neige tombait abondamment dans les Monts Alcair qu'elle enveloppait de blanc. En été, elle fondait et alimentait les torrents qui cascadaient le long des pentes verdoyantes. Dans la Vallée d'Om, au sud de Kartish, douze d'entre eux bondissaient de rocher en rocher.

C'était un des endroits favoris de Raj Ahten. Chaque année, le premier jour du Mois des Pavots, il venait à Om pour admirer les fleurs de pacanier. Des coquelicots tapissaient la vallée d'où montait une bonne odeur d'herbe fraîche, et les cascades qui se déversaient dans de calmes bassins soulevaient une fine écume au-dessus du Palais des Canaris.

Ce bâtiment était un joyau aux murs de marbre jaune dont aucun homme ou animal n'était autorisé à fouler les jardins embaumés par le jasmin. La nuit, les lanternes qui l'éclairaient de l'intérieur le faisaient briller d'une lueur dorée.

Le palais ne tirait pas son nom des oiseaux qui peuplaient les arbres alentour, ni de la couleur de ses murs, mais des chanteurs qui se battaient pour avoir l'honneur de se produire dans son immense salle de concert à l'acoustique parfaite. Raj Ahten avait passé de très agréables soirées à les écouter, à se promener dans les champs de coquelicots, à contempler les chutes au clair de lune et à séduire maintes jeunes femmes.

Il avait séjourné au Palais des Canaris avec Saffira.

Secouant la tête, il s'efforça de chasser ses souvenirs. La lumière de sa vie s'était éteinte et on ne pouvait plus rien y faire.

De tous les Royaumes-Gemmes, Kartish avait toujours été le plus riche grâce à ses mines de sang-métal. Au fil des ans, ses kaifs étaient devenus gras. Ils pouvaient fixer leur prix, et, en tenant un compte exact des forceps vendus à chaque seigneur, régulaient le marché pour que personne ne rassemble jamais une force suffisante pour les renverser.

Tels des marionnettistes, ils avaient orchestré l'ascension et la chute de nations qu'ils ne connaissaient que par ouï-dire. Appliquant la pointe d'un couteau sur la jugulaire du monde, ils s'étaient félicités de leur intelligence.

Évidemment, ils avaient commis des erreurs. De temps en temps, des chargements tombaient entre les mauvaises mains et un despote se faisait massacrer. Mais un autre apparaissait aussitôt pour prendre sa place.

Raj Ahten les avait tous tués.

Quand il atteignit le Palais des Canaris ce soir-là, les murs de marbre jaune scintillaient comme d'habitude d'un éclat enchanteur. Mais à leur pied, le sol était noir de tentes et de corps à des lieues à la ronde. La pureté immaculée du palais ne se remettrait jamais de la double malédiction du fléau des maraudeurs et des dommages causés par les troupes.

De chiches feux brillaient dans la vallée où ne bivouaquaient pas moins de deux millions d'hommes. La puanteur de leur transpiration, du crottin des chevaux et des bouses d'éléphants était insoutenable. Sans compter le raffut que faisaient les animaux et les humains affamés.

Raj Ahten fit irruption dans la vallée, à la tête d'une armée de trois cent mille manants qui luttaient pour ne pas se laisser distancer. Ses hérauts l'éclairaient de leurs torches. Dès qu'ils l'aperçurent, les soldats furent comme paralysés par son charisme rayonnant.

— Guerriers d'Indhopal, rugit-il, comment pouvez-vous rester ici les bras ballants alors que les maraudeurs nous ont provoqués ? Relevez-vous, enfilez vos armures et empoignez vos armes ! Nous partirons au combat à l'aube. Je vous promets une victoire !

Il retrouva Aysalla Pusnabish aux portes du palais. L'homme se laissa tomber à quatre pattes en signe de soumission.

— Ô Lumière d'Indhopal, merci d'être venu nous délivrer !

— Mes Dédiés sont-ils en sécurité ?

— Nous les avons dirigés vers la côte au premier signe de trouble, Votre Magnificence. À l'heure qu'il est, ils doivent voguer vers le Palais de Ghusa, à Deyazz.

Raj Ahten se sentait faible et désorienté. Sa main gauche tremblait de plus en plus fort.

— Et mes forceps ?

— Ils sont dans la salle du trésor, ô Soleil de Notre Existence.

Se désintéressant de Pusnabish, Raj Ahten partit vers la salle du trésor.

— Je vais avoir besoin de mes officiants, jeta-t-il par-dessus son épaule, et de Dédiés pour me donner leur constitution.

Pusnabish claqua des doigts. Un serviteur courut chercher les officiants.

— Il y a quand même une bonne nouvelle, annonça le capitaine. Nos mineurs ont découvert une nouvelle veine de minerai. Elle est très prometteuse, comme vous pourrez le constater par vous-même.

Raj Ahten eut un sourire sans joie.

CHAPITRE XLV

LES CAVALIERS DE LA NUIT

De nombreuses aventures vous attendent sur les chemins de la vie. Franchissez ce seuil, et faites le premier pas…

Inscription à l'entrée de la taverne *Le Cor et le Chien*, première étape de la Salle des Pieds.

Myrrima n'aimait pas beaucoup l'idée d'être suivie, surtout en ignorant si c'était par une créature humaine ou non.

Borenson chevauchait sans rien dire, son regard bleu vif balayant les alentours. Chaque fois que la jeune femme ouvrait la bouche, il levait une main pour lui intimer le silence.

Myrrima était un Seigneur-Loup, avec des Dons d'Odorat prélevés sur des chiens. Elle sentait la nervosité de Borenson ; tous les sens aux aguets, elle guettait un danger.

Dans les Terres de l'Ouest, les plaines nues cédèrent

la place à des bois où de grands arbres sombres au tronc noueux et aux branches couvertes de mousse poussaient sur un sol rocailleux. Une odeur de champignons et de mousse planait dans l'air.

Il n'était pas difficile d'imaginer les batailles livrées ici contre les Toths, mille six cents ans plus tôt. Les mares à l'eau noirâtre et stagnante, au-dessus desquelles bourdonnaient d'épais nuages de moustiques, semblaient encore souillées de sang.

C'était une région désolée. Malgré l'absence de vie autour d'elle, Myrrima se surprit plusieurs fois à porter une main à son arc, pendu à sa selle derrière elle.

La forêt était morte. Aucun écureuil ne bondissait dans les arbres, nul cerf effrayé ne s'enfuyait quand ils débouchaient dans une clairière. Myrrima avait beau tendre l'oreille, elle n'entendait pas de criquets, de piverts ou de corneilles. Rien d'autre n'arrivait à vivre ici que des insectes déplaisants.

Ça ne voulait pas dire que la forêt était dépourvue d'occupants. La jeune femme savait que des spectres la hantaient. C'était pour ça que Borenson l'empêchait de parler. Les spectres se tapissaient dans l'ombre, mais ils étaient attirés par le bruit et le mouvement. Leur contact glacial pouvait tuer un humain.

Les marécages, la forêt lugubre et ses multiples replis de terrain étaient un lieu de résidence parfait pour de telles créatures.

Si les spectres du Bois de Dunn étaient des esprits bienveillants qui protégeaient le royaume, on ne pouvait pas en dire autant de ceux des Terres de l'Ouest. Des hommes et des Toths en quantité innombrable étaient morts ici, et leurs fantômes criaient vengeance. Certains affirmaient avoir vu des ombres humaines les combattre, rejouant la bataille finale qui s'était déroulée plus d'un millénaire et demi auparavant.

Alors qu'ils atteignaient le sommet d'un talus, Myrrima entendit le souffle du vent monter d'une vallée, sur leur gauche. Elle imagina qu'il annonçait un ouragan. Bientôt, les arbres dont il agitait les branches seraient déracinés par la tempête.

Mais le vent s'éloigna tel un cavalier invisible lancé au galop vers le sud.

— À ton avis, qu'est-ce que c'était ? souffla Borenson.

Il n'avait pas ouvert la bouche depuis des heures.

— Un spectre ? demanda Myrrima à voix basse.

— Il y a des spectres ici, et ils perçoivent notre présence. Mais ça, c'était autre chose...

La jeune femme repensa à l'Éclat Ténébreux et à la tornade qu'il avait créée. Binnesman l'avait avertie que la créature était capable de faire pis encore.

— Si nous continuons à cette allure, nous n'atteindrons pas Fenraven avant le coucher du soleil, continua Borenson. Mais si nous accélérons, nous rattraperons peut-être la monstruosité qui vient de nous dépasser.

Myrrima se mordit la lèvre.

— Accélérons, murmura-t-elle.

Myrrima aperçut un autre cavalier un peu avant le coucher du soleil. Toutes ses craintes en furent confirmées.

Borenson et elle venaient de sortir de la forêt pour découvrir un cloaque si étendu que la route disparaissait sous l'eau stagnante. Quelques arbres gris et squelettiques survivaient tant bien que mal entre les bassins fétides, mais il n'y avait pas d'autre couverture sur plus de cinq cents pas. S'ils étaient passés là au cœur de l'hiver, le marais se serait transformé en lac.

Myrrima fit ralentir son cheval et le laissa entrer prudemment dans l'eau, qui lui monta bientôt jusqu'à la panse. À chaque pas, une bouffée de pourriture remontait des profondeurs du cloaque et le clapotis de l'eau couvrait tous les autres sons.

La jeune femme dut charger ses sacoches de selle sur son épaule pour que ses provisions ne soient pas trempées. Un nuage de moustiques affamés bourdonnait autour d'elle.

Alors qu'elle regardait par-dessus son épaule, Myrrima surprit un cavalier perché sur une colline, à mille pas en arrière. Enveloppé d'une cape sombre, il se tenait immobile sous les arbres et regardait dans leur direction. Il se fondait si bien dans les ombres que la jeune femme crut que son imagination lui jouait des tours.

Myrrima plissa les yeux. Non, un homme se tapissait bien sur le bord de la route. Un assassin, ou le spectre d'un chasseur de loups mort depuis longtemps ? Ça pouvait être n'importe qui, y compris un inoffensif voyageur que leur vue aurait effrayé.

Myrrima lui fit un signe de la main. Mais il ne bougea pas, aussi immobile qu'un cerf qui hume l'air en quête de l'odeur des molosses.

— Que fais-tu ? siffla Borenson.

— Il y a un homme là-haut.

— Tu es certaine qu'il s'agit d'un homme ?

Myrrima s'avisa qu'elle n'avait pas vu d'empreintes fraîches sur le sol, ni senti la transpiration d'un pelage de cheval. Donc, l'inconnu ne les avait pas précédés sur la route. Ça ne laissait que deux possibilités : il avait coupé à travers les marécages — une pure folie —, ou il les suivait.

Seul un cavalier monté sur un étalon de force aurait pu les suivre.

Et les assassins de Muyyatin montaient des étalons de force.

Myrrima tira sur les rênes de son cheval et s'immobilisa sans quitter l'inconnu du regard. L'homme détourna enfin la tête et, sans bruit, s'engagea dans les bois en direction du nord.

— Je l'ai vu, déclara Borenson. Mais je ne saurais dire s'il était mort ou vivant.

Un spectre qui ne s'intéresse pas à nous, pensa Myrrima. *À moins qu'il ne fasse encore trop jour pour lui. Il attend peut-être la tombée de la nuit pour nous attaquer…*

Son cœur battait à tout rompre. Soudain, elle se souvint d'une anecdote qu'on lui avait racontée. Les assassins de Muyyatin enveloppaient les sabots de leur monture de laine d'agneau pour qu'on ne les entende pas approcher.

— L'eau et le fer permettent parfois d'éloigner les spectres, chuchota Borenson. Mais si ce type est vivant, le fer devrait suffire.

Myrrima sortit d'une de ses sacoches une pointe de lance métallique qu'Hoswell lui avait donnée et la fixa à une extrémité de son arc d'acier.

Ils continuèrent de chevaucher en silence. Les arbres étaient redevenus plus denses. Par endroits, leurs racines émergeaient du sol, menaçant de faire trébucher les cavaliers imprudents.

Une brume diffuse filtrait la lumière des étoiles. Borenson convainquit Myrrima de faire halte jusqu'au lever de la lune.

Ils quittèrent la route et mirent pied à terre. Tenant leurs montures par la bride, ils approchèrent d'un bosquet, au sommet d'un talus. Le cheval de Myrrima, qui n'avait rien mangé depuis des heures ni ménagé ses efforts, baissa la tête pour renifler les feuilles pourrissantes. Puis il poussa un hennissement consterné.

— Silence ! lui ordonna Myrrima.

L'animal avait des Dons d'Intelligence équins et il

était bien entraîné. Il se pétrifia, aussi immobile qu'une statue malgré les moustiques qui bourdonnaient autour de son arrière-train.

De longues minutes, Borenson et Myrrima attendirent.

La jeune femme haïssait le silence. Elle aurait tellement voulu parler avec son époux ! Mais elle tua le temps en observant le ciel. Trois étoiles filantes faillirent lui arracher un cri de surprise. L'une d'elles était une boule de feu qui laissa derrière elle un sillage de cendres. Myrrima n'avait jamais rien vu de tel.

Un silence surnaturel régnait sur les marécages où ne coassait aucune grenouille. Au moins jusqu'à ce qu'un gémissement inhumain ne s'en élève, donnant la chair de poule à Myrrima.

Sur le flanc d'une colline balayée par le vent, à moins de mille pas d'eux, se dressait une silhouette grise, incroyablement grande et mince. Ses longs bras, pas plus épais que des branches, avaient la phosphorescence blanche des champignons souterrains et se terminaient par des griffes pareilles à des faux. La créature avait quatre pattes postérieures, les deux de derrière avec une articulation inversée et remontant plus haut que ses hanches, comme celles d'une sauterelle. Son crâne étroit se terminait par un museau allongé et des philia s'agitaient à l'arrière de son crâne.

Même si on pouvait la prendre de loin pour un humain, la créature ressemblait davantage à un maraudeur.

Un Toth !

Le cœur de Myrrima battait à tout rompre, et de la sueur dégoulinait de son front.

Les enchanteurs toths venus d'au-delà de la Mer de Carroll n'étaient plus qu'une légende, et la plupart de leurs spectres s'étaient dissipés. Celui-ci devait appartenir à un puissant sorcier. L'eau et le fer ne suffiraient pas à le repousser. Seul un grand magicien aurait une chance d'y parvenir.

Le spectre avait levé la tête tel un chien en quête d'une piste. Les philia semblables à une barbe épaisse qui pendaient sous sa mâchoire frémirent. Il déplia ses pattes et se dirigea vers le nord-ouest d'un pas déterminé.

Il a senti une odeur, comprit Myrrima. *Et vu que nous arrivons du nord, ça pourrait être la nôtre…*

Elle allait bondir en selle quand Borenson la retint.

Presque aussitôt, elle entendit un bruit de galop. Derrière eux, un cavalier apparut sur la route, éperonnant son étalon de guerre. Alors qu'il arrivait à leur niveau et les dépassait, Myrrima entendit sa respiration sifflante de terreur et le tintement de sa cotte de mailles sous la cape noire qui l'enveloppait. À cette vitesse, les chaussons de laine de l'étalon ne parvenaient plus à étouffer le martèlement de ses sabots.

Un assassin de Muyyatin. Le spectre en avait après lui, mais s'il les attrapait les premiers…

Borenson enfonça les talons dans les flancs de sa monture. Myrrima l'imita, sans doute un peu plus fort qu'elle ne l'aurait voulu. L'animal fit un bond en avant et elle eut toutes les peines du monde à rester en selle. Passant une main derrière elle, elle saisit son arc, espérant contre toute logique que la pointe de lance en fer parviendrait à garder le spectre à distance.

Derrière elle, Myrrima entendit de nouveau le cri inhumain. Ce n'était pas un gémissement désespéré, mais plutôt un ululement pareil à celui d'un rapace qui pique vers sa proie. Paniqué, l'étalon de la jeune femme accéléra ; elle se recroquevilla sur elle-même, s'accrochant de toutes ses forces. Devant, elle voyait claquer au vent la robe de voyage de Borenson.

À un endroit où les arbres se clairsemaient, Myrrima jeta un coup d'œil par-dessus son épaule.

Son sang se glaça dans ses veines.

Le spectre bondissait vers elle sur ses pattes démesurées. Comme il émettait sa propre lumière, elle le distinguait clairement malgré les deux cents pas qui l'en séparaient encore. Sa peau était pâle, semblable à de l'ivoire, et ses immenses yeux rouge foncé. Sur ses bras se détachaient des runes bleues de protection contre la mort. Ses philia se balançaient sur son menton et des crocs acérés brillaient dans sa bouche dépourvue de lèvres.

Il tendit vers la jeune femme une patte aux multiples articulations.

— Vole ! hurla Myrrima à son étalon.

L'animal redoubla d'efforts, filant sur la route en abandonnant le spectre derrière lui. Quatre Dons de Métabolisme et deux de Force lui permettaient d'atteindre des vitesses incroyables. Si sa cavalière avait eu le choix, elle n'aurait pas pris le risque de galoper ainsi, même en plein jour.

Elle devait être lancée à fond quand elle entendit trébucher la monture de Borenson. Devant elle, la patte de l'animal heurta une racine avec le bruit d'une lance qui se rompt. Alors que le cheval s'effondrait, la première pensée de Myrrima fut pour son époux.

Il est mort !

Puis elle le vit rouler sur lui-même.

Tirant sur les rênes de son étalon, la jeune femme bondit à terre. Elle voulut atterrir sur ses pieds, mais le sol boueux se déroba sous elle et elle se cogna la hanche droite en tombant.

Puis elle culbuta par-dessus un rocher et s'immobilisa sur le ventre.

Une douleur fulgurante traversa sa hanche et son bras. Myrrima se releva, s'efforçant de l'ignorer. Son cheval avait disparu, mais elle avait réussi à ne pas lâcher son arc.

Elle cracha sur la pointe de lance. *L'eau et le fer*, se dit-elle. *Ça a marché contre l'Éclat Ténébreux, à Château Sylvarresta.*

Un nouveau hurlement retentit.

Le spectre était presque sur elle, la gueule béante. Il était trop tard pour se pétrifier tel un lapin terrorisé et espérer qu'il passerait sans la voir.

Myrrima bondit en brandissant son arc et plongea la pointe de lance entre les deux yeux de la créature.

Le Toth cria.

Il y eut une explosion aveuglante. Des éclats de glace invisible semblèrent pleuvoir autour de Myrrima, picotant sa peau comme des milliers d'épingles gelées.

Les runes de protection du Toth s'embrasèrent. Un instant, la jeune femme crut distinguer dans les flammes bleues des guerriers antiques au casque et au bouclier ronds. Ils cernaient la créature et lui plongeaient leurs épieux dans les flancs. « Arten ! Arten da gespeilten ! » les entendit-elle crier.

Puis la vision se dissipa, et le souffle de l'explosion projeta Myrrima au loin. Elle eut l'impression qu'on venait de lui donner un coup de marteau dans la poitrine. Tous les muscles de son corps lui faisaient mal.

Sonnée, elle lutta pour s'asseoir. Mais la tête lui tourna, et elle retomba en arrière.

Borenson la secoua.

— Tu es vivante ? Tu m'entends ?

— Que… ? balbutia Myrrima.

Son souffle formait un nuage de vapeur devant sa bouche. Sa main droite était tout engourdie.

— Par les Sept Pierres, jura Borenson. C'est impossible !

Myrrima leva la tête. À cinquante pas à la ronde, le

sol était couvert de givre. De minuscules cristaux blancs scintillaient sous la lumière des étoiles.

Le spectre avait disparu.

Sa main droite la brûlait comme si elle l'avait plongée dans un feu glacé. Myrrima l'approcha de son visage, comprenant ce qui s'était passé.

Elle avait enfoncé sa pointe de lance dans la tête du Toth avec tant que force que sa main l'avait touché. Ses doigts étaient blancs comme de la neige !

CHAPITRE XLVI

LA DIÉMA

Depuis que les Seigneurs des Runes existent, les Diems sont là pour consigner leurs faits et gestes. Personne ne connaît leur nombre exact, qui semble fluctuer selon les époques. On raconte que trois d'entre eux se relayaient auprès du roi Harill le Dément. Mais il se donnait beaucoup de mal pour se soustraire à leur vigilance, et avait sans doute davantage besoin d'être surveillé que d'autres seigneurs.

D'après les Chroniques *d'Erendor, il y eut pourtant une période de quatre siècles pendant laquelle moins d'un monarque sur douze se vit affecter un Diem. Une grande partie de notre histoire s'étant ainsi perdue, on la désigne généralement sous le nom d'Âge Sombre d'Erendor.*

Extrait des *Chroniques* de maître Deverde de la Salle du Temps.

Pendant que le reste du monde dormait, Iomé regagna le palais pour y attendre qu'Abel Scarby ait réuni les chiens dont Gaborn avait besoin.

Les gardes la firent entrer et appelèrent une femme de chambre qui, paniquée, aurait tiré de leur lit tous les autres domestiques si Iomé ne le lui avait formellement interdit.

L'immensité du palais donnait le tournis à la jeune femme. Sa grande salle de banquet, que réchauffaient seize énormes cheminées, aurait pu abriter la Tour du Roi de Château Sylvarresta.

La lumière de dizaines de lanternes en cristal rose se reflétait dans des miroirs d'argent. L'huile qu'elles brûlaient dégageait une plaisante odeur de gardénia. La journée, d'immenses fenêtres orientées vers le sud devaient illuminer la pièce.

Les tapisseries qui représentaient d'anciens souverains en train de conter fleurette ou de livrer bataille avaient dû réclamer une année de travail à tout un village de tisserands. Des lapins et des renards étaient sculptés dans l'encadrement en bois de chêne de toutes les portes.

La table du roi était dressée avec des couverts d'or scintillant. Iomé en resta bouche bée. Jusque-là, elle n'avait pas vraiment compris à quel point Gaborn était riche. Toutes les splendeurs d'Heredon avaient dû lui paraître insignifiantes…

Une adolescente vêtue de la robe simple des érudits était assise sur une élégante méridienne. Entendant un bruit dc pas, cllc bondit sur scs picds ct fit facc à Iomé.

— Vous voilà enfin ! s'exclama-t-elle.

Ses longs cheveux bruns tressés en couronne mettaient en valeur son visage constellé de taches de rousseur. Au premier coup d'œil, Iomé eut l'impression de la connaître depuis toujours. Elle devait être un tout petit peu plus jeune qu'elle : seize ans, à vue de nez.

— Vous êtes ma nouvelle Diéma ?

La jeune fille hocha la tête. Iomé remarqua qu'elle avait un bouton d'acné sur le menton et des yeux noisette très ordinaires.

— On m'a dit que vous veniez d'arriver. Vous avez fait bon voyage ?

— Il s'est déroulé sans incident, répondit Iomé, pensant qu'elle ne s'intéressait qu'aux détails historiques.

Son interlocutrice eut l'air déçu.

— Mais… Ça ne vous a pas plu ?

C'était la première fois qu'une Diéma s'inquiétait des impressions ou des sentiments d'Iomé.

— Si, beaucoup. Je n'imaginais pas que Mystarria était si vaste. Les plaines sont merveilleusement fertiles, et ce château me coupe le souffle !

— Je suis originaire du village de Berriston, tout près d'ici. Je pourrai vous faire visiter la région, si vous voulez, proposa la Diéma.

Iomé allait de surprise en surprise. La plupart des Diems étaient des êtres froids et détachés. Mais cette fille devait se sentir aussi seule qu'elle, et aussi submergée par ses responsabilités.

— Très volontiers, répondit-elle, prenant la main de la Diéma pour la serrer.

Depuis son plus jeune âge, Iomé avait toujours été entourée par des visages amicaux et familiers. Jamais elle n'avait manqué de compagnie féminine. Brutalement arrachée à son environnement, elle craignait de ne pas se sentir à sa place à la Cour des Marées. Et voilà que sa nouvelle Diéma se présentait comme une amie potentielle…

— Vous connaissez un peu le château ? Vous pourriez me montrer mes appartements ?

— Je pense, oui… Je suis arrivée ici en début d'après-midi.

La Diéma conduisit Iomé au pied de la Tour du Roi. Ensemble, elles gravirent l'escalier jusqu'aux appartements qui avaient été ceux du père de Gaborn. Devant la porte, un garde vêtu de l'uniforme de Mystarria les salua et tira une clé de sa poche pour leur ouvrir.

Dès qu'elle entra dans l'ancienne chambre de Mendellas Draken Orden, Iomé fut assaillie par son odeur, si forte qu'il lui sembla impossible que son beau-père soit mort depuis une semaine. Elle s'attendait à le voir debout sur le balcon ou à l'entendre parler dans le salon voisin.

Un énorme lit à baldaquin, masqué par des rideaux de laine, dominait le luxueux mobilier de la pièce. Iomé s'en approcha et tapota le matelas. *C'est ici que je dormirai désormais*, songea-t-elle. *Ici que je donnerai naissance à mon fils si les Puissances le permettent, et ici que Gaborn m'en fera d'autres.*

La Diéma s'approcha d'une fenêtre et l'ouvrit en grand.

— J'ai entendu dire qu'on a une vue magnifique de la cité, s'exclama-t-elle gaiement.

Iomé savait qu'elle ne réussirait pas à s'endormir. De toute façon, elle avait assez de Dons de Constitution, de Métabolisme et de Force pour avoir besoin de très peu de sommeil. Comme tous les Seigneurs des Runes, elle pouvait s'assoupir debout et se laisser aller à une rêverie régénératrice. Pour l'instant, elle ne se sentait pas fatiguée, et l'enthousiasme de sa Diéma était contagieux.

Iomé sortit sur le balcon. Trois étages plus haut, les guetteurs montaient la garde sur les remparts. Une énorme lanterne rouge éclairait la promenade.

— On vient juste de l'allumer, dit Iomé.

— C'est normal. Elle brûle seulement lorsque nos souverains séjournent ici.

Château Sylvarresta était le bastion de la défense heredonienne, et la famille royale s'en absentait uniquement pour aller à l'étranger. Iomé n'avait pratiquement jamais quitté ses murs. Mais les choses se passaient différemment à Mystarria. La Maison Orden avait une demi-douzaine de forteresses où elle pouvait se retrancher en temps de guerre, et autant de palais où couler une douce existence en temps de paix.

En contrebas, la Cour des Marées se pelotonnait dans les ténèbres : châteaux aux tours fières et élancées, manoirs trapus dont le clair de lune faisait doucement luire le toit d'ardoise. Au-delà des marchés, à l'ouest, des milliers de bicoques se pressaient les unes contre les autres dans les quartiers les plus pauvres. Au-delà encore s'étendaient les eaux placides et miroitantes de l'océan.

— C'est magnifique, souffla la Diéma. Exactement comme je l'imaginais. Quand j'étais petite, ma mère me racontait qu'un château peuplé de géants se dresse à chaque bord du monde, ceux de l'est faisant la guerre à ceux de l'ouest. Chaque jour, ils chargent leurs catapultes et lancent une boule de feu dans les airs ; chaque nuit, ils font la même chose avec une énorme pierre. La boule de feu, c'est le soleil, et l'énorme pierre, la lune. Le jour où le soleil ne se lèvera pas, nous saurons que leur guerre a pris fin.

« Dans les bas quartiers de la Cour des Marées, les gens affirment qu'un guetteur, du sommet de cette tour, peut voir les géants s'affairer sur leurs catapultes de l'autre côté de l'océan. C'est de là que ceux de Fallion ont repéré les grands navires gris.

Iomé sourit.

Plusieurs étoiles filantes traversèrent le ciel en

même temps. L'une était une boule de feu qui laissa derrière elle un sillage de cendres.

— On dirait que vos géants sont à court de pierres, plaisanta-t-elle.

La Diéma éclata de rire. Ses yeux noisette pétillaient de bonne humeur. Elle avait toujours rêvé de se tenir au sommet de cette tour, à côté d'une reine.

Même si Gaborn parvenait à éliminer le Seul et Unique Maître, la perspective de rester enfermée au palais pendant des semaines, sans rien à faire, accablait Iomé. Elle se demanda combien de temps passerait avant que la Diéma ne s'ennuie et ne regrette d'avoir embrassé cette carrière.

La jeune femme sonda l'horizon.

— Je ne vois ni géants ni navires d'aucune couleur.

Près d'elle, la Diéma se raidit involontairement, lâchant un petit rire forcé.

Des navires approchent, réalisa Iomé. *Je ne les vois pas, mais elle le sait. Ils viennent pour attaquer la Cour des Marées.*

Mais sur l'ordre de qui ?

Au sud se trouvaient les Inkarrans, qui n'avaient jamais guerroyé contre les nations septentrionales. Même si les hostilités étaient déclarées, ils n'avaient pas une flotte suffisante pour débarquer en force à Mystarria... Contrairement à une demi-douzaine de royaumes du Nord : Lonnock, Toom, Eyremoth, Alnick, Ashoven et Internook.

Je saute trop vite aux conclusions, se reprocha Iomé. Mais sa nouvelle Diéma était la plus jeune qu'elle ait jamais rencontrée. Peut-être n'avait-elle pas terminé son entraînement, ou ne maitrisait-elle pas encore bien ses réactions.

Depuis des siècles, on prétendait que certains Diems s'adonnaient à l'espionnage. La rumeur prenait-elle sa source dans quelques-unes de leurs réactions involontaires : un battement de paupières, ou un regard qui se détourne au mauvais moment ?

— Vous disiez avoir grandi tout près d'ici, lança Iomé à sa compagne.

La Diéma se reprit. Elle l'entraîna vers la face nord de la tour et désigna un point, à environ deux lieues de là, le long de la côte.

— Vous voyez les lumières, là-bas ? Ce sont celles de Berriston.

— En effet, c'est tout près d'ici. De votre maison, vous deviez voir les tours du palais…

— Pas en hiver, quand il y avait du brouillard.

— Votre famille vit-elle toujours là-bas ?

— Ma mère est morte il y a des années. Mais mon père et mes deux frères aînés habitent toujours à Berriston avec ma belle-mère. Je ne l'aime pas beaucoup…

Iomé n'avait jamais rencontré une Diéma aussi bavarde.

— Leur avez-vous rendu visite récemment ?

La Diéma sursauta.

— Non, répondit-elle, nerveuse.

— Si ça vous fait plaisir, nous pourrions peut-être y aller ensemble.

La jeune fille secoua la tête.

— Le temps s'écoule dans un seul sens. Nous ne devons pas essayer de remonter son cours…

— Je suppose que non, murmura Iomé. Quoi que je fasse, je ne reverrai jamais mes parents. Je trouve d'autant plus dommage que vous soyez si près de votre famille et que vous n'alliez pas la voir.

La Diéma détourna la tête.

Iomé déambula sur la promenade et s'immobilisa face à l'ouest. Une étoile filante, puis une autre encore se détachèrent sur fond de velours bleu sombre.

— Mon époux est là-bas, en train de combattre les

maraudeurs. Il craint que la fin du monde ne soit proche : trois ou quatre jours, tout au plus. Mais vous devez déjà le savoir…

La Diéma ne répondit pas.

— Il doit affronter tant d'ennemis, soupira Iomé. En plus des maraudeurs, les Inkarrans le menacent au sud, sans compter Raj Ahten et ce fou de roi Anders. J'ai peur pour lui.

Voyant l'absence de réaction de sa Diéma, elle en conclut que Gaborn était en sécurité.

Son cœur palpitait d'excitation. Cette fille n'avait pas encore appris à se maîtriser. Tant qu'elle ne soupçonnerait pas qu'Iomé était capable de déchiffrer son langage corporel, elle continuerait à lui fournir involontairement de précieuses informations.

— Il est tard, déclara-t-elle. Vous avez sans doute besoin de dormir. J'espère que votre chambre vous plaît.

— Elle est magnifique, dit la Diéma.

Pour une fille de paysan, la plus humble mansarde du château devait être un palais.

— Vous avez dîné ?

— Oui.

— Tant mieux. Je n'y avais jamais réfléchi avant, mais il doit être difficile, pour un Diem, de se retrouver dans un endroit inconnu, sans amis…

— Oh, j'ai des amis, assura la jeune fille.

Iomé savait qu'elle avait concédé un Don d'Intelligence à un membre de sa confrérie, qui avait fait de même pour elle afin qu'ils partagent un seul esprit. Gaborn lui avait dit un jour qu'il enviait aux Diems la profondeur de ce lien.

Sous les pieds de la jeune femme, la tour vacilla légèrement et les pierres vibrèrent.

Iomé crut d'abord qu'elle avait rêvé. Elle tendit une main pour se retenir au parapet, plus inquiète à l'idée de passer pour une folle que pour leur sécurité à toutes deux.

La tour vacilla un peu plus fort. Le cœur d'Iomé fit un bond dans sa poitrine.

— Un tremblement de terre ! s'exclama la Diéma.

Un grondement sourd retentit et une secousse souleva l'immense tour. De tous les endroits du monde où être pendant un séisme, c'était le moins indiqué…

Un bruit de verre, en contrebas, leur apprit que les fenêtres de la salle de banquet venaient de se briser.

Dans les rues de la cité, des gens poussaient des cris effrayés. Des chiens aboyèrent ; des chevaux hennirent. Sur une île voisine, une tour s'effondra et glissa dans l'océan.

La Diéma s'accrochait au parapet comme si elle craignait de tomber.

— Il faut sortir d'ici ! cria Iomé.

Elle saisit la main de la jeune fille et la tira à l'intérieur des appartements royaux. Les livres de Mendellas Draken Orden avaient dégringolé de leurs étagères, et les rideaux du lit à baldaquin ondulaient.

Derrière elles, un craquement déchira l'air nocturne. Le balcon venait de se fendre en deux.

La Diéma s'accrocha à Iomé.

— Venez, ordonna la reine en l'entraînant dans le couloir.

Au-dessus de leurs têtes, elle entendait les guetteurs courir se mettre à l'abri.

Les lampes accrochées aux murs se balançaient en répandant de l'huile enflammée. De grosses plaques de plâtre se détachaient et tombaient, soulevant un nuage de poussière qui se mêlait à la fumée.

Sans lâcher la main de la Diéma, Iomé s'engagea dans l'escalier, un bras au-dessus de sa tête pour se protéger de la pluie de gravats. Grâce à ses Dons de

Métabolisme, elle avait le temps de les voir tomber et de les écarter pour qu'ils ne blessent pas sa compagne.

La tour tremblait de plus en plus fort et le sol semblait se dérober sous les pieds de la jeune femme comme si elle était emportée par une avalanche.

Gaborn ne l'avait pas avertie du danger. Tout ce qu'elle éprouvait, c'était de la panique. L'immense construction risquait de s'effondrer sur elle à tout moment.

Elle n'avait pas encore atteint le rez-de-chaussée quand la première secousse mourut. La Diéma s'immobilisa.

— C'est fini…

Mais Iomé avait assisté à plus d'un séisme en Heredon.

— On ne peut pas le savoir…

De nouveau, elle entraîna la jeune fille dans l'escalier.

Elles venaient d'arriver dans la cour du palais quand une secousse plus forte que la précédente frappa la Cour des Marées.

CHAPITRE XLVII

EN QUÊTE DU GUIDE

On honore les guerriers qui se sacrifient au combat, mais on néglige de vénérer les plus braves de tous : ceux qui supportent sciemment une interminable agonie pour servir leur cause.

Seigneur Mangan.

Au pied du Roc de Mangan, le sol calciné était plus noir que le ciel qui le surplombait. Çà et là, quelques buissons brûlaient encore.

À l'est, l'incendie continuait à faire rage, se propageant dans les collines. Selon toute vraisemblance, il ne s'éteindrait pas avant plusieurs jours et la destruction totale de la forêt.

À chaque pas que faisait Averan, de la cendre montait du sol, l'empêchant de respirer. Accompagnée par Binnesman, par Gaborn et par son Diem, la fillette contournait la falaise. Là, des milliers de maraudeurs étaient tombés ou avaient sauté de leur perchoir. Les carcasses de ceux qui n'avaient pas survécu à la chute s'empilaient au pied de la face sud.

Les blessés qui avaient battu en retraite à travers la plaine, les pattes brisées ou la carapace fendue, avaient été rapidement distancés par le reste de la horde. Une partie des chevaliers de Gaborn s'était lancée à leur poursuite pour les achever. Pendant ce temps, des éclaireurs examinaient les carcasses, cherchant le Guide.

Averan ne voulait pas manger d'autre maraudeur. Le dernier l'avait rendue malade. Elle n'était pas encore bien remise, jugeant qu'il était trop tôt pour renouveler l'expérience.

Mais Gaborn ne voulait pas manquer cette occasion.

Une étoile filante traversa le ciel. La fillette leva la tête et en vit une seconde. Elle remarqua que très peu de grees étaient perchés sur les carcasses des maraudeurs. Ou la fumée les avait tués, ou ils avaient suivi le reste de la horde.

Le sol trembla de nouveau ; quelques pierres se détachèrent de la falaise et rebondirent sur les carcasses.

— C'est vous qui avez déclenché le séisme ? demanda Averan à Gaborn.

Le roi secoua la tête.

Un baveur mourant gisait sur le dos. Il respirait avec difficulté, et du mucilage suintait de sa gueule.

— Ne t'approche pas de lui, dit Gaborn.

— Ça ira. Ses philia ne remuent même plus, souligna Averan.

Elle se dirigea vers la créature. Beaucoup de baveurs utilisaient leurs sécrétions pour renforcer le plafond des cavernes et des tunnels. Mais celui-ci était capable de construire des arches et des piliers de toute beauté.

— Un Architecte, souffla la fillette. C'est lui qui a conçu le nid du Seul et Unique Maître.

— Tu éprouves de la sympathie pour ce monstre ? s'étonna Gaborn.

Averan ferma les yeux.

— Les maraudeurs sont vivants. Celui-ci était un artiste. Il aurait dû rester à sa place.

— C'est très bien, mon enfant, approuva Binnesman. Tu apprends vite. Toute vie est précieuse et mérite qu'on la protège.

Ils continuèrent leurs fastidieuses recherches.

Une heure plus tard, des éclaireurs rapportèrent qu'un millier de maraudeurs étaient morts dans la bousculade et que les hommes de Skalbairn avaient achevé deux fois plus de blessés. Le reste de la horde se dirigeait vers le sud en suivant la piste tracée à l'aller.

Au pied du Roc de Mangan, où les carcasses s'empilaient par dizaines, les éclaireurs devaient les escalader et se faufiler entre leurs pattes pour les examiner. Parfois, il était impossible de distinguer celles du dessous. Les maraudeurs étaient trop massifs pour que des étalons de force puissent les déplacer, et Gaborn craignait que le Guide ne soit parmi eux.

— Messire ! appela soudain un éclaireur. Je crois que je l'ai trouvé !

Perché au sommet d'une pile de carcasses, trois cents pas plus loin, il agitait une torche au-dessus de sa tête. Averan le rejoignit au pas de course.

— C'est une grosse brute, comme tu nous l'as dit. Il a trente-six philia, de très grosses pattes et une rune sur son épaule droite, annonça l'éclaireur. Je ne vois pas très bien le reste, mais il a l'air de correspondre à ta description.

Averan se hissa sur un rocher couvert de lichen, puis escalada un maraudeur mort avec l'aide de Gaborn. Suivant l'éclaireur, elle se faufila sous la patte d'un autre et s'engagea dans une sorte de tunnel formé par les carcasses. Elle se concentrait pour ne pas glisser ni se blesser sur les griffes des porteurs de lame et, surtout, pour ne pas penser que la pile risquait de s'effondrer sur elle.

Gaborn et Binnesman rampaient derrière elle.

L'éclaireur se laissa glisser à terre le long de la carapace d'une sorcière écarlate. Sa torche fumait dans l'air immobile. Averan leva les yeux vers le maraudeur qu'il désignait et étouffa un cri.

C'est lui ! pensa-t-elle aussitôt. Quatre autres carcasses le recouvraient en grande partie, mais une de ses pattes avant reposait près de sa gueule, et son épaule droite était visible entre celles d'un porteur de lame.

Averan ferma les yeux. Les seules images du Guide dont elle disposait lui avaient été transmises par un maraudeur qui ne percevait pas le monde de la même façon que les humains. Ses congénères lui apparaissaient comme des taches bleues d'intensité et de nuance variables. La fillette avait des difficultés à rapprocher ce qu'elle voyait de ses souvenirs.

— Oui, dit-elle d'une voix étranglée par l'excitation et la crainte. Ça pourrait être lui.

Après avoir examiné des milliers de maraudeurs, elle n'osait pas se prononcer.

— Mais tu n'en es pas certaine ? Tu ne reconnais pas cette rune ? demanda Gaborn.

— Pour les maraudeurs, les runes ne sont que des incantations magiques sous forme d'odeur.

Elle renifla, mais ne sentit rien d'autre que la fumée de la torche. Si elle avait eu l'odorat affûté d'un maraudeur, et si elle avait pu s'approcher de son anus, peut-être aurait-elle réussi à l'identifier formellement…

— De tous les cadavres que nous avons examinés, c'est celui qui se rapproche le plus de ta description ? insista Gaborn.

— Oui, mais ça pourrait ne pas être lui.

— Accepterais-tu de manger sa cervelle quand même ?

Averan leva les yeux. Sa gorge se contracta, et elle

serra les poings si fort que ses ongles s'enfoncèrent dans la chair de ses paumes.

— Je ne peux pas, gémit-elle, l'estomac noué par la peur.

Gaborn lui prit le menton.

— L'humanité a besoin de toi, dit-il. Tu dois être forte. Les maraudeurs ont battu en retraite, mais un grand danger nous menace toujours. Demain, des milliers d'hommes mourront au combat.

— Et c'est censé me faciliter la tâche ? grommela Averan. (Ses épaules s'affaissèrent.) J'ai été tellement malade la dernière fois...

— Chacun de nous apprend à se sacrifier pour les autres. Les guerriers donnent leur vie au combat ; les paysans s'épuisent lentement pour nourrir leur famille. Je ne te demande rien de plus qu'à eux, si ce n'est de grandir prématurément.

Binnesman étreignit la fillette pour la réconforter.

Gaborn resta immobile. Il ne pouvait pas se laisser attendrir.

— Voilà deux heures que mes éclaireurs examinent les carcasses, insista-t-il, et ils n'en ont trouvé aucune qui corresponde mieux à ta description.

Averan déglutit avec difficulté. Si elle refusait de se soumettre à sa requête, il ne pourrait pas localiser le Seul et Unique Maître, et l'humanité serait perdue. D'une façon ou d'une autre, elle allait mourir.

— Très bien, capitula-t-elle.

Si ce maraudeur était bien le Guide, elle n'aurait plus besoin de manger la cervelle des autres. Une maigre consolation...

Gaborn soupira, s'agenouilla et la serra contre lui.

— Merci, dit-il simplement.

Il n'avait jamais été aussi épuisé. Physiquement, mais aussi mentalement et émotionnellement.

— Aide-la ! ordonna-t-il à l'éclaireur.

Par chance, le triangle vulnérable du maraudeur était accessible.

Le roi tapota l'épaule de Binnesman et lui chuchota :

— Restez près d'elle. Rassurez-la autant que vous pourrez. Moi, j'ai besoin de repos.

Il escalada les carcasses en sens inverse, remonta en selle et, suivi de son Diem, longea la falaise jusqu'à l'endroit où était tombée la statue de Mangan, se brisant en une dizaine de morceaux après avoir heurté le sol.

Quelques citations mises à part, il ne restait pas grand-chose d'autre du seigneur Mangan. Plus d'un millénaire auparavant, il avait construit une forteresse, pour empêcher les guerriers de Muttaya d'envahir l'ouest de Mystarria. Il avait repoussé les forces ennemies à plusieurs reprises avant de mourir lors d'une lamentable escarmouche. Cinquante ans plus tard, son fils avait fait sculpter cette statue en son honneur.

Gaborn mit pied à terre et s'approcha de la tête de pierre usée à moitié rongée par le lichen. Il l'effleura d'un geste respectueux avant de s'y adosser.

Une étoile filante qui traversait le ciel lui fit lever les yeux. Il en avait vu une bonne centaine ces trois dernières heures.

Des bouleversements se préparaient. Gaborn sentait toujours une menace planer sur les réfugiés de Carris qui descendaient le fleuve Donnestgree. Souvent, il percevait le danger longtemps à l'avance ; parfois, celui-ci l'assaillait brutalement. C'était comme d'observer la surface bouillonnante d'un chaudron en se demandant quelles bulles seraient les prochaines à éclater. Pas une science exacte, mais un pouvoir de divination. Comme l'avenir dépendait des décisions que ses ennemis et lui prenaient à chaque instant, il pouvait basculer d'une seconde à l'autre.

Soudain, Gaborn eut la certitude que Borenson et

Myrrima couraient de grands risques. Il voulut les avertir, mais sans succès. Combien de temps serait-il encore incapable de communiquer avec ses Élus ? La Terre continuerait-elle à le punir, même si cela devait coûter la vie aux graines d'humanité qu'il avait choisies ? Ou lui rendrait-elle ses pouvoirs quand il en aurait vraiment besoin ?

Gaborn ne supportait pas l'idée qu'on lui arrache ses Élus. Chaque fois que l'un d'eux mourait, une partie de lui-même disparaissait avec.

Et ça ne touche pas que moi. Quand un homme meurt, sa femme perd un époux et ses enfants un père. Tout son village peut en subir le contrecoup s'il était un artisan de valeur, ou capable de soulager le chagrin des autres d'une simple plaisanterie.

La disparition d'un homme affaiblit sa communauté ; dans une moindre mesure, elle affecte le monde entier. L'humanité est pareille à la trame d'un tissu dont nous serions les fils. Qu'on en arrache un seul, et tous les autres menacent de se défaire.

Beaucoup de fils avaient été tranchés depuis une semaine. Gaborn avait le cœur serré en pensant à son père, aux parents d'Iomé, aux centaines de milliers de gens qui avaient déjà succombé et aux millions encore debout sur le seuil de la mort. Il soupira.

— Raj Ahten approche de Kartish, dit-il à son Diem. Ses forces vitales diminuent, mais il a encore tué une douzaine de mes Élus aujourd'hui.

— Vous passez beaucoup de temps à vous soucier du bien-être de vos adversaires, fit remarquer l'érudit.

Il s'était assis en tailleur, les avant-bras reposant sur ses genoux et la capuche de sa robe tirée sur son front.

— Si ça ne dépendait que de moi, je n'aurais aucun adversaire humain, dit Gaborn. Savez-vous ce qui attend Raj Ahten à Kartish ?

— Le temps nous le révélera.

— Un grand danger le menace. Il se peut que les mines de sang-métal aient déjà été détruites.

— Je ne peux ni confirmer ni infirmer vos soupçons.

Après avoir côtoyé un Diem toute sa vie, Gaborn n'espérait pas qu'il en soit autrement. Il avait fait de son mieux pour soutirer une aide quelconque à cet érudit squelettique. En vain.

Gaborn avait mémorisé le schéma de l'Émir du Tuulistan, qui résumait les enseignements secrets dispensés aux Diems dans la Salle des Rêves de la Maison de la Compréhension. Ce schéma montrait de quelle façon chaque homme se considérait comme le seigneur de son royaume, et jugeait autrui bon ou mauvais selon qu'il élargissait ou, au contraire, tentait de limiter ses territoires.

LES TROIS DOMAINES DE L'HOMME

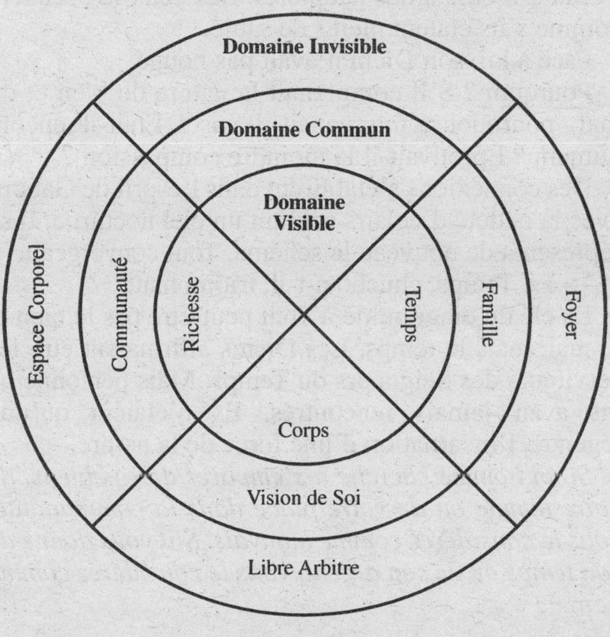

En y repensant, Gaborn comprit qu'un homme ne pouvait pas être bon dans l'isolement. Il devait reconnaître ses liens inextricables avec le reste de la communauté.

Un homme vraiment bon ne peut vivre pour lui seul. Comme les mystiques d'Indhopal qui refusent de porter des vêtements ou de manger de la nourriture dont d'autres pourraient avoir besoin, il offre sa vie à ceux qui l'entourent.

Le jeune souverain éprouvait un désir aigu de devenir ce genre d'homme. Bien que né au sein d'une famille noble, il voulait consacrer tous ses instants à protéger son peuple. Lui dédier chacun de ses actes. Et cela lui semblait encore insuffisant.

Il lui restait un mystère à percer, quelque chose qui lui échappait dans la nature du bien et du mal.

Gaborn cligna des paupières. Ses yeux le brûlaient comme s'ils étaient pleins de sable.

Face à lui, son Diem n'avait pas bougé.

Pourquoi ? S'il comprenait la nature du bien et du mal, pourquoi n'intervenait-il pas ? Était-il encore humain ? Éprouvait-il la moindre compassion ?

Des connexions s'établirent dans l'esprit de Gaborn avec la netteté d'éclairs zébrant un ciel nocturne. Il se représenta de nouveau le schéma. Tout convergeait.

— Le Temps, chuchota-t-il, triomphant.

La clé du diagramme n'était peut-être pas le bien et le mal, mais le temps. Les Diems affirmaient être les serviteurs des Seigneurs du Temps. Mais personne ne les avait jamais rencontrés. Ils n'étaient qu'une légende, l'incarnation d'une force de la nature.

Si un homme cherche à s'emparer de vos biens, de votre femme ou de votre place dans la communauté, vous le considérez comme mauvais. S'il vous donne de son temps ou de son argent, vous le considérez comme bon.

Une évidence frappa Gaborn. *Je ne possède rien que le Temps ne puisse m'enlever. Ni ma femme, ni mes richesses, ni même ma vie.* Les Diems devaient en avoir conscience. Mais quelque chose le troublait dans ce raisonnement : on était obligé de déduire que le Temps était le mal ultime, puisqu'il finissait par dépouiller chaque créature vivante.

Gaborn s'interrogea. Mille questions lui brûlaient les lèvres, mais il se doutait que son Diem n'y répondrait pas. L'ordre auquel il appartenait lui interdisait de s'impliquer dans les affaires humaines ou d'influer sur le cours des événements. Il était là pour observer et pour témoigner, rien de plus.

Mais dans quel but ? Pourquoi les Diems se consacraient-ils au service du Temps, si celui-ci était le mal ultime ?

Le Temps dépouillait les hommes de tout ce qu'ils possédaient. Les Diems considéraient peut-être la notion de propriété comme une illusion, et le bien et le mal comme de simples fantasmes.

Gaborn sursauta. À moins que… Sous un angle différent, on pouvait aussi dire qu'avant de le leur reprendre, le Temps donnait aux hommes tout ce qu'ils possédaient : leur foyer, leur famille, leurs richesses, et de longues années pour en profiter.

Donc, le Temps était un paradoxe : créateur et destructeur, source de joie comme de chagrin. Les Diems en avaient conscience et préféraient ne s'attacher à rien ni personne, ce qui expliquait leur passivité.

Mais qu'espéraient-ils gagner en servant les Seigneurs du Temps ? Davantage de temps, justement ? Binnesman était âgé de plusieurs siècles, et Gaborn savait que les magiciens de l'Eau vivaient très longtemps. La Puissance qu'ils vénéraient les récompensait ainsi de leurs services.

Se pouvait-il que les Diems cherchent aussi à prolonger leur existence ? Une idée nouvelle et étrange…

Un soupçon naquit dans l'esprit du jeune homme. Les auteurs des Chroniques des Seigneurs des Runes restaient toujours anonymes, et ils pouvaient recevoir plusieurs affectations successives. Le Diem de Gaborn était venu à lui quand il était un enfant ; depuis, il semblait ne pas avoir vieilli. Il n'avait pas perdu ses cheveux. Son visage ne s'était pas ridé, ni ses mains couvertes de taches brunes.

Gaborn avait du mal à y croire. Si les Diems vivaient plusieurs siècles, quelqu'un s'en serait forcément aperçu avant lui.

Et si, au lieu de servir les Seigneurs du Temps, les Diems *étaient* les Seigneurs du Temps ? Qui pouvait le savoir ?

— Quel âge avez-vous ? demanda Gaborn à l'érudit.

Le Diem le fixa depuis les replis de sa capuche.

— À votre avis ?

— Je vous donne une cinquantaine d'années.

— C'est à peu près ça.

Une fois de plus, il esquivait la question.

— Quel seigneur observiez-vous avant moi ?

— Picobo Zwanesh, un prince d'Inkarra.

Gaborn n'avait jamais entendu parler de cet homme, et ignorait que son Diem savait parler l'inkarran.

— A-t-il été votre premier sujet d'étude ?

— Oui, répondit l'érudit après une imperceptible hésitation.

— Combien de temps espérez-vous vivre ?

— D'après ce que vous m'avez dit, je pourrai m'estimer heureux de voir la fin du mois.

Quelque chose clochait. Il manquait une pièce du puzzle. Gaborn avait cru qu'il allait recevoir une révélation. À présent, il se sentait plus loin que jamais de la vérité.

Le jeune homme ne pouvait pas compter sur son Diem pour éclairer sa lanterne, et il n'avait plus de temps à perdre en vaines interrogations. Les secondes filaient à toute vitesse ; l'avenir fonçait à sa rencontre. Il avait besoin de se reposer, car bientôt ce luxe lui serait interdit.

Toutes les deux ou trois minutes, une étoile filante traversait les ténèbres telle une flèche décochée par un arc céleste. Ce phénomène se produisait parfois au milieu de l'hiver, mais jamais en cette saison.

— Lorsque vous rédigerez les chroniques de ma vie, pourrez-vous mentionner que j'ai beaucoup souffert de devoir utiliser mes amis ? Que je ne souhaitais de mal à personne, pas même à mes ennemis ?

— Ce sont ses actes qui révèlent le cœur d'un homme, pas les paroles qui sortent de sa bouche...

— Parfois, nos actes dévoilent seulement la moitié de la vérité, insista Gaborn. Je déteste me servir de cette enfant, Averan. Elle devrait être autorisée à grandir normalement, à trouver un époux qui la chérisse et à porter des enfants. Vos écrits se contenteront de mentionner que je l'ai sacrifiée, alors que ça me fait honte.

— J'exprimerai vos sentiments dans une note de bas de page, promit le Diem.

— Merci.

Un cri résonna au loin. Gaborn tourna la tête. Un cavalier galopait vers lui, une torche à la main. Il reconnut l'éclaireur qu'il avait laissé en compagnie de Binnesman et d'Averan.

— Que se passe-t-il ?

— Messire, je vous cherchais partout ! s'écria le cavalier en tirant sur les rênes de sa monture pour l'immobiliser. J'ai pensé que je devais vous prévenir. L'enfant a mangé la cervelle du maraudeur et elle est très malade.

Une main glacée étreignit le cœur de Gaborn.

— Comment ça ?

— Elle baigne dans sa propre sueur, et elle a des convulsions si violentes qu'elle s'est mordu la langue jusqu'au sang. Elle a failli s'étrangler. J'ai glissé la lame d'un couteau entre ses dents pour la forcer à ouvrir la bouche, mais il a fallu l'allonger sur le ventre pour que son propre sang ne l'étouffe pas.

— Par les Puissances ! cria Gaborn. Qu'ai-je fait ?

Il courut vers son cheval.

— Binnesman et sa wylde font de leur mieux pour la maintenir en vie, ajouta l'éclaireur dans son dos.

Plus loin au sud, Gaborn découvrit un petit attroupement. Deux seigneurs maintenaient Averan plaquée au sol pour ne pas qu'elle se blesse. Les yeux de la fillette avaient roulé dans leurs orbites et ses paupières papillonnaient. Sa respiration était sifflante et laborieuse.

Binnesman brandissait son bâton au-dessus d'elle.

Une odeur aigre et quelques flaques jaunâtres apprirent à Gaborn qu'Averan avait vomi son dernier repas. Il se détourna en fronçant le nez.

Binnesman s'approcha et lui posa une main sur l'épaule.

— Le maraudeur dont elle a consommé la cervelle devait être agonisant. Il souffrait beaucoup. Averan avait à peine fini de manger quand elle s'est écriée : « Je meurs ! Je meurs ! »

Gaborn ne dit rien.

— Elle a presque tout régurgité, ajouta Binnesman. Ce qui lui a sans doute sauvé la vie.

Gaborn secoua la tête.

— Et ce qui nous coûtera la nôtre.

CHAPITRE XLVIII

AFFAIRES DE CŒUR

J'ignore ce que je redoute le plus : le poison de la vipère, la caresse d'un spectre ou la colère de ma femme.

Roi Da'verry Morgaine.

À la lueur des étoiles, Borenson observait la main droite de Myrrima. Ses trois doigts du milieu étaient presque aussi blancs que le givre qui couvrait le sol à cinquante pas à la ronde. Quand il l'effleura, elle était si glacée que son contact le brûla. La jeune femme claquait des dents et tremblait de froid.

Le spectre du Toth lui avait jeté un sort.

— Malédiction, jura Borenson.

Myrrima allait perdre ses doigts, peut-être sa main entière.

Le cœur du colosse battait toujours la chamade. Le cri d'agonie du spectre résonnait à l'infini dans sa tête. Il n'arrivait pas à croire que sa femme ait banni la créature. C'était impossible. Seul un puissant mage en avait le pouvoir.

L'exploit de Myrrima allait lui coûter sa main. *Elle l'a fait pour moi. Pour me protéger, et elle s'est battue contre le Toth tout comme elle a affronté les maraudeurs près du Roc de Mangan.*

Ses pensées s'embrouillaient. Il souffla sur la main de la jeune femme pour tenter de la réchauffer. Puis il ôta sa cape et lui en enveloppa les doigts.

— Je ne sens plus rien, murmura Myrrima.

Autour d'eux, l'air était glacial comme si le sol n'allait pas dégeler avant une bonne semaine. Des cristaux de glace s'étaient formés dans la barbe de Borenson. L'atmosphère lui semblait aussi cassante que la croûte de givre sous ses pieds.

Il songea à allumer un feu, mais son briquet à silex était rangé dans ses sacoches de selle, et leurs deux chevaux s'étaient enfuis.

— Peux-tu marcher ? Fenraven ne doit pas être très loin.

— Je peux même courir, répondit Myrrima. C'est toi qui risques d'avoir du mal à me suivre.

Borenson ne s'habituait pas à l'idée que sa femme, devenue un Seigneur des Runes, avait plus de Dons de Force et de Métabolisme que lui... Sans compter les Dons de Constitution qui lui manquaient encore.

— Tu as raison. Tu ferais mieux de partir devant. Il doit y avoir un guérisseur à Fenraven, ou au moins une sage-femme.

Myrrima se releva avec difficulté. Elle s'éloigna, utilisant son arc comme une béquille. Borenson se souvint du seigneur Hoswell. Quelques heures plus tôt, il avait fui le champ de bataille de la même façon. Il n'y avait pas survécu.

Le colosse emboîta le pas à sa femme.

Myrrima fixait la route devant elle d'un air déterminé.

— Nous devons retrouver les chevaux, dit-elle en

claquant des dents. Il reste un peu du baume de Binnesman dans mon paquetage.

Sortir de la zone gelée fut un soulagement. Une bouffée d'air tiède caressa le visage de Borenson, lui redonnant espoir et énergie. Il espéra qu'il en était de même pour Myrrima.

Des nuages diaphanes étouffaient le scintillement des étoiles. Alors que les deux époux atteignaient le sommet d'une colline, Borenson sonda la route. Des plaques de brume nocturne masquaient en partie le chemin boueux, et les arbres noirs semblaient griffer le ciel de leurs branches nues.

Aucune lumière ne brillait et il n'y avait pas trace de leurs chevaux. Borenson n'aurait pas été surpris de rencontrer un autre spectre. *Un cavalier nous précède et c'est sans doute un assassin de Muyyatin.*

Borenson n'avait que quelques Dons et son marteau de guerre était resté accroché à la selle de sa jument pie. Le long couteau qu'il portait fixé sur la cuisse était sa seule arme.

Myrrima émit un grognement découragé.

— C'est grand, Fenraven ? demanda-t-elle.

— Pas très, non.

Borenson n'y avait jamais été, mais il connaissait l'endroit de réputation.

— Alors, il se peut que nous soyons tout près sans le savoir.

Fenraven se dressait sur une petite île à la lisière des marécages. L'eau courante qui l'entourait protégeait ses habitants des spectres, mais pour plus de sécurité, ils suspendaient des lanternes allumées devant leur porte, à la tombée de la nuit. *Si nous étions tout près, nous verrions ces lanternes, ou au moins la fumée des cheminées*, pensa Borenson.

— Tu as peut-être raison, mentit-il pour réconforter sa femme.

Ils continuèrent à avancer. Même si Myrrima se traînait, Borenson devait courir pour ne pas se laisser distancer. Il se débarrassa de son armure et de son heaume pour aller plus vite.

Myrrima avait le souffle court. Elle plaquait son bras droit sur sa poitrine, et Borenson voyait qu'elle souffrait beaucoup.

Alors qu'ils traversaient les bois envahis par le brouillard, Borenson tendit l'oreille pour capter les bruits suspects ou les éventuels hennissements de leurs chevaux. De l'eau gouttait des branches tordues, agitées par un souffle de vent mélancolique, et tombait dans la boue avec un bruit de succion.

Le colosse se souvint de l'élémental qui avait attaqué le camp de Gaborn un peu plus tôt, et de la bourrasque qui les avait dépassés pendant l'après-midi. L'Éclat Ténébreux essayait-il de se venger ? Après tout, Myrrima lui avait causé beaucoup de tort.

La jeune femme ralentit l'allure. Elle était forcée de faire de fréquentes haltes et Borenson n'avait plus de mal à la suivre. À chaque pas, elle semblait se vider de ses forces. Elle ne tarderait pas à s'effondrer, comprit son époux.

Ils avaient parcouru une lieue quand ils franchirent une seconde colline et observèrent la route en contrebas. Des étoiles filantes continuaient à tomber, comme si elles se détachaient une à une de la voûte céleste.

Le terrain devenait de plus en plus accidenté et il était chaque fois plus difficile de distinguer le sol sous le brouillard. Enfin, un croissant de lune se leva à l'horizon, découpant la silhouette déchiquetée des Monts Alcair. Toujours pas la moindre trace des chevaux ou d'un village.

Borenson regarda Myrrima et frémit. Une pâleur mortelle avait gagné le visage de la jeune femme. À chacune de ses expirations, un nuage de vapeur se formait autour de sa tête. Ce n'était pas le cas pour son époux, car il ne faisait pas assez froid.

Que les Éclats la protègent !

— Tu vas bien ? lui demanda-t-il.

Myrrima secoua faiblement la tête.

— Fais-moi voir ta main.

Elle eut un mouvement de recul. Borenson lui saisit le poignet, mais le bras droit de la jeune femme refusa de bouger, comme s'il était enchâssé dans de la glace à partir du coude. La cape qu'il avait enroulée autour était collée à sa peau. Il la défit avec des gestes prudents et sursauta.

La chair de Myrrima avait blanchi et gelé jusqu'à l'épaule. La malédiction du spectre se répandait comme une gangrène cristalline.

Borenson leva vers sa femme un regard horrifié. Elle se contenta de hocher la tête.

— C'est en train de me tuer...

Le colosse se creusa la tête. Que pouvait-il faire ? Comment lutter contre des puissances surnaturelles ? Il n'était pas un magicien et n'avait même plus d'armes.

— Il faudrait peut-être... le couper.

Cette idée lui répugnait. Il n'avait jamais pratiqué d'amputation et ne disposait d'aucun onguent pour atténuer la douleur. Faute de bandages, il ne parviendrait pas à contrôler l'hémorragie.

Myrrima secoua la tête.

— Je ne crois pas que ça marcherait.

Borenson défit sa tunique molletonnée imbibée de sueur et colla le bras de la jeune femme contre sa poitrine pour tenter de le réchauffer. Sentant la morsure glaciale de sa chair, il se demanda si la malédiction du spectre n'allait pas le contaminer.

Mais il n'en avait cure !

Le matin, il avait demandé à Gaborn ce qu'on pourrait encore exiger de lui. Il avait déjà sacrifié sa virilité et sa vertu. À présent, il était sur le point de perdre quelque chose de si précieux qu'il n'avait pas mesuré sa valeur jusque-là : sa femme.

Haletante et effrayée, Myrrima se laissa aller contre lui.

Ça n'aurait pas dû se passer ainsi. En quittant Château Sylvarresta, quatre jours plus tôt, Borenson avait cru qu'il laissait Myrrima derrière lui et qu'il ne la reverrait pas. C'était lui qui devait aller en Inkarra, et qui était censé ne jamais en revenir.

Sa femme avait raison. Il avait refusé de se donner à elle pour se protéger. Mais la vérité, c'était qu'il l'aimait depuis l'instant où il avait posé les yeux sur elle.

Borenson n'avait jamais été à l'école. Pourtant, il était avec Gaborn alors qu'il étudiait dans la Maison de la Compréhension. Bien que sa mission consistât à écarter tout danger de son jeune maître, il avait retenu certaines choses.

Notamment, un cours magistral donné dans la Salle du Cœur. Ses souvenirs lui revenaient lentement, peut-être parce qu'il avait perdu ses Dons d'Intelligence lorsque Raj Ahten avait détruit la Tour Bleue, ou parce qu'il n'avait jamais prêté grande attention à maître Jorlis. Comment prendre au sérieux un homme qui passait sa vie à décortiquer des émotions ?

Dans la Salle du Cœur, maître Jorlis enseignait que chaque être humain a deux esprits : le superficiel et le profond. L'esprit superficiel était froid, logique, rationnel, calculateur et étranger à l'amour. L'esprit profond rêvait et luttait pour comprendre le monde. C'était le siège de l'imagination, de la créativité et de l'intuition ; la partie du cerveau qui rassure quand on prend une bonne décision ou avertit d'un danger en générant de l'hésitation et de la peur.

Borenson avait toujours manifesté un certain scepticisme vis-à-vis des leçons de maître Jorlis. Il trouvait un peu ridicule ce colosse efféminé aux joues rouges et à la chair molle.

Selon lui, l'esprit profond était capable de retourner des problèmes pendant des semaines ou des mois, jusqu'à ce qu'il découvre une solution que l'esprit superficiel n'aurait même pas envisagée. Donc, l'esprit profond était plus sage que l'esprit superficiel.

Maître Jorlis affirmait que le coup de foudre était un signal destiné à vous informer que telle ou telle femme serait votre partenaire idéale. L'esprit profond générait une image de l'épouse parfaite en empruntant divers traits à des personnes connues : par exemple, elle aurait la gentillesse de votre vieille tante, les yeux de votre mère et le sens de l'humour de votre père.

— Si votre cœur fait un bond dans votre poitrine quand vous rencontrez la femme de vos rêves, si la tête vous tourne et que vous avez les mains moites, c'est que votre esprit profond croit reconnaître les qualités que vous recherchez. Il n'a pas toujours raison, mais ça vaut la peine de l'écouter.

Absurde, avait toujours pensé Borenson. Jorlis délirait…

Mais dans le cas de Myrrima, tout ce qui s'était passé depuis leur rencontre tendait à prouver que cette fois, son esprit profond avait vu juste.

Elle était tout ce qu'il attendait d'une femme : tendre, chaleureuse, dévouée et pleine de compassion, mais aussi intrépide et résolue. Toute sa vie, Borenson avait eu l'impression de n'être que la moitié d'un homme. Myrrima le complétait.

Il la serra contre lui.

Le froid qui consumait la jeune femme gagna le flanc de Borenson, l'engourdissant de la hanche jusqu'à l'épaule. Sa tentative de la réchauffer ne produisit pas le moindre effet.

Il étreignit Myrrima de longues minutes, alors qu'elle pâlissait et tremblait de plus en plus. Le nuage de vapeur s'épaississait à chacune de ses expirations.

— Tiens-moi la main, supplia-t-elle en claquant des dents.

Borenson saisit sa main droite, mais elle secoua la tête.

— Pas celle-là. Je ne sens plus rien.

Il lui prit la main gauche sans lâcher l'autre. Malgré la morsure glacée, il les pressa contre sa poitrine comme s'il pouvait défier la malédiction du spectre et la détourner vers lui.

Prenez-moi, supplia-t-il les Puissances. *Prenez-moi à sa place.*

Myrrima laissa tomber sa tête sur l'épaule de Borenson.

— Je t'aime, lui chuchota-t-il à l'oreille.

— Je sais.

Au loin, un loup hurlait à la lune dans les bois. Les étoiles filantes continuaient à zébrer le ciel.

Borenson posa un baiser sur le front de Myrrima. La jeune femme s'affaissa contre lui, inconsciente. Elle respirait toujours, mais pour combien de temps ?

Il était tard : plus de minuit, à vue de nez. Borenson était affamé et épuisé. Il n'avait aucun Don de Constitution pour l'aider, et aucune idée de la distance qui le séparait de Fenraven. Sans doute plusieurs lieues.

Il songea à abandonner sa femme pendant qu'il irait chercher de l'aide. Elle était grande et lourde ; il ne pourrait pas la porter très loin. Mais il n'osait pas la laisser là avec un loup dans les parages. Et il savait qu'elle n'aurait pas voulu mourir seule.

Il passa un bras sous ses aisselles et la souleva.

CHAPITRE XLIX

LA CHUTE DES ÉTOILES

Les catastrophes naturelles nous enseignent l'humilité, la compassion, le courage et la persévérance. Cela mis à part, elles n'ont aucune utilité et je préférerais m'en passer.

Duc Paldane.

Une nouvelle secousse sismique frappa la Cour des Marées.

Des messagers venus des quatre coins de la région affluaient pour faire leur rapport à Iomé. Depuis la première secousse, les tours d'une douzaine de châteaux s'étaient effondrées, ainsi qu'un pont qui reliait deux des plus grandes îles de la cité.

Dans les quartiers pauvres, les dégâts étaient terrifiants. Les bicoques s'étaient écroulées et avaient pris feu, les habitants de la Cour des Marées luttant pour maîtriser l'incendie sur plusieurs fronts à la fois. D'énormes vagues avaient déferlé sur le rivage nord, renversant les bateaux de pêche et balayant sur leur passage un millier de masures.

Il faudrait des jours pour dénombrer les victimes.

Des colonnes de fumée s'élevaient un peu partout dans la cité. Les domestiques et les gardes du palais s'étaient réfugiés dans la cour avec des fourrures et des couvertures où s'allonger. Mais personne ne dormait. Les servantes apportaient des fournées de pain et d'énormes jambons.

Les ménestrels du roi décidèrent de jouer pour alléger l'atmosphère.

Ce fut un bien macabre récital…

Iomé avait l'impression d'être maudite par la Terre. Mais elle comprit très vite que le séisme n'avait rien à voir avec elle. Il avait frappé plus durement à cinq lieues au nord de la Cour des Marées, rasant des villages entiers.

Les messagers couraient en tous sens, s'efforçant de constituer des équipes de sauvetage. Le chancelier Westhaven, qui gérait les affaires de la Cour des Marées en l'absence du roi, s'en remit à Iomé pour les décisions les plus urgentes.

Des heures durant, la jeune femme tint audience dans la cour du palais tandis que les ménestrels jouaient et que des messagers défilaient devant elle, tous porteurs de nouvelles plus décourageantes les unes que les autres. Avec l'aide de plusieurs scribes et de quelques nobles, elle leva un nouvel impôt qui permettrait de nourrir et de loger les rescapés. Puis elle réquisitionna les fonds nécessaires à une reconstruction immédiate.

En une nuit, elle dépensa autant d'or que son père en une année, craignant même d'avoir dilapidé tout le trésor de Gaborn.

Iomé n'avait aucune expérience de la gestion d'un royaume aussi vaste que Mystarria. Les problèmes menaçaient de la submerger, même si le chancelier Westhaven lui prodiguait ses conseils aux moments les plus opportuns. C'était un homme compétent, qui connaissait Mystarria beaucoup mieux qu'elle.

La Diéma s'était assise en tailleur sur le sol pour l'observer et s'efforçait de ne pas s'endormir. Elle avait remercié Iomé une bonne dizaine de fois après qu'elle lui eut sauvé la vie dans la tour. De longues minutes, elle n'avait rien pu faire d'autre que pleurer.

Iomé aurait voulu la réconforter de nouveau. Visiblement, la Diéma s'inquiétait pour sa famille. Mais la jeune femme avait ses propres soucis. D'étranges secousses avaient frappé l'Heredon juste avant son départ, puis Carris la veille. Existait-il un rapport entre elles ? Son intuition lui soufflait que oui.

Selon Gaborn, la Terre souffrait et le leur faisait comprendre en se soulevant. Mais quelle blessure avait pu provoquer un séisme de cette ampleur ? Iomé tenta de reléguer cette question dans un coin de son esprit.

Le sol continuait de trembler, et l'incendie de faire rage dans la cité, quand un grand érudit squelettique fendit la foule rassemblée dans la cour du palais. Sa robe bleue piquetée d'étoiles argentées était typique d'un astronome. Il avait une longue barbe grise et des yeux perçants.

Le chancelier Westhaven se pencha vers Iomé.

— C'est maître Jennaise, de la Salle des Étoiles, chuchota-t-il. Son observatoire s'est effondré, et je me permets de rappeler à Son Altesse qu'elle n'a pas à lui allouer de fonds. Les étudiants de la Maison de la Compréhension doivent subvenir à ses besoins.

Iomé hocha la tête.

L'astronome se campa devant elle et déclara avec l'accent de Ferecia :

— Votre Altesse, je sollicite humblement votre attention. Nous avons un problème sans précédent.

— En quoi puis-je vous aider, maître Jennaise ?

— Je ne sais pas par où commencer, avoua l'astronome.

Évidemment, pensa Iomé. Les Ferecians ne savaient jamais par où commencer... ni comment finir, d'ailleurs, et moins encore ce qu'ils voulaient dire entre les deux.

— Votre observatoire a subi des dommages ?

— S'il a subi des dommages ? Il s'est à moitié effondré. Un incendie s'est déclaré, et mon assistant a failli périr en tentant de sauver nos cartes. Il faudra des semaines pour tout remettre en état. Je suis certain que l'eau dont nous nous sommes servis a fait autant de dégâts que les flammes elles-mêmes, mais... Euh, ça n'est pas de votre ressort, n'est-ce pas ?

— Je ne crois pas, répondit Iomé, qui ne voyait toujours pas où il voulait en venir.

L'astronome promena un regard méfiant à la ronde.

— Votre Altesse, pourrions-nous parler en privé ?

Iomé accepta. Ils traversèrent la cour et s'immobilisèrent dans un coin obscur, à l'ombre d'un pacanier.

— Que savez-vous des étoiles ? demanda maître Jennaise.

— Elles sont jolies, lâcha Iomé.

— Certes, concéda l'astronome. Vous savez sans doute aussi que les constellations se déplacent dans le ciel au fil des saisons. Le premier jour de l'année, Elwind surplombe les montagnes septentrionales, mais au milieu de l'été, il est juste au-dessus de la Cour des Marées.

— Admettons. Et alors ?

— Votre Altesse, c'est avec la plus grande stupéfaction que j'ai constaté… (Jennaise hésita, puis lança :) … que les étoiles sont toutes chamboulées.

Iomé le fixa sans comprendre.

— Je sais que ça paraît impossible, mais… Nous sommes le troisième jour du mois des Feuilles, et la configuration des étoiles correspond à celle du vingtième jour du mois des Moissons. Autrement dit, il y a deux semaines de décalage.

— Comment cela se peut-il ? Vos cartes doivent être inexactes…

— Certainement pas ! s'indigna Jennaise. J'ai refait mes calculs une centaine de fois, et je ne vois qu'une explication : la trajectoire de notre monde dans l'espace a été modifiée. Selon mes mesures, même la lune…

Iomé tituba sous le choc. Et dire qu'elle s'était crue submergée quelques minutes plus tôt !

— Que pouvons-nous faire ?

Jennaise secoua la tête.

— Rien du tout, je le crains. Mais votre époux est le Roi de la Terre…

La jeune femme se souvint des paroles d'Averan. Le Seul et Unique Maître était en train de lier le Sceau de la Désolation à ceux des Cieux et de l'Enfer. Il voulait créer un nouveau monde où l'humanité ne parviendrait pas à survivre. Mais était-il réellement capable d'arracher la Terre à sa trajectoire céleste ?

— Bien sûr… Je… je vais lui envoyer un messager sur-le-champ.

Mais elle ne voyait pas ce que Gaborn pourrait faire pour arrêter le Seul et Unique Maître. Dépouillé de ses pouvoirs, il n'était qu'un Seigneur des Runes ordinaire, ou presque.

L'astronome prit congé.

Hébétée, Iomé regarda autour d'elle en quête d'un messager. Mais alors qu'elle cherchait une façon de présenter sa missive, elle comprit que Gaborn était déjà au courant de la gravité de la situation. Ne l'avait-il pas avertie : si personne n'éliminait le Seul et Unique Maître, l'humanité serait perdue. Il connaissait le danger aussi bien qu'elle.

Ou peut-être pas, se dit-elle après un instant de réflexion. Gaborn percevait le danger à l'avance, mais ignorait d'où il proviendrait. Or, presque tous ses Élus à Mystarria étaient encore dans les parages de Carris. Savait-il qu'une attaque se préparait contre la Cour des Marées ? S'il était là, lui demanderait-il de rester ou de s'enfuir ? Et comment réagirait-il en apprenant que le monde avait dévié de sa trajectoire ?

Le sergent Grimeson entra dans la cour du palais, un officiant sur les talons.

— Votre Altesse ! appela-t-il. Nous avons les attributs qu'a réclamés votre époux.

Dans le tourbillon des dernières heures, Iomé avait presque oublié que Gaborn avait fait préparer des vecteurs pour Averan. Maintenant, il fallait les escorter jusqu'à elle.

— Faites seller des chevaux et mettez-vous en route immédiatement. Chaque seconde compte.

— Votre Altesse, dit Grimeson, ces gens n'ont pas dormi de la nuit. Je ne voudrais pas que l'un d'eux tombe de sa monture. Nous avons des carrosses presque aussi rapides qu'un étalon de force.

— Dans ce cas, nous partirons avec.

— « Nous » ?

Iomé crut que le monde s'écroulait autour d'elle. Gaborn l'avait envoyée à la Cour des Marées pour la mettre en sécurité. Mais un séisme ravageait la région ; les tours s'effondraient et les étoiles tombaient du ciel.

Elle ne serait en sécurité nulle part.

Sa place était à côté de Gaborn, même si elle ne

pouvait pas le suivre dans le Monde du Dessous. Là-bas, elle ne serait qu'un fardeau supplémentaire pour lui. Malgré la diminution de ses pouvoirs, il était encore le Roi de la Terre, et le seul capable d'affronter le chef des maraudeurs.

Il devait bien y avoir quelque chose d'autre à faire que de rester les bras ballants à la Cour des Marées !

Jetant un coup d'œil par-dessus son épaule, Iomé repéra le chancelier Westhaven, occupé à conseiller une demi-douzaine de seigneurs. Il connaissait son travail sur le bout des ongles…

— Sergent Grimeson, allez chercher mon escorte. Je vous accompagne. Il faut que je parle à Gaborn.

Elle rédigea une note pour le chancelier Westhaven, l'avertissant de se préparer à une attaque par voie maritime, et la tendit à un page.

Puis elle partit.

CHAPITRE L

SOUVENIR D'ÉTÉ

Un millier de coups portés au combat apportent moins d'honneur à un homme qu'un seul acte de compassion.

Ivarian Borenson.

Sous le ciel étoilé, Borenson titubait dans la lande obscure. Myrrima était une grande femme solide. Malgré son Don de Force, il avait du mal à la porter. Pourtant, il n'avait pas lâché sa main droite, comme s'il espérait lui communiquer un peu de sa propre chaleur. Mais il aurait fallu un miracle pour que l'état de Myrrima s'améliore.

Au bout d'une heure, Borenson comprit que ses efforts ne serviraient à rien. Le froid qui émanait de la jeune femme s'insinuait jusque dans ses os. Leurs mains étaient comme soudées. Malgré tout, il ne regrettait pas sa décision, mais déplorait de ne plus la sentir entre ses bras, car sa propre chair lui semblait aussi dure et glacée que la surface d'un lac en hiver.

Il continua à porter son épouse, écoutant claquer ses dents et redoutant que chacune de ses inspirations ne soit la dernière.

Borenson avait de plus en plus de mal à avancer. Il dégoulinait de sueur, et ses jambes le brûlaient. Faute de constitution supplémentaire, il se fatiguait aussi vite que n'importe quel manant. Mais il n'osait pas s'arrêter pour prendre quelques minutes de repos, craignant d'être incapable de repartir.

Sous ses pieds, la terre détrempée clapotait. Au loin, le loup continuait à hurler à la lune. Borenson ne redoutait plus les assassins et les spectres. Il savait qu'il avait signé son propre arrêt de mort. La malédiction du Toth se communiquait à lui ; déjà, son bras était gelé jusqu'au coude.

Sa prière avait été en partie exaucée. Myrrima allait mourir. Mais il ne tarderait pas à la suivre dans la tombe.

Alors qu'il vacillait sur ses jambes flageolantes, il éprouva une étrange sensation au niveau du bas-ventre.

Ses testicules venaient de descendre.

Il n'avait reçu aucun avertissement, ni senti de picotement. À vrai dire, il avait presque oublié que les petits garçons ne naissent pas avec des noix suspendues entre les jambes, mais que celles-ci mûrissent dans de petits sacs avant de tomber deux ou trois ans plus tard.

L'onguent de Binnesman avait accompli un miracle de la façon la plus naturelle du monde.

— Maintenant, elles ne valent même plus une chope de bière, ricana Borenson, amer.

Le destin se montrait vraiment cruel envers lui.

Il continua à marcher. Lever un pied, basculer en avant. Lever l'autre, reprendre son équilibre…

Il n'arrivait plus à tenir la tête droite. À chaque pas,

le monde semblait tourner autour de lui, et sa vue se brouillait.

Un moment, il perdit connaissance et fut projeté dans un paysage onirique où le fantôme de Myrrima flottait à côté de lui.

— Je t'accompagnerai en Inkarra quoi qu'il arrive, promit-elle. Laisse mon corps ici, et je te suivrai. De toute façon, il est complètement gelé.

Une indicible tristesse submergea Borenson, qui baissa les yeux vers sa femme. Il ne voyait plus si elle respirait ou non. À présent un froid glacial le transperçait jusqu'à l'épaule.

Il aurait voulu s'allonger près de Myrrima et mourir avec elle.

Borenson songea au message qu'il portait. Il n'était plus certain de réussir à le remettre au roi Zandaros. Il s'était toujours efforcé de se montrer loyal envers Gaborn, et manquer à son devoir pour la première fois le peinait.

Il fallait bien que ça arrive un jour…

Quant à Daylan Hammer, qu'il était censé chercher en Inkarra… Existait-il seulement ?

Borenson dormait en marchant. Il entra dans le lit d'un ruisseau et glissa sur les pierres rondes et mouillées. Il se blessa au genou, ce qui le tira de sa torpeur.

Une brume épaisse planait au-dessus du cours d'eau. Borenson se releva et lutta pour prendre pied sur la berge opposée. Des arbres à la silhouette torturée tendaient vers lui leurs branches griffues.

Je ne dois plus être très loin de Fenraven.

Borenson entendit un hennissement. Il sursauta. Son étalon de force — celui qu'il avait donné à Myrrima — était au bord du ruisseau, les rênes prises dans un buisson épineux. Le colosse s'en approcha et, sans lâcher

Myrrima, fouilla maladroitement dans les sacoches de selle.

L'onguent de Binnesman y était.

Borenson observa longuement sa femme. Il faisait nuit noire ; entre le brouillard et la sueur qui lui brûlait les yeux, il ne distinguait pas si sa poitrine se soulevait encore. Mais en levant la tête, il vit deux étoiles filantes plonger vers l'horizon.

L'aube approchait. Borenson se demanda s'il vivrait assez longtemps pour voir le soleil se lever.

Il posa Myrrima sur le sol. Puis il ouvrit le pot d'onguent et lui en appliqua sur le bras et la main, prenant garde à le faire pénétrer dans sa peau. Pour lui, il en conserva à peine une noisette.

Quand il eut terminé, il s'allongea près de sa femme au bord du ruisseau, tentant de se concentrer sur le murmure de l'eau et humant l'odeur de la terre mouillée. Un criquet solitaire donnait une sérénade dans un buisson épineux.

Borenson ne sentait plus son bras droit et il n'arrivait plus à réfléchir. Son cerveau était aussi engourdi que sa chair. Trop fatigué, il ne parvenait pas à trouver le sommeil.

Il demeura immobile jusqu'à ce que les étoiles pâlissent et disparaissent. Alors, il tendit sa main libre pour caresser la joue de Myrrima.

Elle était glacée.

Elle est morte !

L'onguent avait réchauffé sa main gauche, ramenant un semblant de vie dans son bras. Borenson arrivait de nouveau à remuer les doigts. Il se dégagea doucement de l'étreinte glaciale de Myrrima…

Sur l'Île de Thwynn, où Borenson était né, on ne confiait pas les morts à la terre mais à la mer. Il embrassa Myrrima sur le front, lui demandant pardon de n'avoir pas su l'aimer. Puis il la souleva et entra dans l'eau, dont la température était plus élevée que celle de l'air, comme si elle souvenait encore de l'été.

Quelque part au loin, un coq chanta.

Borenson confia sa femme au ruisseau et à la brume et la regarda s'éloigner, portée par le courant. Une partie de son esprit n'arrivait pas à croire qu'elle était morte.

— Puisse-t-elle trouver la paix dans ton étreinte, murmura-t-il. Puisses-tu la conduire jusqu'à l'océan.

Borenson gardait la vague impression d'avoir trahi Myrrima, mais il ne savait pas pourquoi. Se détournant, il revint vers sa monture.

Il devait y avoir une auberge à Fenraven, et tant pis s'il doutait fort d'y trouver le repos !

CHAPITRE LI

LE POINT DE NON-RETOUR

La vie est un voyage, et à chaque pas, nous atteignons un point de non-retour.

Gaborn Val Orden.

Averan était recroquevillée à côté de Printemps, à l'arrière d'un chariot qui s'éloignait de Carris.

La langue de la fillette ne saignait plus, mais sa robe était toujours trempée de sueur. Une énorme mante religieuse, de la même couleur gris brun que le bois, rampait sur le bord du chariot au-dessus d'elle.

Si Averan tremblait encore de douleur et d'épuisement, ses convulsions avaient cessé une heure auparavant. Elle survivrait, mais elle avait échoué. Une fois encore, elle avait mangé la cervelle du mauvais maraudeur. Le Guide se déplaçait toujours quelque part au sein de la horde. Il narguait Gaborn et Averan !

La fillette était désespérée. Elle savait désormais que les maraudeurs pouvaient souffrir davantage que les humains parce que leur résistance était supérieure.

Elle risquait de mourir si elle mangeait de nouveau l'un d'eux. Mais comment aurait-elle pu refuser ?

Averan ne savait pas grand-chose de son dernier repas, sinon qu'on l'appelait le Stratège. Mais ses rares souvenirs la tourmentaient. Sa spécialité consistait à planifier les génocides ordonnés par le Seul et Unique Maître et à creuser des tunnels sous les essaims ennemis.

D'atroces visions assaillaient Averan. Elle se voyait en train de charger, de déchiqueter les cadavres de ses adversaires et de s'en repaître. Le Stratège n'épargnait personne. Il dévorait même les œufs des reines ennemies. Aucun seigneur humain n'avait jamais fait preuve d'une telle férocité.

Le monstre dont elle avait mangé la cervelle était un maître de guerre. Il avait étudié les anciennes batailles entre maraudeurs et humains afin de concevoir de nouvelles tactiques.

Dans la pâle lumière de l'aube, Averan ferma les yeux et tenta d'oublier.

Le chariot filait sur la piste de la horde. D'épais amas de nuages dissimulaient le ciel tel un drap de soie blanche. Derrière elle, la lampe rose incandescente du soleil embrasait l'horizon.

Les maraudeurs piétinaient dans la plaine, pareils à un troupeau d'éléphants noirs. Sur leur passage, ils soulevaient un nuage de poussière et faisaient s'envoler des oisons, qui se rassemblaient dans le ciel en poussant des cris effrayés. Mais ils avançaient de plus en plus lentement : les cinq dernières heures, ils avaient à peine parcouru quinze lieues.

Les maraudeurs étaient épuisés. Averan le sentait à travers les souvenirs du Stratège. Une soif inextinguible la tourmentait, et toute l'eau fraîche qu'elle avait bue n'y pouvait rien changer. Quand on lui en présentait une tasse, elle la reniflait et paniquait. Elle voulait qu'il y ait du soufre dedans !

La nuit, plusieurs créatures s'étaient détachées de la horde. Elles ne s'étaient pas arrêtées, mais avaient commencé à tourner en rond comme des scarabées à la surface d'une mare. On eût dit que tout un côté de leur corps était paralysé.

Une heure auparavant, Gaborn s'était approché du chariot d'Averan pour lui désigner ces maraudeurs à l'étrange comportement.

— Sais-tu ce que ça signifie ?

— Ils sont en train de mourir de soif.

— Dans ce cas, espérons que la journée sera chaude. Comme ça, ils crèveront plus vite.

Une crampe contracta le bras gauche d'Averan, qui cria. Printemps lui caressa les cheveux.

La fillette se souvint d'un pique-nique qu'elle avait fait avec sa mère sur le bord de la rivière Kelly, quand elle était petite. L'eau glacée cascadait entre les collines, bondissait sur des pierres rondes polies comme de la porcelaine et projetait une fine écume sur le visage d'Averan. Son gazouillis ressemblait à une douce musique.

À certains endroits, le courant ralentissait ; il formait des bassins languissants où des vairons fusaient à l'ombre des souches couvertes de mousse, des libellules dansant à la surface de l'onde.

Pendant des heures, la fillette avait pataugé dans l'eau en quête d'écrevisses. Puis elle s'était allongée sous un saule pour écouter sa mère lui raconter des histoires en lui caressant les cheveux.

C'était longtemps auparavant, et elle était très loin du ruisseau de Kelly…

Averan frissonna. Levant la tête, elle plongea son regard dans celui de la femme verte. Les caresses de Printemps l'apaisaient, et elle sentait à travers elles la puissance de la Terre. Mais on ne pouvait pas les comparer à celles d'une mère.

Une lueur énigmatique et meurtrière brillait dans les yeux de Printemps. La wylde de Binnesman n'était pas vraiment une femme, encore moins sa mère ou son amie. Même pas un animal de compagnie.

— Pourrais-tu m'aider ? demanda Averan. Pourrais-tu m'aider à trouver le Guide ?

La femme verte ne répondit pas. Elle ne comprenait pas la question.

Soudain, des vivats éclatèrent autour d'elles.

La fillette se redressa. La suite de Gaborn progressait lentement dans la plaine, les géants des glaces fermant la marche. Les maraudeurs avaient conservé leur formation. Elle ne voyait aucune raison de se réjouir.

— Que se passe-t-il ? demanda-t-elle au cocher.

L'homme se retourna.

— Nous avons franchi le point de non-retour. Désormais, nous sommes plus près de l'entrée du Monde du Dessous que de Carris. Les maraudeurs ne peuvent plus revenir en arrière.

Éperonnant sa monture, Gaborn remonta la longue file de véhicules. Un chevalier blessé, couché à l'arrière d'un chariot, l'appela.

— Allons-nous lancer une nouvelle charge ?

— Pas encore, répondit Gaborn.

Le regard rivé sur la horde, il s'arrêta près du chariot d'Averan.

Le soleil venait de dépasser l'horizon lorsqu'il souffla dans son cor de guerre pour exhorter ses hommes à battre en retraite.

— Faites demi-tour ! cria-t-il aux cochers. Vite !

— Que se passe-t-il ?

Averan étudia les maraudeurs. Rien n'avait changé. Ils continuaient à se traîner vers le sud, encadrés par les chevaliers de Gaborn.

Les cochers hésitèrent. Puis ils tirèrent sur les rênes de leurs attelages et firent demi-tour sur la route poussiéreuse.

Leurs fouets claquèrent, et les véhicules cahotèrent tandis que les chevaux de force prenaient de la vitesse. C'étaient de solides animaux de trait, mais la plupart n'avaient qu'un seul Don de Métabolisme. Le convoi ne pouvait se déplacer qu'à la vitesse de ses membres les plus lents.

— Écartez-vous de la route ! cria Gaborn. Les maraudeurs vont charger !

Averan repoussa sa couverture et s'assit, guettant un signe de danger. Les roues du véhicule grinçaient en rebondissant sur les racines et les cailloux.

Deux ou trois minutes plus tard, la horde s'immobilisa. Des milliers de maraudeurs se dressèrent sur leurs pattes arrière et demeurèrent immobiles face à l'est de longues secondes, agitant leurs philia et lançant des sifflements excités.

Le cochet du chariot d'Averan jura. Il était à une lieue du flanc droit des maraudeurs.

— Que se passe-t-il ?

— Ils ont senti quelque chose, annonça la fillette.

On aurait dit que les créatures s'efforçaient de capter une odeur diffuse. Averan se tourna vers l'est, mais ne vit rien à l'horizon, à part les chênes qui se détachaient au sommet des collines. Il n'y avait pas le moindre signe d'une tempête imminente, ni de l'arrivée de renforts humains ou de maraudeurs.

Soudain, ces derniers chargèrent les troupes de Gaborn. Les chevaliers montés sur des étalons de force pouvaient facilement le distancer, mais les géants des glaces auraient beaucoup de mal. Ils se déplaçaient par bonds maladroits, leurs bras énormes se balançant le long de leurs flancs. Les narines frémissantes, ils s'interpellèrent dans leur langage.

— Hue ! crièrent les cochers chariot en faisant claquer leur fouet.

Les chevaux hennissaient de terreur.

Averan vit un attelage en percuter un autre. Un des chariots se renversa, projetant ses deux occupants à terre. Le premier se releva et prit la main qu'on lui tendait pour se hisser à bord d'un autre véhicule. Le second resta immobile sur le sol.

Les crocs des maraudeurs étincelaient alors qu'ils chargeaient le flanc de l'armée ennemie avec une vigueur retrouvée. Averan ne comprenait pas pourquoi ils étaient passés à l'offensive si brusquement.

Les chevaliers bifurquèrent en direction du nord-est.

Averan se sentait soulevée dans les airs à chaque rebond du chariot où elle avait pris place. Un craquement lui apprit qu'un des axes venait de se fendre. Elle s'agrippa au bord du véhicule pour ne pas être éjectée.

Les géants des glaces avaient presque rattrapé les chariots. Mais derrière eux, les maraudeurs gagnaient du terrain. Le cœur de la fillette battait à tout rompre.

Printemps s'accroupit, fixant les créatures d'un regard intense, prête à bondir sur la première qui passerait à sa portée.

Un des maraudeurs de tête saisit un rocher de bonne taille et le lança sur un chariot. Le cocher et son attelage moururent sans avoir pu crier. Des éclats de bois et de métal ensanglanté retombèrent à une dizaine de pas à la ronde.

Quelques maraudeurs ralentirent pour imiter leur camarade, le reste de la horde continuant à charger.

Un énorme porteur de lame arriva au niveau du chariot d'Averan. Il brandissait une sorte de crochet — une « broche à chevalier », comme on l'appelait — dont la fillette avait constaté l'efficacité à travers les souvenirs du Stratège.

— Au secours ! cria-t-elle.

Elle aurait pu s'épargner cette peine. Son cocher fit un brusque écart. Manquant renverser leur chariot, il réussit à s'écarter de la trajectoire du monstre.

Le porteur de lame barra le chemin du véhicule qui les suivait. Averan eut le temps de voir le visage du cocher, un vieil homme aux cheveux argentés, qui portait un manteau de cuir usé par-dessus sa tunique couleur de rouille. Il cria de panique et fit une embardée.

La patte avant du maraudeur se déplia ; Averan crut qu'il allait embrocher le malheureux sous ses yeux. Mais il passa son crochet autour de l'encolure du cheval de tête et tira d'un coup sec. Le harnais de l'animal se rompit. Quand il trébucha, le reste de l'attelage le heurta le plein fouet. Le chariot fut projeté dans les airs et retomba en faisant plusieurs tonneaux.

Averan ferma les yeux pour ne pas voir ce qui arrivait au vieil homme.

Le convoi avait bifurqué. Les maraudeurs auraient facilement pu se lancer à sa poursuite et détruire trente ou quarante véhicules de plus. Mais ils adoptèrent une nouvelle formation et continuèrent à se ruer vers l'est.

Les porteurs de lame s'étaient déployés en un pentagone de près de mille pieds de côté, les maraudeurs plus petits dessinant une étoile au milieu. Un mage funeste et ses cohortes occupaient le centre et les sorcières écarlates se plaçaient le long des branches.

Averan identifia cette formation grâce aux souvenirs du Stratège. Elle n'était pas conçue pour une retraite hâtive, mais pour une charge.

Agrippée au bord du chariot, le cœur battant à tout rompre et l'estomac noué, la fillette lutta pour se calmer.

Le cocher fit ralentir son attelage. Le danger était passé.

Averan avait survolé ces plaines à dos de graak.

Elle connaissait chaque ville et chaque hameau. À l'est, il n'y avait que des collines et, au-delà, le ruban argenté du fleuve Donnestgree. Des fermes se dressaient sur ses rives, mais la seule communauté de bonne taille était Feldonshire, vingt lieues à l'est : un amas de chaumières, de boutiques, de moulins et de brasseries tapi au fond d'un vallon boisé. Du ciel, il ressemblait à un groupement de villages plutôt qu'à une véritable cité.

Averan ne voyait aucune autre cible potentielle pour les maraudeurs.

Gaborn dut arriver à la même conclusion, car il cria :

— Ils vont attaquer Feldonshire !

Lancé au galop, Gaborn observait la horde.

Il sentait le danger planer sur la cité de Feldonshire, vingt lieues à l'est. La plupart des réfugiés de Carris bivouaquaient là-bas. Même s'il se doutait que la Terre ne transmettrait pas son message, Gaborn ne put s'empêcher de leur lancer un avertissement mental.

La horde traversait la plaine dorée, soulevant une colonne de poussière. À travers les nuages, le soleil matinal diffusait une lueur jaune pâle.

Pourquoi Feldonshire ? se demanda Gaborn.

Averan lui fournit la réponse.

— De l'eau ! Ils ont senti de l'eau !

— Celle du fleuve ?

— Non. Ils se dirigent vers les Mares Puantes, à une lieue de la cité. Je les ai vues d'en haut : elles ressemblent à des gemmes vertes. Il y a du soufre dedans !

Gaborn avait entendu parler des Mares Puantes. Leurs eaux chaudes qui remontaient des entrailles de la terre étaient une malédiction pour les habitants de la région. On ne pouvait rien cultiver à des lieues à la ronde. Par les froids matins d'hiver, le vent portait parfois leurs vapeurs méphitiques jusqu'à Feldonshire.

— Mais c'est à vingt lieues d'ici !

Averan hocha la tête.

— Nous le savons, mais les maraudeurs l'ignorent. Pour eux, l'eau n'est qu'une odeur qui plane dans l'air.

Se pouvait-il que l'odorat de ces créatures porte aussi loin ? Gaborn savait que les loups sentaient le sang à deux lieues de distance, et les Mares Puantes émettaient une odeur beaucoup plus forte.

Les maraudeurs chargeaient vers l'est à contrevent. Une rangée de collines couvertes de chênes se dressait devant eux. Sans doute allaient-ils renverser les arbres sur leur passage, laissant un sillage de destruction sur mille pas de large.

Gaborn se passa la langue sur les lèvres. Certaines créatures trop affaiblies pour suivre la cadence infernale du reste de la horde s'étaient laissé distancer ; quelques centaines de lanciers tentaient de les achever.

Vingt lieues. Combien de temps les maraudeurs pourraient-ils courir avant de tomber d'épuisement ?

Il était déterminé à tuer le Guide. Il devait faire vite s'il voulait lui barrer le chemin.

— Skalbairn, appela-t-il. Envoyez une dizaine de vos cavaliers les plus rapides à Feldonshire. Si c'est de l'eau que veulent les maraudeurs, assurons-nous qu'ils ne puissent pas en trouver.

— Que voulez-vous dire ?

— Empoisonnez les mares.

À côté de Gaborn, Binnesman sursauta.

— Messire !

Gaborn fronça les sourcils. Il était le Roi de la Terre, et la Terre était alliée avec l'Eau… Comme la Maison Orden depuis plusieurs générations.

— Ce n'est pas un ordre que je donne à la légère !

— Que devons-nous utiliser ? demanda Skalbairn.

— Tout ce qui vous tombera sous la main. Allez voir maître Wallachs, de la guilde des ébénistes. Demandez-lui de l'aide.

Skalbairn salua et s'en fut au galop.

Gaborn savait qu'il ne suffirait pas d'empoisonner les Mares Puantes. La trajectoire des maraudeurs les poussait sur Feldonshire, où des milliers de réfugiés avaient dû dresser un camp de fortune au bord du fleuve Donnestgree.

Il devait trouver un moyen de détourner la horde de son chemin, de lui barrer le passage ou de la retarder suffisamment pour permettre à son peuple de fuir.

À l'allure où se déplaçaient les maraudeurs, ils atteindraient Feldonshire dans deux heures. Ses messagers les plus rapides devraient remonter la route jusqu'à Ballyton avant de prendre vers le sud-est, ce qui leur ferait parcourir près de trente lieues. Malgré leurs chevaux de force, ils en auraient pour une bonne heure.

Autrement dit, les réfugiés et les habitants de la cité disposeraient d'une heure pour l'évacuer.

— Vous ! lança Gaborn à un groupe de Seigneurs des Runes. Allez découper d'autres philia de maraudeurs. Peut-être réussirons-nous à les effrayer de nouveau en les faisant brûler. L'un d'entre vous connaît-il Feldonshire ?

— Ma famille est de là-bas, répondit un jeune chevalier. J'ai grandi au Val Noir.

Le Val Noir était une forêt de noyers, au nord de Feldonshire. Les artisans locaux utilisaient son bois sombre pour fabriquer des tables, des armoires, des bahuts, des coffres et des portes sculptés. Une grande partie du mobilier du palais de Gaborn provenait de cette région.

— Vous saurez où allumer le feu ?

Le jeune chevalier n'hésita pas.

— À Val-Grièche.

— Vous comptez incendier un village ?

— J'aimerais mieux pas. Une de mes sœurs vit dans le coin. Mais c'est vers là que les maraudeurs se dirigent…

Un autre seigneur prit la parole.

— Il a raison. Val-Grièche se dresse entre deux collines, au milieu d'une passe. Il n'y a pas de meilleur endroit pour arrêter les maraudeurs.

Gaborn avait entendu parler d'une excellente auberge au sommet de la passe. D'un signe du menton, il désigna Langley.

— Emmenez les géants des glaces et un millier de lanciers. Suivez la horde. Achevez les maraudeurs épuisés qui traînent en arrière, mais ne vous attaquez pas au gros de leurs forces. Signalez-moi la position de tous ceux qui correspondent à la description du Guide.

« Moi, je pars pour Val-Grièche avec un millier de nos hommes.

CHAPITRE LII

LA FORTERESSE

Si nous devons mourir, qu'au moins ce soit glorieusement.

Prière indhopalaise.

Une aube paresseuse se leva sur Kartish, colorant de rose le paysage noirci et dévasté.

Raj Ahten préparait son attaque contre la forteresse des maraudeurs. Aucun oiseau ne chantait, pas un animal ne paissait dans les champs et on n'entendait même pas le soupir solitaire du vent.

Des ombres s'attardaient dans les creux du terrain alors que la lumière du soleil rasait le sommet des collines. Dans le ciel, un Tisseur de Flammes accompagné par deux soldats guidait le ballon-espion en forme de graak, qui planait tel un goéland dans l'air immobile.

Raj Ahten était au sommet d'une crête, surplombant la monstrueuse forteresse ennemie. Un ignoble brouillard brun tournait lentement autour de l'édifice, pareil à une tornade en formation. À travers ses volutes, Ahten distinguait les centaines de milliers de cadavres qui gisaient sur le champ de bataille.

Pusnabish était un commandant remarquable, mais les malédictions du mage funeste étaient si puissantes qu'un manant ne pouvait pas y survivre. Même les soldats qui avaient deux ou trois Dons de Constitution entraient dans la brume et réussissaient à faire une dizaine de pas avant de s'effondrer.

Les sorciers de Raj Ahten lui certifiaient que rien ne pourrait dissiper le fléau. Le vent violent qui avait soufflé au coucher du soleil ne l'avait pas affecté. Le brouillard nauséabond continuait à tourner sur lui-même…

Raj Ahten savait qu'il ne servirait à rien d'envoyer des manants à l'assaut de la forteresse. Ces soldats-là ne pourraient intervenir qu'au cas où les maraudeurs tenteraient une sortie.

À Carris, les baveurs avaient érigé une étrange tour inclinée qui s'enroulait sur elle-même, évoquant une corne de narval. Ici, ils en avaient construit neuf en cercle, et toutes penchaient vers l'extérieur. Raj Ahten trouvait qu'elles évoquaient une gigantesque couronne d'épines.

Au centre, des filaments de mucilage blanc bleu, entremêlés selon un motif complexe, formaient une sorte de nid. Leur sommet s'ornait de pointes noires, et de petits trous pareils aux meurtrières d'un château humain constellaient ses parois.

Il n'y avait pas de sentinelles postées à l'extérieur. Mais une lueur que seuls les yeux du Seigneur-Loup pouvaient distinguer — celle de la vie — brillait dans les ouvertures.

Une multitude de maraudeurs se tapissaient dans la forteresse.

Celle-ci était entourée de profondes tranchées qui empêchaient un cheval de s'en approcher. Même un Seigneur des Runes aurait eu du mal à négocier leurs parois hautes de plus de vingt pieds.

Au-delà, des milliers d'entrées de tunnels béaient dans le sol.

C'est de la folie, pensa Raj Ahten. À Carris, ses chevaliers avaient lutté pour tenir une cité réputée imprenable qui n'avait qu'un seul accès. Comment parviendrait-il à s'emparer de cette place forte d'une conception inconnue ?

Des maraudeurs d'une espèce nouvelle, qu'aucun bestiaire ne décrivait et qui ne s'étaient pas montrés pendant la bataille de la veille, se tenaient entre les aiguilles noires. Ils avaient un museau exceptionnellement long, une carapace gris brun, trente-six philia chacun et des avant-bras plus développés que ceux des porteurs de lame. Du haut de leur perchoir, ils tournaient la tête en tous sens.

Bien que Raj Ahten fût à plus d'une lieue d'eux, ils agitèrent leurs philia dans sa direction.

Un maraudeur ordinaire ne l'aurait pas repéré. *Eux aussi, ils doivent avoir leurs guetteurs.* Mais cette espèce devait être rare, pour que personne ne l'ait jamais vue. Il interpréta cela comme un signe. Le légendaire Seigneur du Monde du Dessous avait réellement dû faire surface.

Il ne lui restait plus qu'à combattre ce monstre.

Raj Ahten étudia l'essaim des maraudeurs avec un mélange d'émerveillement et d'angoisse. Jusqu'ici, aucune forteresse n'avait jamais résisté à ses assauts. *Une forteresse n'est qu'une coquille où se réfugie un ennemi acculé*, se souvint-il.

Plissant les yeux, il chercha un point vulnérable. Il n'en distinguait aucun pour le moment, mais cela ne signifiait rien. Il avait fait s'effondrer des cités en se servant de sa Voix, même si celle-ci n'avait produit aucun effet sur la tour penchée de Carris.

Pusnabish l'avait bien servi en préparant cette bataille. Depuis deux jours, les troupes s'affairaient.

Les chevaux de force avaient ramené des balistes de toutes les forteresses situées à cent lieues à la ronde, privant de défense les riches châteaux de l'Indhopal.

Pusnabish avait envoyé des messagers à Aven pour qu'ils rapportent les poudres volatiles qu'utilisaient les Tisseurs de Flammes. Il avait rassemblé dix mille éléphants, dont quatorze mâles de guerre bardés de Dons de Force, de Métabolisme et de Constitution. Et surtout, il avait compris que le feu était peut-être la clé qui permettrait de déloger les maraudeurs.

Kartish n'était pas réputé pour sa végétation, mais des figuiers et des citronniers poussaient au bord des ruisseaux. Le fléau avait dévasté les vergers. Les hommes de Pusnabish avaient ramassé tous les arbres morts dans un rayon de trente lieues et les avaient empilés au nord de la forteresse des maraudeurs. Le soleil desséchait leur écorce depuis deux jours.

Ainsi, lorsque Raj Ahten arriva au Palais des Canaris, ses hommes étaient prêts au combat.

Il souffla dans une corne de bélier, lançant le signal convenu.

Derrière lui, deux cent mille hommes mirent vingt-cinq mille pièces d'artillerie en position. Un million de fantassins bien armés les suivaient. Deux autres millions d'hommes et dix mille éléphants traînaient des arbres morts vers la forteresse ennemie.

Quatre mille Invincibles — tous les seigneurs du sud de l'Indhopal — rejoignirent Raj Ahten au sommet de la crête. À cette occasion, ils avaient abandonné leur lourd plastron doublé d'une cotte de mailles pour enfiler la traditionnelle tunique rembourrée d'une douzaine d'épaisseurs de soie. À la fois plus légère et plus résistante qu'une cuirasse, elle était mieux adaptée au climat de Kartish.

Ils formaient une colonne glorieuse avec leurs riches atours dorés et écarlates. Des épingles de rubis, d'émeraude et de diamant aussi grosses que des œufs de poule maintenaient leur turban. Leurs étalons et leurs éléphants de guerre étaient caparaçonnés comme pour la parade. Ils portaient des lances sculptées au manche incrusté d'or et à la pointe flamboyante et leurs fourreaux étincelaient de gemmes et d'argent.

Dans l'histoire de l'Indhopal, c'était la première fois qu'une telle armée se rassemblait. Raj Ahten chevauchait fièrement à sa tête, vêtu de soie blanche ainsi que l'exigeait son rang.

La terre tremblait sous les sabots des montures. Un nuage de poussière soulevé par l'artillerie et par les arbres morts s'élevait du sol.

Les maraudeurs ne bronchèrent pas.

Au bout d'une heure, Raj Ahten remarqua qu'ils commençaient à s'agiter derrière leurs meurtrières. Mais ils ne fuirent pas, et ne tentèrent pas non plus d'attaquer. Raj Ahten s'attendait à une forme de résistance ; pourtant, les créatures ne jetèrent même pas une pierre sur ses hommes.

La raison lui paraissait évidente. Les vapeurs nébuleuses qui enveloppaient la forteresse les empêchaient de voir son armée.

Deux énormes piles de troncs morts furent dressées sous la supervision des Tisseurs de Flammes, à l'est et à l'ouest de la couronne d'aiguilles noires. Raj Ahten crut d'abord que ses hommes empilaient le bois au hasard ; puis il s'avisa que les arbres dessinaient des runes de mille pieds de large. D'un côté, celle du Feu. De l'autre, celle de la Nuit.

Des dizaines de milliers d'ouvriers s'affairaient encore lorsque les sorciers levèrent les bras. Un rideau de ténèbres s'abattit d'un bout à l'autre de l'horizon quand ils puisèrent dans le ciel des tourbillons de feu, les dirigeant vers les arbres morts.

Les ouvriers allaient être brûlés vifs.

Raj Ahten supporta stoïquement ce spectacle. Il n'aimait pas voir mourir ses sujets, mais Rahjim lui avait assuré qu'un petit sacrifice était nécessaire.

— Quelques milliers d'hommes mourront. Mais grâce à eux, tous les autres survivront peut-être...

Une odeur de poil roussi et de chair grillée emplit la plaine.

Rahjim et Az se tenaient au milieu des flammes.

Raj Ahten avait rarement sacrifié aux Puissances, mais la situation était désespérée. Bien qu'il eût pris des Dons de Constitution la veille, l'engourdissement de son bras gauche gagnait tout son flanc.

Ses sorciers vêtus de feu commencèrent à danser, se contorsionnant jusqu'à ce qu'ils semblent ne plus faire qu'un avec les flammes qui les entouraient. La chaleur des runes montait jusqu'à Raj Ahten. Les troncs morts émirent des craquements de protestation suivis par un nuage de fumée.

Entre les aiguilles noires, un des guetteurs s'effondra alors que les autres reculaient.

— Ô Lumière d'Indhopal, le feu est trop chaud, dit Pusnabish, une main devant le visage. Nos Invincibles les plus résistants ne parviendront pas à charger dans de telles conditions.

— Les maraudeurs vont peut-être nous rendre le service de rôtir tout seuls dans leur espèce de four, plaisanta un autre seigneur.

Le cœur de Raj Ahten cognait sourdement dans sa poitrine. Il sentait la chaleur, mais ne la craignait pas, se réjouissant qu'elle dissipe l'engourdissement de sa main gauche, comme si elle lui redonnait vie.

Az lui avait promis que le feu le guérirait à condition qu'il le laisse consumer son humanité.

Le pouls de Raj Ahten s'accéléra.

Les flammes dansaient à des dizaines de pieds dans

les airs, la fumée qu'elles vomissaient devenant impossible à distinguer des nuages.

— Une rune est gravée dans le sol au centre de cette forteresse ! cria Raj Ahten à ses Invincibles. J'offrirai un coffre plein de rubis au premier homme qui y enfoncera son marteau.

Il souffla de nouveau dans sa corne de bélier, donnant le signal de l'attaque.

Les soldats qui avaient pris place dans la nacelle du ballon-espion déversèrent des sacs de poudres volatiles sur la forteresse ennemie. Des traînées rouges, jaunes et grises se répandirent dans les airs. La chaleur était si intense qu'une des ailes du faux graak fuma, mais le Tisseur de Flammes Chespot absorba le feu.

Une boule de lumière blanche aveuglante jaillit de l'ouest et embrasa la poudre. L'explosion se répercuta à des lieues à la ronde. Le sol trembla, et trois aiguilles noires se brisèrent.

Les maraudeurs ne pouvaient plus rester passifs.

Au sud, des milliers sortirent de leurs terriers, l'arme à la main. Pendant ce temps, à l'intérieur de la forteresse, le mage funeste lança un contre-sort. Une fumée toxique se déversa des meurtrières. Les flammes qui avançaient vers l'ennemi crachotèrent et s'éteignirent.

— À l'attaque ! cria Raj Ahten, la puissance de sa Voix se répercutant entre les collines.

Les artilleurs tirèrent une volée de pierres et de carreaux de baliste sur la horde qui courait vers eux. L'armée de manants ne flancha pas : elle se sépara en deux colonnes et alla à la rencontre des maraudeurs.

Sans se soucier de la bataille qui allait se livrer dans la plaine, Raj Ahten éperonna son étalon impérial et empoigna son marteau de guerre. Les Invincibles chargèrent derrière lui.

Alors qu'il passait entre les runes brûlantes, une

soudaine sérénité l'envahit. Il sentait planer au-dessus de lui une présence qui n'avait aucune forme tangible, seulement un insatiable appétit. Une présence pareille à un rapace s'apprêtant à fondre sur sa proie. Elle ne communiquait pas avec lui, mais Raj Ahten était certain qu'elle l'observait.

Il retint son souffle tandis que son étalon s'enfonçait dans la nappe de brume nauséabonde. Le simple contact de l'air empoisonné lui picota le nez et les yeux.

Quand sa monture atteignit le bord du fossé, Raj Ahten sauta dedans et puis bondit vers l'autre côté. Le ciel s'assombrissait à mesure que les Tisseurs de Flammes aspiraient son énergie. Dans quelques instants, ils lanceraient d'énormes boules de feu vers les meurtrières.

L'armée indhopalaise et la horde ennemie arrivèrent au contact.

Une demi-douzaine de guerriers atteignirent l'entrée de la forteresse et y pénétrèrent au moment où la première boule de feu d'Az illuminait le ciel. Par contraste, l'antre des maraudeurs leur sembla plongé dans d'impénétrables ténèbres.

Un crochet jaillit d'une meurtrière située au-dessus de l'entrée, cueillit un assaillant sous le menton et le souleva brutalement. Un deuxième Invincible reçut un coup d'épée entre les jambes. La force du coup le projeta dans les airs et le fit s'écraser contre le plafond. Un troisième vit le danger et fit un bond sur le côté, puis zigzagua entre les meurtrières.

L'entrée de la forteresse devint un piège mortel.

Le couloir où elle débouchait décrivait une courbe sinueuse. Raj Ahten sentit se former la malédiction d'une sorcière écarlate. Mais avant qu'il puisse avertir ses hommes, un nuage gris-vert en enveloppa une vingtaine.

Raj Ahten était parvenu à esquiver. Il fonça à l'intérieur du tunnel sans attendre que la sorcière écarlate se remette à incanter.

Peut-être était-il le seul homme au monde capable d'entrer dans cette forteresse. Ses nombreux Dons de Vue lui permettaient de repérer les maraudeurs dans l'obscurité la plus totale. Grâce à son métabolisme et à son agilité, il pouvait prendre ses adversaires de vitesse et éviter toutes les armes qui s'abattaient sur lui.

Moins d'une seconde après que le nuage gris-vert se fut répandu à l'extérieur, il rejoignit la sorcière écarlate. Il bondit dans sa gueule ouverte et enfonça la tête de son marteau dans son triangle vulnérable. De la cervelle et du sang giclèrent sur Raj Ahten. La sorcière écarlate tituba en arrière.

Il sauta à terre et se faufila entre ses pattes. Un réconfort et une paix jusque-là inconnus l'envahissaient. Tuer des maraudeurs avait quelque chose d'extrêmement satisfaisant.

Autour de lui, les parois tremblèrent quand une boule de feu percuta la forteresse. Sa lumière s'infiltra par un millier de meurtrières, éclairant la prochaine cible de Raj Ahten.

Il avait réussi. Il était au cœur de l'antre des maraudeurs.

CHAPITRE LIII

LA TÊTE DE LA REINE NOIRE

À quoi sert un coup qui n'est pas fatal ?
Seulement à avertir sa cible du danger.

Extrait des enseignements des Silencieux.

— Oyez ! Oyez, braves gens ! criait un homme dans la pâle lueur de l'aube.

Dans la Tour des Dédiés de son palais de Bel Nai — une cité qui se dressait au bord de la mer dans le petit royaume du Tuulistan, au nord de Kuhran —, l'émir Owatt se réveilla en sursaut.

L'émir était aveugle. Il avait concédé l'usage de ses yeux à Raj Ahten, et parce que son peuple l'adorait, le Seigneur-Loup avait fait de lui son vecteur. Du coup, on le gâtait outrageusement comme un vieux matou trop gras.

L'émir ne prit pas la peine de sortir sur le balcon pour mieux entendre. Le crieur ayant plusieurs Dons de Voix, ses paroles s'élevaient au-dessus des rues poussiéreuses et couvraient les autres bruits de la ville : le blatèrement des chameaux, le chant des coqs, les boniments des vendeurs dans le bazar…

— Moi, Wuqaz Faharaqin, Seigneur de Guerre des Ah'kellah, je déclare l'Atwaba contre le plus méprisable des meurtriers : Raj Ahten, celui qui ose se nommer le Seigneur du Soleil.

Six ans s'étaient écoulés depuis que l'émir Owatt avait été capturé dans le Palais des Vignes Pleureuses, à Ma'al. Les troupes de Raj Ahten avaient encerclé la ville ; par sa reddition, l'émir avait espéré sauver son peuple du massacre.

Il se dirigea d'un pas traînant vers la petite fenêtre de sa chambre, dont il saisit les barreaux à deux mains. L'air marin humide et iodé le gifla comme la main d'une femme.

Le petit Messan, âgé de neuf ans, monta l'escalier en courant.

— Père ! Père ! Vous avez entendu ?

— Oui, j'ai très bien entendu. Veux-tu être mes yeux et me dire ce que tu vois ?

L'enfant saisit la manche du burnous de son père et se hissa sur la pointe des pieds. Une odeur de poussière, de fumée et de bouse de chameau planait dans l'air, mêlée à celle du chanvre mouillé que les femmes tressaient pour en faire des cordes et des paniers.

L'émir Owatt entendit des cris.

— Une foule immense se rassemble devant le palais, dit Messan. Trois Invincibles viennent d'arriver sur la place.

— Tu es certain que ce sont des Invincibles ?

— Ils montent des étalons impériaux et portent le surcot safran de Raj Ahten. L'un d'eux a des ailes sur son heaume et sur sa poitrine. Il tient quelque chose… la tête d'un homme !

Le tintement d'une cotte de mailles, le raclement de semelles de cuir sur la pierre, en contrebas…

— Que font les gardes ? demanda Owatt.

— Certains courent vers les portes, d'autres montent en haut des tours, répondit Messan. Ils ont armé leur arc de corne comme s'ils voulaient tirer.

— Ils ne tireront pas, prédit l'émir. Wuqaz Faharaqin est respecté. Ils écouteront ce qu'il a à leur dire.

— Oyez ! hurla de nouveau le chef des Ah'kellah. Au Rofehavan, un Roi de la Terre est apparu : Gaborn Val Orden. Il a épousé Iomé Vanisalaam Sylvarresta, ce qui fait de lui le cousin par alliance de notre seigneur. Il nous a avertis que nous courions un grand danger, et a supplié Raj Ahten d'interrompre les hostilités jusqu'à ce que les ennemis de l'humanité aient été mis en déroute. Mais Raj Ahten a déshonoré notre nation. Il s'est rangé du côté des maraudeurs en combattant son propre cousin !

Des cris horrifiés ou incrédules montèrent de la place.

— Cet homme ment ! cria quelqu'un.

— Wuqaz Faharaqin tient la tête par les cheveux ; il la lève pour la montrer à la foule, murmura Messan.

L'enfant se tut pour écouter le récit du chef des Ah'kellah.

Une bataille avait eu lieu dans le nord, à Carris. Les maraudeurs avaient entouré la cité, que les Invincibles défendaient au nom de toute l'humanité. Mais Raj Ahten avait tenté de fuir par bateau, abandonnant des femmes, des enfants et ses propres soldats. Puis, lorsque le Roi de la Terre était venu à son secours et l'avait choisi, il avait voulu empêcher ses troupes de lui fournir de l'aide, le laissant se battre et mourir à sa place.

— Même quand son épouse favorite, Saffira, est apparue pour le supplier de conclure une trêve avec Gaborn Val Orden, Raj Ahten n'a pas cédé. Pourtant, elle avait des milliers de Dons de Charisme et de Voix.

Il a laissé les maraudeurs la massacrer, et le Roi de la Terre affronter seul la horde monstrueuse ! conclut Wuqaz Faharaqin.

À cette nouvelle, l'émir Owatt hoqueta de douleur, puis se laissa tomber à genoux.

Il redoutait ce moment depuis la terrible nuit où Raj Ahten avait assiégé Ma'al. Le petit royaume du Tuulistan n'avait aucune chance face au Seigneur-Loup, et Owatt le savait. Comme il ne pouvait pas se battre contre lui, il avait conçu un plan astucieux qui lui donnerait une chance de le vaincre quand même.

Sur son ordre, ses officiants avaient refaçonné tous les forceps de son trésor pour que chacun d'eux porte une rune de Charisme ou de Voix. Puis ils les avaient tous utilisés sur sa fille Saffira.

Raj Ahten était un homme gouverné par ses pulsions. Owatt se doutait qu'il ne résisterait pas à Saffira.

— Supplie-le de ne pas nous tuer, avait-il demandé à l'adolescente. Il nous épargnera pour te faire plaisir.

Après sa reddition, Raj Ahten avait d'abord exigé que l'émir lui confère l'usage de sa langue. Le peuple du Tuulistan chérissait Owatt et lui obéissait en tout ; il devait donc avoir de nombreux Dons de Voix.

Mais en examinant les cicatrices de l'émir, Raj Ahten s'était aperçu qu'il n'en avait pas un seul. Owatt en avait profité pour lui offrir ses yeux, disant qu'il ne voulait pas voir souffrir ses sujets aux mains de son vainqueur.

Une mauvaise idée. Il ne les voyait plus, mais il les entendait encore crier.

Depuis, Owatt savait que Saffira connaîtrait une mort violente. Il avait craint que Raj Ahten ne la frappe lors d'un accès de colère. À cause de ses Dons de Force, la moindre gifle aurait pu être fatale.

Mais Raj Ahten s'était pris d'affection pour Saffira… autant que sa nature le lui permettait. Il l'avait couverte de présents somptueux et lui avait fait des enfants. Jusque-là, jamais il ne s'était autant attaché à un être humain. Et sans doute n'en aimerait-il plus un autre de cette façon.

Ça ne l'avait pas empêché d'assassiner Saffira, la jolie petite Saffira.

— Menteur ! Langue de vipère ! cria une femme sur la place.

L'émir était toujours surpris d'entendre un manant prendre la défense de Raj Ahten. Comme il était interdit de le critiquer, les gens étouffaient leurs murmures de mécontentement. Mais ça ne devait pas les empêcher de nourrir un profond ressentiment à son égard.

Même un aveugle comme moi peut voir à quel point il est mauvais.

— Je ne mens pas ! lança Wuqaz Faharaqin. Cette tête appartenait à mon neveu Pashtuk, un Invincible que Raj Ahten a tué parce qu'il s'interposait entre lui et le Roi de la Terre ! Par l'Atwaba, j'appelle tous les hommes dignes de ce nom à se rebeller ! Libérez-vous du joug de Raj Ahten ! Nous ne pouvons avoir qu'un seul maître : le Roi de la Terre !

Le cœur de l'émir battait à tout rompre. C'était à lui que s'adressait le chef des Ah'kellah. Même s'il était sur la place du palais, trois cents pieds en contrebas, il n'avait pas choisi cet endroit par hasard. Il savait qu'Owatt était là, et qu'il n'avait pas renoncé à lutter contre Raj Ahten.

À cet instant, des flèches sifflèrent dans l'air. Un rugissement de panique monta de la foule.

Owatt n'avait pas besoin de ses yeux pour deviner ce qui se passait. Des archers étaient en train de tirer sur les Ah'kellah. Leurs projectiles frappèrent, transperçant sans distinction des hommes, des femmes et des enfants. Une bagarre éclata au sein de la foule :

certains voulaient combattre Raj Ahten, d'autres le défendre.

— Père ! Un des Invincibles est touché, dit Messan. Il a reçu une flèche dans l'œil, et il est tombé de cheval. Wuqaz et l'autre tentent de s'enfuir.

Une femme hurla de douleur ; un cheval hennit, et on entendit un bruit de sabots piétinant de la chair. La foule se dispersa.

— Wuqaz Faharaqin est parti, annonça Messan.

— Qui est en train de gagner ? demanda l'émir.

— Les gardes qui se battent pour Raj Ahten.

L'émir comprit qu'il n'avait sauvé ni sa fille, ni son peuple. En se rendant, il avait livré ses loyaux sujets à Raj Ahten, un homme sans conscience et sans honneur qui les utilisait comme du bétail.

Le moment était venu de les lui reprendre.

À tâtons, il ouvrit un coffre et en tira un sac d'or, qu'il remit à son fils.

— Pendant que les gardes sont occupés, je veux que tu sortes du palais. S'ils tentent de t'arrêter, dis-leur que tu vas acheter des figues pour mon déjeuner. Puis va à la villa de ma sœur. Tu te rappelles où elle habite ?

— En haut de la colline ?

— C'est ça. Supplie-la de te cacher. Tu as bien compris ? Tu ne dois jamais revenir ici. De toute façon, je n'y serai plus.

— Pourquoi ? Où allez-vous, père ?

— Je pars à la guerre.

Quelques étages plus bas, dans la Tour des Dédiés, reposaient les vecteurs les plus précieux de Raj Ahten. L'air de Bel Nai était très pur, et au fil des ans, Saffira avait convaincu son époux d'y conduire ceux qui lui fournissaient sa constitution.

L'émir se préparait à cet instant depuis six longues années. Il savait qu'il ne parviendrait pas à porter un coup significatif au Seigneur-Loup en première ligne. Mais ici, à l'arrière, il pouvait faire des ravages.

Sans ses enfants, Owatt aurait frappé un an plus tôt. Il avait longtemps espéré que Saffira persuaderait Raj Ahten de renoncer à ses plans de conquête. Quand il avait compris qu'elle n'y parviendrait pas, il avait eu trop peur que Raj Ahten ne se venge sur Messan au cas où il se révolterait.

— Que voulez-vous dire ? Je préfère rester avec vous.

Owatt n'osa pas révéler à son fils ce qu'il était sur le point de faire.

Il se dirigea vers l'échiquier posé dans un coin de la pièce. Excellent joueur, il n'ignorait pas qu'il fallait parfois sacrifier des pions pour gagner une partie. Et il espérait que Messan comprendrait.

Dévissant la tête de la reine noire, il en tira une aiguille dégoulinante de poison. La pièce était creuse, remplie d'un liquide aussi noir que de l'encre.

Quand il aurait fini d'en faire usage, les gardes le tueraient. Il n'espérait plus qu'une chose : sauver son fils.

— Va-t'en vite, lui souffla-t-il. Et tâche de ne pas te faire remarquer.

CHAPITRE LIV

DE PETITS SACRIFICES

Chaque jour, nous consentons de petits sacrifices pour assurer la pérennité de la civilisation. D'une certaine façon, chacun de nous est un Dédié.

Roi Mendellas Draken Orden.

Les troupes les plus rapides de Gaborn galopaient vers le nord avec l'espoir de couper la route aux maraudeurs. Langley avait pris la tête de l'autre moitié de son armée pour suivre la horde et massacrer toutes les créatures qui auraient la mauvaise idée de traîner en arrière.

Binnesman s'approcha du chariot d'Averan. Il prit la fillette par le bras et la hissa en selle devant lui. Pendant la bataille, un seigneur avait fait une chute de cheval mortelle ; sa jument blanche esseulée veillait auprès de son cadavre.

— Oserais-tu monter un cheval de guerre ? demanda Binnesman.

— Ça a l'air plus facile que de monter un graak, et au moins, si on tombe, le sol n'est pas à des milliers de pieds…

— C'est vrai.

Ils s'approchèrent de l'animal. Printemps les suivit avec son étalon gris.

Binnesman sauta à terre et prit les rênes de la jument. Puis il sortit un couteau pour trancher les sangles de cuir de son caparaçon, n'épargnant que la selle et le plaid qui la recouvrait. Ainsi, elle pourrait galoper plus rapidement.

Pendant que le magicien s'affairait, Averan jeta un coup d'œil hésitant au chevalier. Elle n'avait pas vraiment envie de le regarder, mais elle devait s'assurer qu'il était bien mort.

Le malheureux s'était brisé le cou en tombant, et un rocher pointu lui avait enfoncé la tempe. Des mouches bourdonnaient autour de sa tête. Apparemment, il n'aurait plus besoin de sa monture.

Les chariots de ravitaillement étaient partis avec les troupes de Gaborn. Averan comprit qu'elle devrait se contenter de la poussière du chemin pour déjeuner.

Binnesman l'aida à grimper en selle, puis sauta sur le dos de son étalon et prit la direction de l'est, sur les traces des hommes de Langley.

— Qu'allons-nous faire ? demanda Averan.

— Mettre en garde les habitants de Feldonshire. En coupant à travers la forêt, nous arriverons avant les chevaliers qui sont obligés de rester sur la route.

Averan eut une moue sceptique. L'étalon que montait le magicien n'était pas taillé pour galoper dans les collines, et la petite jument blanche aux pattes nerveuses s'en sortirait probablement mieux dans les montagnes. Mais Averan savait que les Gardiens de la Terre étaient doués pour repérer des pistes dans la forêt.

— Vous êtes certain que Gaborn sera d'accord ? Il voudrait sans doute que je reste près de lui…

La fillette protestait pour la forme, mais elle était terrifiée à l'idée que Gaborn lui demande de manger la cervelle d'un autre maraudeur. S'éloigner un peu de lui ne la chagrinerait pas tant que ça.

Binnesman fronça les sourcils.

— Je n'ai jamais vu les Mares Puantes. Sont-elles très étendues ?

— Pas en cette saison. L'eau s'est évaporée pendant l'été. Elles se rempliront de nouveau cet hiver.

— J'ai une idée. Je pourrais peut-être les purifier au lieu de les empoisonner. Mais nous devons nous hâter, car ma magie ne prendra pas effet tout de suite.

— Vous n'êtes pas un sorcier de l'Eau, objecta Averan.

— Je sais, mais je peux quand même essayer.

Ils s'élancèrent au galop vers les collines, dépassant les troupes de Langley.

Binnesman s'immobilisa au sommet d'une crête pour attendre qu'Averan et sa wylde le rejoignent. En contrebas, la forêt dense ne laissait apercevoir que quelques pistes ouvertes par le gibier. Des sangliers avaient récemment dû fouir le sol à la recherche de glands, car la terre était toute retournée.

Au sud, les maraudeurs avaient atteint la lisière des arbres, qui se brisèrent sous leur assaut. Un daim affolé s'enfuit en bondissant.

Binnesman leva son bâton et incanta :

— Longue est la route, et courte la journée. Montre-nous une voie toute tracée.

Un bruissement de feuilles se fit entendre devant eux, comme si un animal se frayait un chemin dans la végétation.

Averan repéra une piste qu'elle n'avait pas vue. Les branches remuaient encore de chaque côté.

— Là ! s'exclama-t-elle.

— Je sais, dit Binnesman avec une pointe de fierté.

Il éperonna sa monture et partit au galop. Averan le laissa prendre un peu d'avance : elle ne voulait pas trébucher sur des racines ou sur un rocher mal placé.

Mais elle remarqua vite une totale absence d'obstacles sur la piste de terre battue qui traversait la forêt en ligne droite. Il n'y avait pas le plus petit caillou, pas la moindre brindille, même pas une feuille morte.

Averan regarda par-dessus son épaule. Les branches se refermaient derrière eux, dissimulant la piste. La fillette en resta bouche bée.

Elle avait vu le Tisseur de Batailles lancer ses malédictions, et Printemps tuer un maraudeur d'un seul coup. Mais elle commençait à comprendre que Binnesman était bien plus puissant que sa wylde et que n'importe quel autre magicien.

Les chevaux galopèrent sans effort apparent jusqu'à ce qu'ils rejoignent la route.

Ils atteignirent le village de Val-Grièche bien avant les hommes de Gaborn.

Dès qu'ils émergèrent de la forêt, Averan aperçut les petites chaumières aux murs blancs qui piquetaient les pâturages sur la pente nord du vallon. Des murets de pierre érigés un millénaire auparavant délimitaient les propriétés : ici, un champ d'orge, là, un jardin rempli de tournesols. Sur la pente sud, la route serpentait jusqu'à la ville proprement dite. Une auberge au toit de tuiles encadrée de boutiques trapues dominait la rue principale.

Binnesman galopa vers la première chaumière. Des poules s'égaillèrent sur son passage.

— Fuyez ! Les maraudeurs approchent ! cria-t-il.

La femme d'un berger apparut sur le seuil. Elle avait des cheveux grisonnants et une large bouche.

— Qu'est-ce que c'est ? lança-t-elle, peu amène, en s'essuyant les mains sur son tablier. Pourquoi braillez-vous comme ça ? J'étais en train de faire la cuisine...

Elle croyait avoir affaire à un fou.

— Navré de vous déranger, gente dame, dit Binnesman, mais les maraudeurs approchent, et le roi Orden va livrer bataille sur le pas de votre porte. Je vous suggère d'avertir vos voisins et de prendre la fuite.

Averan éprouva de la pitié pour cette femme. Les maraudeurs avaient déjà détruit Fort Haberd, le seul foyer qu'elle ait connu, et dévasté les alentours de Carris. À présent, ils allaient déferler dans cette vallée, pulvérisant des maisons qui se dressaient là depuis plusieurs générations.

La femme jeta un regard sévère à Binnesman.

— Il vaudrait mieux pour vous que vous ne me racontiez pas d'histoires.

Puis elle aperçut Printemps, et sa bouche s'arrondit de surprise. Ce n'était pas tous les jours qu'un magicien et une femme verte débarquaient chez elle pour l'avertir d'un danger imminent.

— Dépêchez-vous ! la pressa Binnesman.

Ils éperonnèrent leurs chevaux et s'engagèrent dans les rues pavées de Val-Grièche, une plaisante petite ville dont l'architecture rappelait celle de Feldonshire.

Les montants de la porte en chêne de l'auberge étaient délicatement sculptés. Celui de gauche portait un ménestrel avec son luth sous le bras ; celui de droite, un noble qui semblait converser avec lui. La perspective donnait l'impression qu'ils s'apprêtaient à franchir le seuil de l'établissement. Sur le linteau, une frise représentait une table couverte de nourriture.

Les cris de Binnesman attirèrent tous les commerçants de Val-Grièche. L'aubergiste, qui était aussi le maire de la ville, se hâta d'aller sonner les cloches.

Averan ne dit pas grand-chose, se contentant de hocher vigoureusement la tête pour approuver les dires du magicien. Du coin de l'œil, elle aperçut une fillette aux cheveux noirs qui serrait contre elle une poupée de roseaux et tenait la main potelée de son petit frère. L'enfant ne devait pas avoir plus de sept ans. Dans les heures à venir, elle allait affronter des terreurs inconnues de la plupart des vieillards.

Ils quittèrent Val-Grièche et repartirent au galop sur la route poussiéreuse, traversant un hameau après l'autre. Chaque fois, Binnesman s'arrêtait pour lancer son avertissement. Les cloches sonnèrent en cascade sur leur passage. Bientôt, ils trouvèrent les habitants curieux et inquiets déjà rassemblés sur les places des villages.

Ils étaient à mi-chemin de Feldonshire lorsque les messagers de Gaborn les dépassèrent. Quand ils arrivèrent en ville, la nouvelle de l'attaque les avait précédés, et les rues grouillaient déjà de pauvres gens affolés. Les chevaux qui avaient senti la panique générale hennissaient et renâclaient, oreilles en arrière et naseaux frémissants.

Trois lieues à l'ouest, de la fumée s'élevait entre les collines. Averan comprit que Gaborn venait de mettre le feu aux bois de Val-Grièche.

Bientôt, un torrent humain jaillit de Feldonshire et se dirigea vers le pont qui enjambait le fleuve Donnestgree, au nord de la ville. Des paysans en tunique à capuche avaient fourré toutes leurs maigres possessions dans un baluchon. Les familles des fermiers s'entassaient à l'arrière de leurs chariots. Un riche marchand menait un train d'enfer dans son carrosse, faisant claquer son fouet au-dessus de la tête de ceux qui osaient le ralentir.

Tous ces gens étaient des manants. Sans Dons ni chevaux de force, ils se déplaceraient trop lentement. En plus, ils prenaient le temps de faire leurs bagages. Ceux qui travaillaient en ville retournaient chez eux chercher leurs enfants. Il y avait de la nourriture et des objets précieux à empaqueter.

Pliant sous le poids de leur fardeau, les paysans n'iraient pas très loin. Le pont se transformait déjà en goulot d'étranglement.

Des milliers de réfugiés de Carris campaient sur les rives du fleuve. Les guérisseurs s'affairaient auprès des blessés, et la plupart des feux ne servaient pas à cuire du ragoût, mais à faire bouillir des bandages. Les buissons étaient couverts de haillons en train de sécher.

Averan, qui n'avait jamais vu d'infirmerie de campagne, trouva que celle-là ressemblait à une cité de chiffon.

La plupart des patients n'étaient pas en état de s'enfuir, et il n'existait aucun moyen de les déplacer. Les bateaux qui les avaient amenés étaient allés chercher d'autres réfugiés à Carris. Il faudrait des jours entiers pour évacuer.

Les blessés ne se faisaient aucune illusion sur leur sort. Ils poussaient des hurlements de douleur et de terreur. « Aidez-moi ! », « Ayez pitié ! » criaient des centaines de gorges, ajoutant au vacarme ambiant.

Au prix d'un effort héroïque, quelques invalides se redressèrent et titubèrent vers le pont, bloquant le passage à ceux qui venaient derrière eux. Ils auraient avancé plus vite avec des cannes ou des bâtons, mais toutes les branches mortes avaient déjà servi à alimenter les feux de camp.

Deux miliciens en uniforme rouge gardaient l'entrée du pont, s'efforçant de rétablir un semblant de calme.

— Aidez les blessés ! suppliaient-ils. Nous avons tout notre temps.

Mais les gens savaient bien qu'ils mentaient.

Les guérisseurs avaient réquisitionné quelques chariots pour évacuer leurs patients, sélectionnant bien sûr les femmes et les enfants. En suivant Binnesman vers le siège de la guilde des ébénistes, Averan eut un regard plein de pitié pour tous les hommes qui allaient mourir.

Je ne suis plus comme eux, se dit-elle. Sa jument pouvait l'emmener loin du danger. Elle ne partageait pas leur terreur.

Averan se souvenait du jour où maître Brand avait ramassé une grosse bûche qui gisait dans un champ sous l'aire des graaks, à Fort Haberd. Une famille de souris paniquée s'était éparpillée, aveuglée par le soleil. Trois générations de rongeurs vivaient là, dont six souriceaux encore roses et minuscules. Averan et Brand ne leur voulaient pas de mal, mais ils les avaient observés un moment avant de reposer la bûche.

Comme dans son souvenir, Averan se sentait détachée de la panique générale, au-dessus de tous les autres. Mais le brouhaha rendait nerveuse la wylde de Binnesman. Elle roulait des yeux effrayés et frémissait à chaque bruit un peu trop proche, tel un renard en cage.

Binnesman mit pied à terre et ordonna à Averan de surveiller les chevaux pendant qu'il parlerait à Wallachs. Chef de la guilde des ébénistes, il était aussi le maire de Feldonshire. Bien qu'il n'eût aucun Don, ses concitoyens le tenaient en très haute estime.

Binnesman entraîna sa wylde avec lui, laissant Averan seule dans la rue.

Le siège de la guilde dominait le centre de Feldonshire. Ce bâtiment massif de cinq étages de haut, aux murs de pierre multicolore, était la meilleure publicité possible pour les artisans qu'il abritait. Ses plafonds hauts étaient soutenus par des aboutages, des poutres apparentes en noyer sculpté montrant d'élégantes scènes sylvestres : ours et cerfs déambulant dans la forêt, vols d'oies majestueuses au-dessus du Donnestgree.

Chaque panneau, chaque pignon, chaque linteau, chaque volet était un petit miracle de précision. À l'intérieur, des écureuils sculptés couraient le long des plinthes et bondissaient dans les poutres. Les portes de devant évoquaient un chemin qui s'enfonce dans les bois. On y voyait même un faisan tapi derrière un rocher. Au sommet du bâtiment, des statues de bois s'alignaient le long d'une galerie ouverte ; elles représentaient des artisans réputés occupés à jouer du marteau et du ciseau.

Les membres de la guilde prenaient grand soin de leur siège. Toutes les surfaces de bois sombre brillaient comme si elles venaient d'être cirées. Un monument dédié à la beauté du bois sous toutes ses formes !

Les maraudeurs vont bientôt le détruire. Je ferais mieux de l'admirer pendant qu'il en est encore temps.

Averan avait encore le nez en l'air quand elle sentit quelqu'un l'attraper par la taille.

Tournant la tête, elle découvrit un homme au menton mal rasé et aux dents pourrissantes. Le reste de son visage était dissimulé par une capuche.

La fillette voulut s'accrocher à ses rênes, mais il l'arracha si vite à sa selle qu'elle n'eut pas le temps de réagir. Il la posa à terre et dit :

— Que fais-tu avec ces chevaux ? Ils ne t'appartiennent pas. Ils valent un sacré paquet d'argent, tu sais…

Averan crut d'abord qu'il connaissait le précédent propriétaire de sa jument. Elle ouvrait la bouche pour se justifier quand il lui flanqua son poing dans la figure.

— Au voleur ! cria quelqu'un près d'elle.

Averan gisait sur les pavés. Entendant l'homme crier « Hue ! », elle voulut lever les yeux pour voir par où il était parti, mais une foule se pressait déjà autour d'elle.

— Pauvre gamine, dit une vieille femme en lui tendant la main pour l'aider à se relever.

Averan sentit l'odeur de légumes bouillis qui imbibait son châle.

Sa mâchoire lui faisait mal. Elle la tâta pour voir si elle était cassée, puis ouvrit et referma prudemment la bouche. Son estomac se convulsa comme si elle allait vomir. Elle s'était cogné la tête sur les pavés en tombant. Levant une main, elle effleura sa nuque, puis observa sans comprendre ses doigts couverts de sang.

Un instant plus tôt, elle se sentait en sécurité ! À présent, elle était dans la même galère que tous ceux qui l'entouraient.

Averan était furieuse contre l'homme qui lui avait volé son cheval et contre elle-même pour n'avoir pas fait plus attention.

D'instinct, elle lança un sort.

Elle se représenta l'étalon gris de Binnesman et se concentra dessus. Il galopait sur la route derrière la jument de son nouveau maître, qui le tenait par la bride. Captant la panique des habitants de Feldonshire et entendant le grondement lointain de la horde de maraudeurs, il n'aspirait qu'à s'échapper pour regagner les plaines d'Indhopal.

Il rêvait d'herbe douce, de courir librement dans les champs, les naseaux frémissants et la crinière flottant derrière lui. Il se souvenait des femelles de son troupeau, et de la fraîcheur des torrents qui coulaient dans les montagnes.

Toutes ces sensations étaient merveilleusement nouvelles pour Averan. Dès qu'elle eut effleuré la conscience de l'animal, la fillette comprit qu'elle n'avait rien de commun avec lui. Elle l'appela, mais l'image se dissipa aussitôt dans son esprit. Elle ne parvenait pas à le contacter. L'étalon de Binnesman ne répondrait pas à son appel. Il voulait s'éloigner d'elle, ou plutôt de l'endroit où elle était.

Averan opta pour une autre tactique. Elle se concentra sur son agresseur, visualisant la barbe grisonnante qui lui mangeait le visage, ses dents pourries et la verrue qu'il avait au-dessous de l'œil gauche.

L'homme s'éloignait à toute allure, jetant de fréquents coups d'œil par-dessus son épaule pour s'assurer que personne ne l'avait pris en chasse. Persuadé d'avoir réussi à s'échapper, il eut un gloussement de satisfaction.

Averan tenta d'établir un lien avec lui en calquant sa respiration sur la sienne. Elle sentit que sa vessie était pleine, et qu'il avait besoin d'uriner. Plongeant un peu plus profondément dans son esprit, elle entendit ses pensées. *Je vais les vendre à Gandry, et cette fois, je ne me laisserai pas rouler. Je devrais en tirer bien plus que le prix d'une chope de bière...* En imagination, elle le vit folâtrer avec des ribaudes nues.

L'esprit du voleur était un puits malsain et crasseux. Elle osait à peine le toucher. Pourtant, elle lui ordonna de faire demi-tour.

Tu as peut-être condamné cette fillette à mort, lui souffla-t-elle.

Elle le sentit se raidir. D'où pouvait venir cette voix ? se demanda-t-il avant de répéter d'une voix aiguë :

— Tu as peut-être condamné cette fillette à mort !

Puis il éclata d'un rire moqueur et éperonna la jument blanche.

Averan se retira de l'esprit du voleur pour regagner le sien. Elle vacilla. Sa tentative l'avait vidée de ses forces, et elle transpirait abondamment.

Des vers de terre seraient plus faciles à appeler que cette crapule, pensa-t-elle. *Et aussi beaucoup plus propres.* Binnesman l'avait pourtant mise en garde... *J'aurais dû m'en tenir aux chevaux.*

Elle entra dans le hall de la guilde. Binnesman descendait le grand escalier. L'air nerveux, il s'entretenait avec maître Wallachs, un colosse à l'allure autoritaire.

— Je comprends votre inquiétude, déclara l'homme, mais mes gens sont partis il y a un quart d'heure. Ils ont déjà dû vider les premiers chargements dans l'eau.

— Qu'avez-vous envoyé ?

— Pas grand-chose : de la potasse et du vernis. J'ai songé à utiliser de la bière. Une partie de celle que nous produisons est impropre à la consommation, et je préfère qu'elle serve à empoisonner les maraudeurs plutôt que mes concitoyens.

Les deux hommes étaient tellement absorbés par leur conversation qu'ils n'avaient pas remarqué Averan.

— Binnesman, cria la fillette. Un homme a volé nos chevaux !

Wallachs sursauta.

— Qui ?

— Un étranger, répondit Averan, cherchant ses mots. Son... son haleine sentait le pain de seigle et le poisson.

— Où est-il ?

— Sûrement loin d'ici !

Dehors, le brouhaha s'amplifiait.

Le maître de guilde soupira.

— Ne vous inquiétez pas : vous pourrez quitter la ville dans mon chariot. Je suis désolé pour vos chevaux. La plupart de mes concitoyens sont des gens honnêtes, mais…

Binnesman dévisagea Averan.

— As-tu essayé de rappeler les bêtes ?

— Oui, et le voleur aussi. Mais il ne reviendra pas.

Vaincue, la fillette se laissa tomber dans un fauteuil.

CHAPITRE LV

L'INCENDIE DANS LES COLLINES

Selon les textes anciens, les hommes de Fallion arpentèrent le Monde du Dessous à la recherche des Toths. Dans ses profondeurs les plus obscures, à des milliers de pieds de la surface, ils trouvèrent des signes avant-coureurs de la présence des maraudeurs. La plupart d'entre eux ne moururent pas en combattant les Toths ou les maraudeurs, mais de chaleur.

Maître Valen, de la Salle des Bêtes.

Un grondement ininterrompu courait entre les collines, accompagné par le sifflement d'un million de feuilles mortes tombant en même temps dans la forêt.

La horde avançait sur Val-Grièche.

Des corneilles s'envolèrent à tire-d'aile pour échapper au massacre. Elles traversèrent une nappe de brume jaune malsaine envahie par les grees, à travers laquelle brillait un soleil froid. D'énormes chênes brunis par l'automne frissonnèrent et craquèrent, laissant des trous béants dans les frondaisons.

Les maraudeurs avaient adopté une formation de guerre inconnue de leurs adversaires. Gaborn fit arrêter son étalon au sommet d'une colline et sonda la forêt. Entre les arbres, il aperçut des carapaces grises. Les maraudeurs avançaient avec une vigueur renouvelée. Une centaine de fois, il songea à envoyer des hommes leur tendre une embuscade, mais ses Pouvoirs de la Terre l'en dissuadaient. Aucun lancier n'oserait attaquer. Ce n'était même pas la peine d'envoyer des archers.

Quelque chose avait changé au sein de la horde.

La proximité de l'eau avait redonné espoir aux maraudeurs. Et ils apprenaient. Selon Averan, ils connaissaient le nom du Roi de la Terre, et ils le craignaient. Gaborn les avait facilement battus à Carris grâce à la tempête. Mais, depuis, il avait perdu une grande partie de ses pouvoirs.

Peut-être les maraudeurs le sentaient-ils.

Qu'ils aient modifié leur tactique l'inquiétait. Et s'ils transmettaient leurs secrets à toute leur race ?

À chaque minute, la conviction de Gaborn se renforçait : il ne pourrait ni arrêter la horde ni la détourner de sa destination. Il se demanda si ses hommes atteindraient les Mares Puantes à temps pour les empoisonner. Une terreur absolue s'empara de lui.

Pendant le trajet, il avait remonté les rangs de son armée, s'attendant à trouver Binnesman en tête. Mais l'étalon gris du magicien n'était nulle part en vue.

Gaborn atteignit les champs et les prairies de Val-Grièche avec une demi-heure d'avance sur les maraudeurs. À son arrivée, il trouva le baron Waggit en train de sonner les cloches du village.

— Vous avez vu Binnesman ? demanda-t-il.

— Il est parti avertir Feldonshire.

Gaborn soupira de soulagement.

À Val-Grièche, les paysans et les marchands avaient

déjà attelé leurs chevaux aux chariots. Ils vidaient leurs maisons de tous leurs biens : oreillers, nourriture, couvertures, porcelets et agneaux. Devant l'auberge, une femme frappait sur une poêle en hurlant le nom de son fils. Un homme avait ouvert la porte de sa cave, où son épouse poussait leurs huit enfants. Il les rejoignit, tenant une poule par les pattes.

— Faites-les sortir de là ! cria Gaborn à Waggit.

Le désespoir le gagnait. Il était le Roi de la Terre, mais ses sujets ne lui obéissaient pas toujours, même pour sauver leur vie.

Observant le terrain, il décida de l'endroit où déployer ses hommes. Personne n'avait jamais construit de remparts à Val-Grièche. La barrière de bois qui empêchait les moutons de s'aventurer dans la forêt serait leur seule défense. Elle ne retiendrait pas les maraudeurs et ne les ralentirait même pas. Les pierres grises soigneusement empilées ne les gêneraient pas davantage qu'une ligne tracée dans le sable.

Une balle de foin oubliée pourrissait dans un champ. Gaborn sortit son briquet à silex pour y mettre le feu.

Cinq minutes plus tard, la paille flambait. Mais l'absence de vent jouait contre lui. Dans la plaine, une forte brise avait soufflé vers l'est. Ici, au milieu de la matinée, l'air était immobile.

L'armée de Gaborn apparut entre les collines. Un millier d'hommes aux lances fièrement levées formèrent les rangs derrière la barrière à moutons, comme s'ils comptaient encaisser la charge des maraudeurs.

— Messire, rapporta Skalbairn, les maraudeurs sont à moins de trois lieues, et ils courent de plus en plus vite. Ils savent que l'eau est proche. Il y a une demi-heure, on m'a informé que les hommes de Langley ne chômaient pas. Beaucoup de ces satanées bestioles se sont effondrées en chemin.

Gaborn leva les yeux vers la route.

— Où sont ceux qui apportent les philia ?

Skalbairn secoua la tête.

— Ils ne tarderont plus, je pense.

Gaborn ne pouvait pas attendre.

— Mettez le feu aux arbres ! ordonna-t-il.

Cinquante seigneurs accoururent. Ils attachèrent des cordes de paille tressée à leurs lances et les enflammèrent. Leurs montures bondirent par-dessus le muret de pierre et chargèrent.

Le sol de la forêt était jonché de feuilles mortes. Pourtant, le feu ne prit pas aussi bien que l'avait espéré Gaborn. Il crachota et fuma, projetant de la fumée vers le ciel.

La horde avançait toujours.

Le baron Waggit s'approcha, une pioche à la main. Gaborn se sentit troublé. Le jeune homme risquait fort de ne pas survivre à la bataille.

— Alors, vous avez décidé de vous joindre à nous ?

— Si vous m'y autorisez. Je ferai de mon mieux, même si je ne sais pas à quoi je pourrai bien servir.

— Vous avez sonné les cloches et sauvé un homme et sa famille. Inutile de vous sacrifier. Pas pendant cette bataille.

— Je... je veux rester.

— Je veillerai à ce que vous commenciez bientôt votre entraînement de chevalier.

— Merci.

— Restez près de moi. Ne me lâchez pas d'une semelle !

Waggit fit signe qu'il obéirait.

Skalbairn aperçut le baron et s'écria :

— Brave homme !

Il se tourna vers les Chevaliers Équitables.

— Je vous ai dit qu'il allait épouser ma fille ?

— Hé, je n'ai pas encore accepté ! cria Waggit.

Mais les hommes éclatèrent en vivats comme si l'affaire était entendue.

Les perceptions de Gaborn lui hurlaient un avertissement. Quelques lieues à l'ouest, les réfugiés de Carris s'attardaient à Feldonshire. Il lutta pour leur envoyer un message : *Fuyez !*

Si les réfugiés entendirent, ils ne réagirent pas.

— Messires, nous devons tenir aussi longtemps que possible. Si les maraudeurs nous sentent décidés, ils se replieront peut-être. Mais soyez prêts à battre en retraite à mon signal.

Il n'avait pas fini de parler quand des grees passèrent au-dessus de lui en grinçant comme des gonds rouillés.

Le sol trembla. Gaborn jeta un coup d'œil vers le sud. Une lieue plus loin, les arbres craquaient et s'abattaient les uns les autres comme des rangées de dominos.

Sur les pentes de la vallée, deux piliers de flammes rouges et jaunes montaient vers le ciel. La chaleur rôtissait les joues de Gaborn et lui brûlait les sinus. Des branches crépitaient et sifflaient. Pourtant, au centre de la vallée, c'était à peine si le sol fumait.

Si nous étions arrivés une heure plus tôt avec des barils d'huile et de poix... Un instant, Gaborn osa souhaiter la présence d'un Tisseur de Flammes dans sa suite.

Plus que deux lieues. Plus qu'une.

La formation de maraudeurs emplit la vallée du nord au sud. Au nord-ouest, un cor solitaire signala que des troupes avaient été coupées du reste de l'armée.

Gaborn comprit ce qui s'était passé. Les seigneurs qui apportaient les philia s'étaient laissé surprendre par la rapidité des maraudeurs. Il renifla ses propres mains : elles portaient toujours l'odeur d'ail qui selon Averan, était le cri d'agonie des maraudeurs. S'il en allait de même pour tous ses hommes, peut-être pourraient-ils inspirer quelque crainte à leurs ennemis…

Certains chevaliers baissèrent leur lance, tandis que d'autres armaient leur arc et y encochaient une flèche.

Une brise presque imperceptible glissa au bas des collines, taquinant les flammes et ravivant les espoirs de Gaborn. Par endroits, un mur incandescent léchait le sol de la forêt.

Au loin, les maraudeurs resserrèrent les rangs. Ils avaient senti le danger. Les porteurs de lame se collèrent épaule contre épaule, réduisant de moitié la largeur de leur front.

Charger la horde eût été un suicide. À l'abri derrière ce mur de carapaces, des mages pouvaient lancer leurs sorts et des artilleurs jeter des pierres.

Les maraudeurs ralentirent et agitèrent leurs philia. Chaque fois qu'un arbre se dressait devant eux, les porteurs de lame baissaient la tête et le déracinaient en poussant sur leurs pattes arrière. Ainsi, ils avaient ouvert une gigantesque trouée dans la forêt.

Ils n'étaient plus qu'à cinq cents pas. Gaborn aurait voulu résister, mais ses Pouvoirs de la Terre l'avertissaient : *Fuis ! Fuis !*

Tous les hommes placés sous sa responsabilité étaient en danger.

— Pas encore, chuchota Gaborn.

À Feldonshire, ses Élus gisaient blessés, tandis que d'autres se traînaient sur le pont du fleuve Donnestgree. Il voulait gagner du temps pour eux. Chaque minute permettrait peut-être de sauver des centaines de vies.

Mille pas. Les maraudeurs avaient presque atteint la lisière des bois. Et ils ne ralentissaient pas. Au contraire, ils se ruaient vers les flammes comme pour s'immoler.

Lorsqu'ils atteignirent le mur de feu, ils plantèrent dans le sol leur museau en forme de pelle et enterrèrent les feuilles brûlantes. Même les arbres dévorés par l'incendie tombèrent sous leur assaut.

La horde avançait, piétinant les flammes.

Gaborn donna le signal de la retraite.

Les maraudeurs lancèrent une pluie de pierres. Des rochers aussi lourds qu'un homme s'élevèrent dans les airs et s'abattirent sur les premiers rangs de l'armée de Gaborn.

Esquive, l'avertit la Terre.

Il fit faire un écart sur la gauche à son étalon. Derrière lui, une énorme pierre heurta le muret. D'autres pulvérisèrent des cavaliers et leurs montures, envoyant des morceaux de chair ensanglantée voler à la ronde. La nausée retourna l'estomac de Gaborn quand il sentit mourir une demi-douzaine de ses Élus.

Il regarda derrière lui. Le baron Waggit ne l'avait pas lâché d'une semelle. Il avait suivi ses instructions à la lettre, et ça lui avait sauvé la vie. À en juger par la pâleur de son visage, il savait combien c'était passé près.

Sur la gauche du champ de bataille, un autre rocher jaillit de la horde.

Les hommes firent demi-tour et s'enfuirent au galop.

CHAPITRE LVI

SEIGNEUR DES TÉNÈBRES, SEIGNEUR DU SOLEIL

Beaucoup d'hommes rêvent de se distinguer, mais peu donnent corps à leurs rêves. Nous ne pouvons donc pas affirmer que la grandeur est affaire de cœur ou d'esprit, car ce serait déprécier les efforts de ceux qui prouvent leur grandeur par leurs actes.

Arunhah Ahten, père de Raj Ahten.

Dans la forteresse des maraudeurs, les ténèbres régnaient. Des boules de feu martelaient les murs, éclairant brièvement les meurtrières. L'essaim frissonnait sous leur impact. Mais aucune lumière ne pénétrait jusqu'en son cœur.

Avec son ouïe aiguisée, Raj Ahten entendait les cris de guerre qui montaient de la plaine.

Il courut dans un tunnel, laissant derrière lui un sillage de carcasses dont les runes bleues luisaient dans l'obscurité, qui était l'élément naturel des maraudeurs. Ils n'avaient pas besoin de lumière pour chasser, et sans doute pas conscience de la phosphorescence de leurs tatouages.

Devant lui, Raj Ahten aperçut une salle envahie par les flammes. Il en franchit le seuil et se retrouva sur un parapet, quarante pieds au-dessus du sol.

Le Sceau de la Désolation s'étendait en contrebas, émettant une lumière multicolore. Il mesurait presque six cents pieds de large. Une douzaine de sorcières écarlates se massait autour. Au centre, pareil à une gigantesque araignée sur sa toile, était accroupi un mage monstrueux, encore plus gros que celui de Carris.

Raj Ahten n'osa pas laisser aux maraudeurs le temps de réagir. Son bras gauche était toujours engourdi, et il ne pourrait pas retenir son souffle beaucoup plus longtemps. Bientôt, il serait forcé de respirer l'air empoisonné.

Prenant son élan, il bondit par-dessus le parapet et atterrit sur la tête de l'énorme mage funeste. Sous l'impact, sa jambe droite se brisa juste au-dessous du genou. Il ignora la douleur pour enfoncer son marteau de guerre dans le triangle vulnérable du monstre. Craignant que la tête ne soit pas assez longue, il saisit l'arme à l'envers et plongea le manche dans le trou à la manière d'une lance.

Le mage funeste ne sembla pas affecté par le coup. Il secoua la tête, délogeant Raj Ahten, qui fut projeté à terre. Malgré ses Dons de Métabolisme et de Constitution, son tibia n'était pas encore ressoudé quand il heurta le sol.

Le Sceau de la Désolation semblait fait de verre fondu, mais il était aussi solide que de la pierre. Des lueurs pourpres fantomatiques clignotaient à l'intérieur. Une fumée surnaturelle emplissait la pièce.

Raj Ahten abattit son marteau sur le mucilage durci.

Un éclat de lumière blanche aveuglante jaillit de la rune brisée.

Le mage funeste pivota pour l'affronter. Une nuée de grees s'envolèrent de son corps boursouflé, et son bâton émit une lueur jaune.

Raj Ahten fit un bond sur le côté au moment où un éclair fusait vers lui.

Le rayon s'écrasa à l'endroit où il se tenait un instant plus tôt.

Le Sceau de la Désolation explosa. Une sorcière écarlate fut renversée par le souffle, la moitié gauche de son corps comme rongée par de l'acide.

Raj Ahten ne voulut pas laisser au mage funeste le temps d'attaquer une seconde fois. Il courut vers lui en zigzaguant.

Alarmé, le maraudeur se dressa sur ses pattes arrière. Il mesurait six bons pieds de plus que le Tisseur de Batailles. Jamais on n'avait entendu parler d'un monstre aussi énorme. *C'est le grand Seigneur du Monde du Dessous*, pensa Raj Ahten.

Il n'arriverait pas à sauter assez haut pour lui enfoncer son marteau dans le crâne, et la créature avait eu le bon sens de fermer la gueule pour qu'il ne puisse pas atteindre son palais.

Le seul autre point vulnérable se situait au milieu du thorax. Faute de lance pour le transpercer, Raj Ahten se résolut à utiliser le manche de son marteau. Il bondit, projetant l'arme de toutes ses forces, et sentit son épaule se déboîter.

Le manche du marteau s'enfonça profondément dans le thorax du mage.

Le maraudeur lâcha son bâton et leva ses pattes antérieures pour arracher l'arme plantée dans sa poitrine. Il la saisit entre deux griffes et tira violemment. Le marteau lui échappa, alla heurter le plafond et retomba une dizaine de pas plus loin.

Le mage funeste tendit une patte vers son bâton. Raj Ahten bondit vers son marteau. Il n'avait pas frappé assez fort. Sinon, son adversaire serait mort sur le coup.

Les sorcières écarlates se jetèrent dans la mêlée. Le mage funeste baissa la tête et chargea, mâchoires grandes ouvertes.

C'était tout ce qu'il fallait à Raj Ahten. Agrippant son marteau, il sauta à l'intérieur de la gueule du monstre. La surface sèche et râpeuse de sa langue lui sembla tapissée de graviers.

Le mage funeste referma ses crocs sur lui et inclina la tête pour l'avaler. Raj Ahten plongea son marteau de guerre dans le triangle de chair molle de son palais.

Il retira son arme. Du sang et de la cervelle dégoulinèrent sur lui.

Le mage funeste tituba. Raj Ahten lui frappa la glotte avec son marteau pour le forcer à tousser. Au moment où le monstre le recrachait, une douzaine de Seigneurs des Runes vêtus de soie firent irruption dans la salle.

— Tuez-les tous ! cria Bhopanastrat. Emparez-vous de la forteresse !

Les sorcières écarlates tentèrent de battre en retraite. Mais elles n'avaient nulle part où fuir. Leur essaim était cerné.

Pusnabish entra quelques secondes plus tard. Des centaines de Seigneurs des Runes le suivaient. Raj Ahten s'en alla, laissant ses subalternes finir le travail.

Le monde entier chanterait ses louanges. Des parades défileraient dans les rues de Maygassa quand il monterait sur le Trône de l'Éléphant. Sous ses pieds, le sol serait jonché de pétales de roses, de gardénias et de lotus. Les énormes gongs dorés qui flanquaient la porte ouest de la cité résonneraient nuit et jour pendant un mois. Les plus belles femmes du royaume se donneraient à lui pour porter son fils et les marchands le couvriraient de cadeaux.

Sa victoire ternissait toutes celles de Gaborn Val Orden. Il venait de tuer le plus redoutable mage des maraudeurs. Il avait sauvé l'humanité. Dans mille ans, des enfants écouteraient le récit de ses exploits le soir au coin du feu, frissonnant de terreur et d'émerveillement.

Tout cela traversa l'esprit de Raj Ahten alors qu'il sortait à la lumière du jour. La brume empoisonnée tourbillonnait lentement autour de la forteresse.

Au moment où il sautait dans les douves vides, une épouvantable nausée l'assaillit.

Il connaissait cette sensation.

Ses Dédiés étaient en train de mourir.

À Bel Nai, la lumière matinale inondait le marché. Des colombes voletaient autour des minarets de la citadelle ou se dandinaient sur les gouttières en roucoulant de contentement.

— Pistaches rôties ! cria un vendeur. Encore toutes chaudes !

Des chameaux traînaient dans les rues en mâchonnant paresseusement.

À quatre cents lieues au nord de Carris, tout le monde ignorait encore que les maraudeurs avaient attaqué une cité humaine. Les ministres de Raj Ahten avaient jugé préférable de ne pas alarmer la population.

Pourtant, au cœur de la Tour des Dédiés, quatre hommes agonisaient.

Trois d'entre eux étaient des vecteurs de Constitution. L'émir Owatt les avait identifiés à leur voix. Le premier, Korab Manthusar, vivait là depuis près de douze ans ; le deuxième, Jinjafal Dissai, depuis moins de cinq. À eux deux, ils totalisaient des centaines de Dons. Ils jouaient aux échecs en sirotant un thé à la menthe quand l'émir s'était jeté sur eux pour les piquer avec son aiguille.

La résine empoisonnée dont elle était enduite leur avait paralysé les poumons. Ils s'étaient écroulés, cherchant vainement leur souffle. Privés de constitution, ils ne résisteraient pas plus d'une minute.

Mais même si le poison promettait de les achever rapidement, il leur avait laissé le temps de crier.

L'émir avait pivoté pour frapper un troisième Dédié.

Un garde attiré par le bruit s'était précipité dans la salle commune et l'avait transpercé de son épée.

Pendant que son souverain mourait, l'homme lui tint la main. Owatt crut d'abord qu'il cherchait à le réconforter. Mais dans ses dernières secondes, il comprit qu'il voulait seulement l'empêcher de faire une autre victime.

Devant la forteresse des maraudeurs, Raj Ahten aspira une goulée d'air fétide et toussa. Il sentait la malédiction du mage funeste lui souffler : « Cesse de respirer. » Son pouvoir était indéniable. Elle s'infiltra jusqu'à ses poumons et les serra comme un étau.

Raj Ahten sentait ses défenses céder. Ses vecteurs de constitution étaient en train de mourir, et les attributs qui lui restaient ne suffiraient pas à le maintenir en vie. La malédiction de Binnesman avait eu raison de lui. Finalement, il n'était pas l'Homme Total.

Il luttait pour respirer, et son cœur battait la chamade. Quelques instants plus tôt, il imaginait les louanges qu'on lui adresserait pour avoir sauvé le monde. À présent, il suffoquait au fond des douves.

Au-dessus de sa tête, une boule de feu vola vers la forteresse et la heurta de plein fouet, répandant une délicieuse chaleur. Des flammes rugissaient non loin de lui, lui faisant le même effet qu'un baume. Il se souvint de la sensation qu'il avait éprouvée en plongeant la main dedans, au cœur des Monts Hest.

— Je peux vous guérir, chuchota Az dans sa mémoire.

Le ciel devint noir quand le Tisseur de Flammes absorba de nouveau son énergie. Un maelström de lumière se concentra entre ses mains. Incapable de marcher jusqu'à lui, Raj Ahten rampa sur les coudes. Malgré tous ses Dons de Force, il tremblait et haletait autant qu'une vieille femme.

Atteignant le bord des douves, il leva les yeux vers la rune qui flambait, à trois cents pas de lui. La nausée le gagna, et il hoqueta de douleur comme si on venait de lui arracher le cœur. Encore un vecteur de perdu.

Il y a un assassin à Bel Nai. Je ne vivrai pas assez longtemps pour profiter de ma récompense. Jamais je n'entendrai les chansons que j'aurai inspirées.

Il se redressa avec difficulté et tituba vers le brasier.

Az se tenait au centre de la Rune de Nuit, volant la lumière des cieux.

— Az ! appela Raj Ahten de toutes les forces qui lui restaient.

Sa Voix résonna sur le champ de bataille. Il tomba à genoux et lutta pour lever une main suppliante vers le sorcier. Celui-ci tourna la tête, vit dans quel état il était…

… Et lança sa boule de feu.

La lumière orangée emplit le champ de vision de Raj Ahten. La soie blanche de ses vêtements se transforma en cendre. Le feu planta dans son corps un millier de crocs brûlants. La chair de son visage fondit ; ses oreilles et ses paupières rôtirent. Toutes les parties de sa personne dont il n'aurait plus besoin s'évanouirent en même temps que son humanité.

Une lumière éclata dans son esprit et il comprit qu'il avait cheminé toute sa vie vers cette destination.

En s'efforçant de devenir l'Homme Total, il croyait servir l'humanité, même si d'autres affirmaient qu'il ne servait que lui-même. Mais à tous les croisements de la route, il avait choisi le Feu. Jeune homme, ne s'était-il pas approprié le titre de Seigneur du Soleil ?

À présent, son maître réclamait son dû et, tel un métal précieux, le purifiait dans les flammes. Les scories avaient fondu. Ce qui restait n'était plus de la chair, juste un vaisseau renfermant une lumière immaculée.

Raj Ahten n'était plus un humain, mais l'extension de la Puissance qu'il avait servie si fidèlement. À présent, tous les Tisseurs de Flammes du monde s'inclineraient devant lui et l'appelleraient par son nom secret.

Consumé, transformé et enveloppé d'un nuage de fumée, il se releva. Les flammes sifflèrent son nouveau nom.

Scathain.

CHAPITRE LVII

FELDONSHIRE

J'aspire à la paix. S'il ne tenait qu'à moi, elle déborderait de chaque village de mon royaume comme la mousse déborde d'une chope de bière fraîche.

Erden Geboren.

Le maître de guilde Wallachs fit sortir Averan, Binnesman et la wylde par la porte de derrière, qui donnait sur une petite place pavée bordée de boutiques. Ici, des architectes dessinaient des plans tandis que de jeunes charpentiers découpaient des poutres et que des maîtres ébénistes sculptaient le bois. Averan fut surprise de découvrir deux forges servant à fabriquer leur myriade d'outils.

Dans l'échoppe d'un vernisseur, quatre hommes robustes chargeaient des tonneaux à l'arrière d'un chariot. Les chevaux étaient déjà attelés. Des odeurs piquantes planaient dans l'air : celles de l'huile de lin rance, de l'alcool dénaturé, des cristaux de sel et de poudres colorées qu'Averan aurait été bien en peine d'identifier. Tous semblaient être des ingrédients utilisés pour la préservation du bois. Et tous avaient une chance d'empoisonner les maraudeurs.

— Les autres chariots sont partis ? demanda Wallachs.

— Ouais, grogna un des hommes en s'essuyant le visage d'un revers de la manche.

— Laissez le reste, ordonna Wallachs. Allez vous occuper de vos familles.

Les hommes ne se le firent pas dire deux fois. Binnesman et Wallachs prirent place sur le banc du cocher, Averan et la wylde montant à l'arrière du véhicule.

Alors qu'ils sortaient de la cour, la fillette entendit un rugissement lointain, pareil à celui du ressac. Les maraudeurs arrivaient. Elle tenta d'évaluer la distance à l'intensité du bruit : un petit exercice auquel elle s'était beaucoup entraînée ces deux derniers jours.

— Une lieue, murmura-t-elle. Ils seront là dans cinq minutes.

Wallachs sursauta.

— Si vite ?

Il jeta un coup d'œil à Binnesman, qui hocha la tête.

— Peut-être même moins. Ils sont lancés à toute allure.

Wallachs fit claquer son fouet au-dessus de la tête des chevaux, qui s'élancèrent vers la colline. Mais ils étaient lents, si lents, pensa Averan. Ils n'avaient aucun Don, et malgré leurs qualités naturelles, ils auraient du mal à distancer un maraudeur.

— Dégagez la route ! criait Wallachs quand quelqu'un osait le gêner. Cinq minutes ! Les maraudeurs seront ici dans cinq minutes !

Alors, Averan prit conscience du danger. Des chaumières bordaient la route poussiéreuse et leurs habitants étaient encore occupés à empaqueter leurs biens. Une vieille femme cueillait des pommes ; une jeune mère ramassait sa lessive pendant que ses enfants se suspendaient à ses jupes.

Des chiens aboyèrent sur le passage du chariot.

Alors qu'ils gravissaient le flanc d'une colline, Averan put voir tout Feldonshire s'étendre dans la vallée, derrière elle. Au nord-ouest, le Val Noir était une tache brune flanquant les eaux argentées du Donnestgree. Des bateaux descendaient lentement le fleuve. Au sud, se nichaient une douzaine de hameaux. À l'est, la route était noire de réfugiés de Val-Grièche et d'autres villages de l'ouest, qui accouraient à pied, à cheval ou en chariot.

Une lieue derrière eux, un nuage de poussière planait au-dessus de la horde ennemie. Entre les maraudeurs et Averan, des gens hurlaient.

— Ils vont tous mourir, souffla la fillette, impuissante.

Binnesman et elle avaient fait leur possible pour les sauver. Ils étaient venus les avertir, mais ça n'avait pas suffi.

— Pas tous, dit le magicien. Certains en réchapperont.

Mais lorsque le chariot atteignit le sommet de la colline, Averan put voir les premières lignes des maraudeurs charger. Les réfugiés fuyaient devant eux. Leurs jambes ne les portaient pas assez vite, et se cacher n'aurait servi à rien. Face à la horde, ils pesaient moins que des souris.

Les troupes de Gaborn battaient en retraite, leur armure scintillant au soleil. Elles se dirigeaient vers le sud, incapables de mettre un terme au massacre.

— Regarder ne sert à rien, dit Binnesman à Averan.

Si, pensa la fillette. Regarder la mettait en colère, et la colère la rendait forte.

Sur une colline chauve, au-dessus de Feldonshire, Gaborn se demanda s'il devait remettre ses troupes en position.

Des centaines de manants l'avaient rejoint à dos de cheval. La plupart étaient des jeunes gens munis d'arcs ou d'épieux, impatients de prouver leur valeur pour que le Roi de la Terre les choisisse. Ainsi, la petite armée de Gaborn avait considérablement grossi.

Mais il ne pouvait rien faire pour Feldonshire.

Son seul espoir était la présence d'un étroit défilé au fond duquel coulait un torrent. Les fermiers avaient construit des murets de pierre sur les bords pour empêcher le bétail d'y descendre. Une centaine d'entre eux s'étaient positionnés derrière le mur est, arcs armés.

Les maraudeurs avançaient sur Feldonshire.

Trop peu d'habitants avaient quitté la ville. Dans la vallée, Gaborn les voyait continuer à charger leurs chariots. Son cœur se serra.

— Messire, appela Skalbairn.

— Restez là, ordonna Gaborn, devinant à quoi il pensait. Nous ne pouvons rien faire de plus pour eux.

Il ne voulait pas tenter le destin, certain qu'il ne pourrait pas détourner la horde de son chemin.

Un murmure de mécontentement courut dans les rangs des Chevaliers Équitables.

Derrière Gaborn, le baron Waggit piaffait d'impatience. Il brûlait d'envie de voler au secours des malheureux condamnés.

Les minutes s'étirèrent interminablement.

Près de trois mille pieds en contrebas, les maraudeurs avançaient. Le sol tremblait sur leur passage. Gaborn ne pouvait pas les arrêter.

Lorsqu'ils apparurent de l'autre côté du ravin, les archers se levèrent et leur décochèrent une volée de flèches. Très peu avaient un arc assez puissant pour percer la carapace d'un maraudeur à une telle distance, et moins encore étaient capables de viser juste. Mais trois ou quatre créatures s'effondrèrent avant que le reste de la horde ne réagisse.

Les porteurs de lame lancèrent des pierres, puis sautèrent dans le ravin pendant que les mages jetaient des sorts.

Les archers coururent vers leurs chevaux. Les plus chanceux survécurent, mais la plupart succombèrent.

Puis la horde franchit le défilé et entra à Feldonshire, renversant les arbres fruitiers, pulvérisant les chaumières, piétinant les récoltes et les troupeaux…

Les paysans prirent leurs jambes à leur cou. Bientôt, leurs cris couvrirent le roulement de tonnerre que produisaient les maraudeurs. Ceux qui réussirent à s'écarter de leur chemin furent sauvés. Pour les autres, ce fut un dernier échec…

Les porteurs de lame des premiers rangs se goinfrèrent de moutons et de paysans jusqu'à ce qu'ils ne puissent plus rien avaler. Puis ils vomirent leur repas et recommencèrent à se nourrir.

À l'ouest, les chevaliers de Langley continuaient à massacrer les traînards. Comme ils avaient brisé leurs lances, ils s'étaient rabattus sur leurs marteaux de guerre.

À l'est, la route noircie de paysans et de chariots était devenue un goulot d'étranglement. Les gens hurlaient de terreur mais ils ne parvenaient pas à se déplacer assez vite. Dix mille personnes au moins étaient encore sur le chemin de la horde.

Un des hommes de Langley se détacha des rangs et s'approcha de Gaborn en relevant sa visière. C'était le Marshal Chondler.

— Bonne nouvelle ! s'écria-t-il. Les maraudeurs

n'ont pas tous réussi à suivre ce train d'enfer ! Nous en avons massacré plusieurs milliers dans les collines.

Personne n'eut l'air de se réjouir. Chondler regarda par-dessus son épaule pour voir ce que les autres observaient avec une telle consternation. Son sourire triomphant se figea.

— Que pouvons-nous faire, messire ?

Gaborn ne répondit pas tout de suite. Il avait envisagé toutes les options : dresser des barrages d'archers dans les collines, charger avec des lances, tenir coûte que coûte derrière les murets de pierre… Toutes conduisaient au désastre. Il n'avait pas le choix.

— Écartez-vous de leur chemin, lâcha-t-il, et continuez de tuer ceux qui se détachent de la horde.

Une part de lui refusait de croire à son impuissance. Il était le Roi de la Terre. Il entendait toujours sa Voix, persuadé qu'elle répondrait à ses appels les plus désespérés. Et pourtant, il devait observer le massacre sans bouger. Il pleurait déjà les rescapés de Carris coincés au bord du fleuve. Leur destin était scellé.

Les maraudeurs approchaient du cœur de Feldonshire. Ils ralentirent, renversant les maisons et les boutiques, et prirent quelques secondes pour déloger de leur trou les gens qui s'étaient cachés là et les avaler tout rond.

Beaucoup d'humains avaient fui. Certains avaient gagné l'autre rive du fleuve, au nord. D'autres s'étaient égaillés dans les collines, au sud. Ceux-là auraient dû être à l'abri, puisqu'ils n'étaient plus sur la trajectoire des maraudeurs. Néanmoins, Gaborn sentait toujours un danger les menacer.

Une fois que les maraudeurs auraient bu tout leur soûl aux Mares Puantes, ils feraient demi-tour pour massacrer les habitants de Feldonshire !

Gaborn capta un second danger sous-jacent, bien plus grave. La Terre l'avertissait que le péril qui menaçait l'humanité venait de grandir. Le jeune homme se demanda ce qui avait changé.

Puis il le sentit.

Raj Ahten était mort, sans doute tué par les maraudeurs de Kartish. À cause de sa disparition, tout risquait de s'écrouler.

Gaborn vacilla.

Chondler regardait les maraudeurs répandre la terreur.

— Messire, j'ai prêté allégeance à la Confrérie des Loups. Je ne resterai pas les bras ballants pendant que des innocents meurent.

Gaborn secoua tristement la tête.

— Vous voyez leur formation ? Si vous attaquez la horde, les premiers rangs feront quelques pas en arrière pendant que les côtés avanceront. Puis les bras de l'étoile se déploieront et se refermeront sur vous. Alors, vous mourrez.

— Il faut bien mourir un jour ou l'autre, dit Chondler. J'ai juré de protéger l'humanité.

Ne voyait-il pas que Gaborn agissait dans leur intérêt à tous ?

— Vous êtes idiot ? s'emporta le jeune homme. Si vous descendez dans la vallée, les maraudeurs vous piétineront et détruiront quand même Feldonshire.

— J'ai juré..., répéta Chondler.

Gaborn dégaina son épée.

— Pour l'humanité, dit-il solennellement, et pour la Terre.

Autour de lui, la Confrérie des Loups se réjouit bruyamment pendant que Chondler le dévisageait.

Il se joignait à eux ? Cela signifiait-il qu'il renonçait à son royaume ?

Gaborn savait que son geste avait désorienté Chondler. Mais pour lui, il se contentait de réaffirmer l'engagement pris envers son peuple longtemps auparavant.

Il balaya la foule du regard.

— C'est un combat que vous voulez, messires ? Je vous l'assure : cette bataille ne fait que commencer.

CHAPITRE LVIII

TROIS-COUPS

Le maraudeur le plus énigmatique est le mage funeste, chef d'une horde d'attaquants. Maître Magnus supposait que les mages funestes étaient une espèce à part. D'autres pensent qu'ils émergent des rangs des sorcières écarlates.

Il est tentant de supposer que des créatures aussi redoutables obéissent à un chef. Mais je me demande si on peut se fier aux témoignages concernant les mages funestes. En quoi diffèrent-ils des autres mages maraudeurs ? Existent-ils seulement ? N'oublions pas que personne n'en a vu depuis plus de mille quatre cents ans.

Pour ma part, je crois que les maraudeurs sont une société anarchique dépourvue de dirigeant.

Maître Valen de la Salle des Bêtes.

Le chariot de maître Wallachs s'engagea un peu trop vite dans un tournant, et brinquebala comme s'il allait quitter la route. Les chevaux haletaient et avaient de l'écume à la bouche.

Ils avaient laissé Feldonshire derrière eux. Alors qu'ils franchissaient une colline, Averan aperçut deux hangars dans la plaine. Des fourrures en train de sécher au soleil les identifiaient comme une tannerie.

Wallachs ralentit et siffla pour attirer l'attention de plusieurs hommes qui chargeaient des tonneaux devant le bâtiment.

— Les maraudeurs seront là dans cinq minutes ! Filez !

Puis il fit de nouveau claquer son fouet.

Au passage, il regarda le second bâtiment d'où s'échappait une piquante odeur de soude.

Après, il n'y avait plus vraiment de route, et pas la moindre bicoque ne se dressait au bord des Mares Puantes. À l'est de la ville, seuls s'installaient les artisans dont les produits dégageaient une odeur plus nauséabonde que celle du cloaque. À l'ouest, le sol était fertile, semé de chaumières, de jardins, de vignobles, de vergers et de champs de céréales. Mais ici, même le sol semblait contaminé.

En hiver, les pluies venaient grossir les Mares Puantes et les faisaient déborder. En été, l'eau recédait, laissant derrière elle une croûte d'un gris jaunâtre où rien ne poussait. Seules quelques touffes d'herbe jaillissaient de bancs sablonneux, au pied d'arbres noirs et si torturés qu'ils n'avaient peut-être jamais été vivants.

Une odeur d'œufs pourris planait dans l'air.

Devant eux s'étendaient les mares couvertes d'une mousse verdâtre. Des bulles de gaz nauséabond éclataient à leur surface, couverte d'une fine brume.

Sur la berge, une vingtaine d'hommes étaient en train de décharger douze chariots.

— Où en êtes-vous ? demanda Wallachs.

— Nous avons assez de soude pour nettoyer un squelette de sa chair, et assez de térébenthine pour que la plus petite flamme fasse sauter les collines à trois lieues à la ronde.

Binnesman semblait consterné par l'étendue des Mares Puantes. Vues de près, elles paraissaient beaucoup plus grandes que lorsque Averan les avait survolées, et ne ressemblaient plus du tout à d'énormes émeraudes brillantes frangées de blanc. Chacune couvrait plusieurs hectares de terrain. Des tonneaux éventrés flottaient dedans, répandant leur contenu empoisonné.

Au loin, la terre tremblait sous les pattes des maraudeurs.

Binnesman pâlit.

— Par les Puissances, je ne peux pas purifier cette eau. Il me faudrait des jours entiers !

— Je m'en doutais un peu, grogna Wallachs. (Puis il cria à ses hommes :) Vous avez trois minutes pour évacuer. La horde arrive !

Il fit claquer son fouet et le chariot repartit sur la piste accidentée.

Averan jeta un coup d'œil par-dessus son épaule. Un nuage de poussière tourbillonnait à l'emplacement de Feldonshire et des cris étouffés parvenaient jusqu'à eux.

La fillette avait l'estomac noué. Les chevaux ne pourraient pas maintenir très longtemps cette allure. C'étaient de simples animaux de trait, pas des étalons de force.

Le chariot fit halte au sommet d'une petite butte.

Au même moment, les maraudeurs franchirent la dernière colline qui les séparait des Mares Puantes et dévalèrent la pente, leurs crocs brillant au soleil.

Depuis des heures, ils couraient en formation de guerre. À présent, ils rompaient les rangs. Les porteurs de lame les plus assoiffés se détachèrent du reste de la horde.

Arrivés à cinq cents pas du bord de l'eau, ils sentirent que quelque chose clochait. Certains se dressèrent sur leurs pattes arrière en agitant leurs philia. D'autres se contentèrent de ralentir. Quelques milliers de créatures que la souffrance rendait folles se ruèrent en avant et se jetèrent à l'eau.

Une masse grouillante de carapaces grises et de crocs scintillants envahit les Mares Puantes.

Un spectacle tout à la fois horrible et fascinant.

Derrière la horde, l'armée de Gaborn avançait dans les collines.

Beaucoup de maraudeurs capitulèrent. Désespérés, épuisés par la fatigue et par le manque d'eau, ils se laissèrent tomber sur le flanc et refusèrent de bouger. Les chevaliers en profitèrent pour les achever. Lorsqu'ils eurent abattu quelques centaines de maraudeurs, les hommes de Gaborn se regroupèrent au sommet d'une petite colline. Leurs lances étincelantes pointaient vers le ciel. Des fermiers et des marchands de Feldonshire vinrent grossir leurs rangs.

Les maraudeurs qui avaient bu l'eau des Mares Puantes agonisaient. Ceux qui le pouvaient encore vomirent et s'éloignèrent en rampant.

La plus grande partie de la horde demeura immobile, hébétée par la déshydratation. Les philia des monstres pendaient lamentablement, et leur souffle rauque se mua en un grondement sourd. Des dizaines d'entre eux tournaient en rond. Ils avaient perdu la tête, ne sachant même plus où ils étaient.

Une centaine d'étalons de force, montés par des Chevaliers Équitables, arrivèrent du sud. Gaborn était à leur tête, galopant comme s'il voulait prendre le vent de vitesse. Il contourna la horde et se dirigea vers la butte où s'étaient réfugiés Binnesman, Averan, la wylde et maître Wallachs. Skalbairn l'accompagnait, ainsi que le baron Waggit.

— Que se passe-t-il ? demanda le roi en sautant à terre.

— Ils sont en train de mourir d'épuisement, répondit Binnesman À mon avis, la moitié a déjà succombé.

— Ils ne pourront pas revenir à Fort Haberd ! ajouta Averan.

— Je crois que nous avons réussi, dit Wallachs. Nous avons gagné !

Gaborn se passa la langue sur les lèvres en observant les maraudeurs. Tous finiraient par mourir ; alors, il conduirait Averan au Guide. Elle se nourrirait de sa cervelle et découvrirait le chemin menant au Seul et Unique Maître.

— Nous n'avons pas encore gagné, corrigea Gaborn. Ils vont mourir, mais pas sans se battre !

Il n'avait pas fini sa phrase quand un sifflement monta du centre de la horde.

Un mage funeste se dressa sur les pattes arrière, projetant son odeur à la ronde. Les runes de sa carapace scintillaient au soleil et son bâton émit soudain une lueur aveuglante.

Le maraudeur se nommait Trois-Coups. Selon les souvenirs d'Averan, il était jeune et redoutable : certainement le monstre le plus rusé de la horde. Seules son inexpérience et sa petite taille l'avaient empêché d'accéder au pouvoir. Trois sorcières écarlates lui firent face en sifflant.

— Que se passe-t-il ? demanda Gaborn.

— Ils se disputent, dit Averan. Ça arrive souvent.

— Lequel des quatre est le chef ?

La question surprit la fillette. Ça lui semblait tellement évident !

— Celui qui a le derrière en l'air. Les autres restent assis sur le leur, vous voyez ? Sinon, il les tuerait.

Gaborn était si avide d'informations qu'Averan se sentait coupable de ne pouvoir lui en fournir plus.

Le roi planta son marteau de guerre dans le sol, un peu comme Binnesman le faisait avec son bâton, et s'appuya sur le manche pour observer les maraudeurs. On eût dit qu'il essayait de lire dans leurs esprits.

Si j'avais l'odorat d'un maraudeur, je saurais à quoi ils pensent. Et à propos de quoi ils se disputent, se dit Averan. Mais tout ce qu'elle savait, c'est que ce genre de confrontation risquait de durer des heures.

Le soleil était si brillant ! Il blessait les yeux de la fillette, qui baissa les paupières.

Dans la vallée, un des rivaux de Trois-Coups leva légèrement la queue. Le mage funeste bondit et plongea son bâton cristallin dans le triangle vulnérable de son adversaire. Il y eut une explosion sourde ; la tête de la sorcière écarlate éclata.

Trois-Coups avait eu le dernier mot. Il dévora goulûment la cervelle de sa rivale, les autres arrachant les glandes sudoripares, sous ses pattes.

Les maraudeurs survivants se rassemblèrent en neuf groupes. Chacun d'eux adopta la formation de guerre autour d'une sorcière écarlate. Puis ils s'en furent vers l'est, se déployant sur une énorme largeur.

Une manœuvre étrange. Dans les tunnels du Monde du Dessous, les maraudeurs se déplaçaient en file indienne, le museau de chaque individu presque collé à l'arrière-train de celui qui le précédait. Ainsi, ils pouvaient se transmettre rapidement les ordres.

Se déployer ainsi était la négation de leurs instincts les plus fondamentaux. Ils avançaient contre le vent et auraient du mal à sentir d'éventuels adversaires en face d'eux.

— Que font-ils ? demanda Gaborn.

Averan tremblait. Elle comprenait trop bien. Les neuf armées avaient créé un front de trois lieues de large. Percevant le danger, les troupes de Langley sonnèrent la retraite.

— Ils savent qu'ils vont mourir, dit la fillette. Mais il reste beaucoup de gens à Feldonshire. Ils en dévoreront autant que possible, et ensuite…

— Ils continueront à chasser, acheva Gaborn, l'air sombre. Je sens des ondes émaner d'eux. Ils descendront le long du fleuve et dévasteront toutes les villes sur leur passage, jusqu'à ce qu'ils atteignent la Cour des Marées. Comment puis-je les arrêter ?

Averan réfléchit. Chaque fois qu'ils avaient tué un mage funeste, son successeur avait adopté une nouvelle tactique. Les sorcières écarlates mettaient déjà en doute la sagesse de Trois-Coups qui les avait conduits à une eau empoisonnée. La horde était au bord de la mutinerie.

— Vous devez vous débarrasser de Trois-Coups, dit la fillette.

— D'accord. Où est-il ?

— Dans le groupe du milieu.

Gaborn pâlit en estimant le nombre d'hommes que cette attaque lui coûterait.

CHAPITRE LIX

LA CONFRÉRIE

J'ai appris que mon royaume n'a pas de frontières, et que tous les hommes ne sont pas seulement mes sujets mais mes frères de sang. En tant que tels, ils méritent mon dévouement. La mort d'un inconnu me fait aussi mal que celle de mon propre fils.

Erden Geboren.

Skalbairn observait Gaborn… qui observait les maraudeurs. Il voyait quasiment tourner les rouages dans la tête du jeune homme. Les maraudeurs revenaient vers Feldonshire, et Gaborn se demandait comment les arrêter.

Mais il n'avait pas le loisir d'élaborer une véritable stratégie. Le gros de sa cavalerie tenait une colline à l'ouest. Pour le rejoindre, Gaborn devrait contourner la horde en marche. Pendant ce temps, les maraudeurs massacreraient les habitants de Feldonshire.

— Messires, lança le jeune souverain d'une voix

forte, je crois que nous pouvons empêcher le massacre, mais un grand nombre d'entre vous y laisseront la vie.

Il regarda la centaine de chevaliers qui l'avaient accompagné.

— Je dois aller dans le Monde du Dessous, et ne pourrai donc pas mener la charge personnellement. Tout homme qui acceptera cette mission devra se considérer comme perdu. Qui se portera volontaire ?

Skalbairn ne l'avait jamais vu aussi sérieux. Il lisait de la douleur dans ses yeux, et du chagrin dans les plis de son front.

Le sang du haut marshal se figea dans ses veines. Enfant, il rêvait de devenir un guerrier et de se battre un jour au côté du Roi de la Terre. Mais dans ses songes, celui-ci ne lui demandait jamais de mourir.

Il y eut quelques instants de silence. Skalbairn savait que ses hommes accepteraient, mais aucun d'eux ne voulait être le premier à prendre la parole.

— Dans l'au-delà, m'autoriserez-vous à chevaucher près de vous au sein de la Grande Horde ?

— Oui. Comme tous ceux qui vous accompagneront.

Skalbairn savait que c'était une promesse vide de sens, car tous les morts ne devenaient pas des spectres. Pourtant, il cracha sur le sol.

— Alors, c'est entendu.

Des vivats s'élevèrent dans son dos. Les chevaliers brandirent leur marteau ou tapèrent sur leur bouclier avec la pointe de leur lance.

Seul le baron Waggit ne semblait pas se réjouir. Juché sur son cheval, il réfléchissait en silence. Skalbairn savait que c'était un exercice tout nouveau pour lui.

Gaborn leva une main pour réclamer le silence.

— Nous aurons besoin d'une diversion. (Il dessina

un hexagone dans la poussière.) Vous allez vous répartir en trois escadrons. Cinquante hommes chargeront par ici, sur la gauche, et cinquante autres sur la droite. Lorsque les maraudeurs se déploieront pour les affronter, les rangs de devant s'éclairciront. Alors, un petit groupe de cavaliers rapides pourra charger à travers et embrocher le mage funeste.

— Messire, m'accorderiez-vous l'honneur de lui porter le coup fatal ? demanda Skalbairn.

Très pâle, Gaborn prit une inspiration et hocha la tête.

Alors, Skalbairn eut la certitude qu'il allait mourir.

— Je l'accompagnerai, comme devrait le faire tout membre de la Confrérie des Loups, annonça Chondler.

Un troisième homme — le seigneur Kellish — se porta volontaire. Gaborn déclara que ça suffirait. Il regarda les cent Chevaliers Équitables qui allaient partir.

— Merci. J'aurai besoin que chacun de vous se batte comme un maraudeur.

Il tira son cor de guerre.

— Vous chargerez à mon signal. Pour l'aile gauche, deux courts ; pour l'aile droite, un long. Skalbairn, Chondler et Kellish, vous attaquerez en file. Je vous accompagne un bout de chemin.

Les chevaliers mirent pied à terre pour vérifier les fers de leur monture et resserrer les sangles des harnais.

Depuis des années, Skalbairn vivait avec le poids de son immoralité sur la conscience. Et il savait que seule la mort l'en délivrerait.

Il tira sa bourse et leva les yeux vers le baron Waggit. Le jeune homme broyait du noir sur son cheval, l'air pensif et lugubre. Avec ses cheveux blonds comme ceux des habitants d'Internook, il n'était pas dépourvu d'un certain charme rustaud. Il ne prendrait pas part à la charge, et c'était aussi bien. Il savait que sa place n'était pas là.

Peut-être ne deviendrait-il jamais un guerrier. Mais il ferait un bon fermier s'il ne choisissait pas de reprendre le chemin des mines. Avec un peu de chance, il mourrait paisiblement de vieillesse. Pour le moment, c'était tout ce que Skalbairn lui souhaitait.

Hier, nous le prenions pour un imbécile, et le voilà plus sage que nous tous réunis.

— Waggit ! appela-t-il.

Le jeune homme se tourna vers lui, plissant ses yeux bleus.

— Voilà de l'or. Je te serais reconnaissant de l'apporter à ma fille Farion. Veille à ce qu'on s'occupe bien d'elle.

Waggit réfléchit.

Skalbairn en était certain : s'il voyait Farion, il éprouverait de la compassion pour elle, comprenant mieux que personne dans quelle prison mentale elle était enfermée. Il saurait apprécier sa vertu et sa bonté et lui pardonner ses faiblesses. Farion était aussi douce que stupide et ne ferait jamais une bonne épouse pour quelqu'un d'autre. Bien sûr, elle était capable de s'acquitter de menues corvées, comme plumer un poulet ou couper du bois. Mais elle avait besoin d'un brave homme capable de la prendre telle qu'elle était. Waggit devrait être patient pour s'occuper d'elle, faire le marché à sa place et l'aider à élever leurs enfants.

Skalbairn adressa une prière muette aux Puissances. *Faites qu'il soit à la hauteur de la tâche que je lui confie.*

Waggit hocha la tête.

— Je le lui donnerai.

— Puissent les Éclats te protéger, souffla Skalbairn.

Il monta en selle. Gaborn et les autres se rassemblèrent autour de lui.

L'assaut commença sans fanfare : une centaine d'hommes contre plus de trois mille maraudeurs. Les monstres couraient vers Feldonshire en leur tournant le dos, chacun d'eux pareil à une colline grise.

Skalbairn éperonna son étalon noir et leva sa lance. Derrière lui, les chevaliers se déployèrent. La croûte de soufre et d'alcali volait en éclats sous le martèlement des sabots.

La plaine, plate et nue, était dépourvue de cailloux comme de végétation. On n'aurait pu rêver meilleur terrain pour une charge de cavalerie.

Gaborn sonna du cor. Deux coups courts. Langley tourna vers la droite, à la tête d'une cinquantaine d'hommes. Un coup long. Le seigneur Gulliford chargea l'aile gauche de la horde avec l'autre moitié des troupes.

Gaborn fit signe à ses trois champions d'attendre un peu. Le baron Waggit chevauchait près d'eux.

Skalbairn tira sur les rênes de sa monture et sonda les lignes ennemies.

Les hommes de Gulliford arrivèrent au contact. Ils embrochèrent des dizaines de maraudeurs par-derrière avec leurs lances, puis pivotèrent comme pour former le Cirque des Chevaliers. Les créatures firent demi-tour ; les porteurs de lame resserrèrent les rangs pour ériger un mur de chair pendant que les sorcières écarlates brandissaient leur bâton et lançaient leurs sorts.

Un nuage de fumée verte enveloppa les cinquante hommes. Dans les montagnes, les maraudeurs avaient lancé des pierres sur leurs adversaires, mais ici, il n'y avait pas de projectiles disponibles. À peine une demi-douzaine de chevaliers s'écroulèrent.

Puis les hommes de Langley attaquèrent le flanc droit de la horde.

Comme Gaborn l'avait prédit, les maraudeurs — qui manquaient d'entraînement — se séparèrent en deux groupes pour faire face à leurs assaillants.

Ainsi, le front se retrouva dégagé.

— Adieu ! cria Gaborn à Skalbairn.

— Nous nous retrouverons dans la vallée des ombres ! rugit le haut marshal en éperonnant son étalon.

Le sol défila sous les sabots de sa monture. Avec ses trois Dons de Métabolisme, l'animal comptait parmi les plus rapides du monde. À cette vitesse, un choc frontal avec un maraudeur tuerait forcément Skalbairn, et une chute lui briserait tous les os.

Il regarda en arrière. Chondler le suivait à une centaine de pas, et le seigneur Kellish un peu plus loin.

Penché sur l'encolure de son étalon, Skalbairn se concentra sur la horde. La plupart des porteurs de lame n'avaient plus d'armes du tout.

Arrivé à deux cents pas, il fut assez près pour que les maraudeurs le sentent approcher. Mais il se déplaçait si vite que les créatures n'eurent pas le temps de réagir. Faute de marteaux de gloire ou de sabres, elles ne purent l'empêcher de franchir le premier rang.

Un sifflement d'alarme retentit.

Sur la droite, une sorcière écarlate dotée de bons réflexes jeta un sort. Une infâme puanteur se déversa derrière Skalbairn, atteignant les porteurs de lame.

Skalbairn infléchit sa trajectoire vers la gauche et fonça dans le second rang sans ralentir. Ces maraudeurs-là étaient plus petits et en plus mauvais état. Ils tenaient toujours debout sur leurs pattes, mais leurs philia pendaient lamentablement et ils n'avaient plus la force de réagir.

Derrière lui, Skalbairn entendit un fracas métallique. Une lance se brisa et quelqu'un lança un cri de guerre. Un cheval hennit.

Sur la gauche du Roi de la Terre, le baron Waggit vit les Seigneurs des Runes charger la horde. Bien qu'il ait vu des centaines de gens mourir, c'était un spectacle auquel il ne s'habituerait jamais.

Il ne voulait pas perdre Skalbairn. Haut marshal des Chevaliers Équitables, cet homme bénéficiait du respect de tous les seigneurs du Rofehavan. À la grande surprise de Waggit, il l'avait pris sous son aile. La veille, il lui avait montré comment se battre avec un bâton. Il avait même envisagé de lui donner la main de sa fille.

Waggit ne se rappelait pas qu'un homme l'ait jamais voulu pour gendre. Aucune femme ne l'avait pris pour amant. Et personne ne l'avait traité comme un frère.

Le don de la mémoire avait plusieurs facettes. Pour la première fois de sa vie, Waggit ne se sentait plus indésirable ou encombrant. Mais ses souvenirs restaient instables.

Lors des rares moments calmes de cette journée, il avait tenté de se rappeler son véritable nom. En vain. Seules des images douloureuses lui apparaissaient. Son père le rossant parce qu'il avait mis trop de bois dans le feu et que la maison avait failli brûler. Des enfants lui jetant des pierres alors qu'il s'était réfugié en haut d'un arbre pour observer les oiseaux. Même le visage de sa mère lui échappait.

Et les souvenirs qu'il était en train de se fabriquer s'annonçaient pis encore. De loin, il avait vu la horde détruire Feldonshire et entendu les cris étouffés des réfugiés de Carris qui se faisaient piétiner par les maraudeurs. Leur écho continuait à résonner dans sa tête. Waggit avait l'impression qu'il ne s'éteindrait jamais.

Ainsi la bénédiction de Gaborn se transformait en malédiction…

— Skalbairn va mourir, n'est-ce pas ? demanda-t-il.

Gaborn hocha la tête.

— Oui, je le crois.

— Et moi ?

— Non.

— Tant mieux.

Waggit éperonna son cheval et galopa vers la mêlée.

Skalbairn regarda derrière lui. Chondler avait voulu dépasser un énorme porteur de lame armé d'un crochet, mais le maraudeur avait éventré son étalon au passage. Les entrailles de l'animal se répandirent sur le sol ; Chondler tomba avec lui.

Un peu en arrière, Kellish ralentit. Le nuage jaune foncé qui émanait du bâton d'une sorcière écarlate l'engloutit. Il hurla. Skalbairn savait qu'il n'en sortirait pas vivant.

Il n'y aurait pas de deuxième chance. Pas cette fois.

Skalbairn franchit le second rang des maraudeurs et chargea l'escorte du mage funeste : une douzaine de porteurs de lame qui firent bloc, sans parvenir à dissimuler leur chef, car ils étaient moins grands que lui.

Au loin, des cors de guerre sonnèrent la charge.

Deux mille Chevaliers Équitables lancés au galop apparurent au sommet d'une colline, juste devant Skalbairn. Ils avaient entendu Gaborn sonner la charge… et cru que le Roi de la Terre les appelait !

Le crochet d'un porteur de lame s'abattit sur Skalbairn. Pourtant, le mage funeste était si près !

— Fariooon ! cria-t-il en jetant sa lance par-dessus la tête du porteur de lame.

L'arme monta à vingt pieds dans les airs, puis redescendit vers le dos du mage funeste.

Skalbairn n'eut pas le temps de voir si elle faisait mouche.

Son cheval hennit de terreur et tenta de faire un écart. Un bâton d'émeraude le toucha au plastron. Des flammes infernales en jaillirent.

L'étalon s'effondra.

Skalbairn mourut avant de toucher le sol.

Waggit galopait entre les maraudeurs.

Les monstres sifflèrent de surprise en voyant deux mille chevaliers les charger. Les sorcières écarlates lancèrent des malédictions qui balayèrent les premiers rangs ennemis.

Waggit mit cette diversion à profit. Il esquiva un énorme porteur de lame qui tournait la tête, en quête d'une nouvelle proie, puis se jeta derrière un second pour échapper au nuage nauséabond projeté par une sorcière écarlate.

Dans la mesure où il n'avait pas d'arme, il pensait que les maraudeurs ne le considéreraient pas comme une menace. De tous les hommes de Gaborn, il était le moins capable de se battre.

Le Roi de la Terre sonna la retraite.

Waggit avait perdu Skalbairn de vue. Mais il vit le mage funeste se dresser sur ses pattes arrière et pivoter. La lance du haut marshal lui avait transpercé l'abdomen et il s'efforçait de la retirer. C'était un coup fatal. Il n'y aurait pas survécu plus d'une heure en des circonstances normales. Parmi des compagnons infidèles, il ne tiendrait pas quinze secondes.

Une poignée de sorcières écarlates couraient vers le blessé, suivies par un obscène grouillement de porteurs de lame.

Ils dépecèrent Trois-Coups.

— Skalbairn ! appela Waggit.

Il n'obtint pas de réponse, mais aperçut les restes

du haut marshal entre les pattes d'un maraudeur et sut aussitôt qu'il ne pouvait plus rien pour lui.

Il fit demi-tour, guidant sa monture entre les maraudeurs qui fuyaient comme si une Gloire venait d'apparaître entre eux. Devant lui, Langley et ses hommes battaient en retraite vers Gaborn.

Levant les yeux, Waggit aperçut des oies qui volaient en V au-dessus des collines. Plus loin, le soleil brillait sur les champs et les bois, les parant de reflets dorés et vermillon.

Un souvenir remonta des profondeurs de sa mémoire. En plein hiver, il s'était réfugié dans la grange de son père pour observer la migration des oies, et sa mère l'avait appelé pour qu'il vienne chercher sa cape.

À présent, il se rappelait son nom !

CHAPITRE LX

LE GUIDE

Chaque route offre un millier d'embranchements. Le chemin le plus facile n'est pas souvent le meilleur.

Inscription à l'auberge *Le Paon et la Poularde*, étape de la Salle des Pieds.

La poussière qui montait de la vallée, soulevée par les maraudeurs et par les humains qui les chargeaient, cachait à Averan les détails du combat. Les chevaliers de Gaborn se déplaçaient si vite que l'œil n'arrivait pas à distinguer leurs mouvements.

L'escouade de Langley et celle de Gulliford produisirent la diversion escomptée. Skalbairn entra au cœur de la horde et mourut en abattant Trois-Coups.

Les forces de Gaborn revinrent dramatiquement diminuées. Averan savait qu'elle aurait dû pleurer, mais elle n'avait plus de larmes à verser.

Les maraudeurs sifflèrent un message incompréhensible. Aussitôt, les neuf formations de guerre se regroupèrent. Sous la houlette d'un nouveau mage funeste, la horde se remit en route vers Feldonshire.

Quand l'armée de Gaborn s'enfuit vers le sud, elle ne la pourchassa pas. Les maraudeurs abandonnaient le terrain comme la mer se retire du rivage à la marée descendante. Sans doute espéraient-ils regagner leur antre. Mais peu d'entre eux survivraient au voyage.

Au loin, les hommes de Gaborn se réjouissaient bruyamment. Averan vit des chevaliers très virils s'étreindre et se donner de grandes claques dans le dos.

Dans les collines et les bois qui bordaient le fleuve Donnestgree, les villageois poussèrent des vivats.

— C'est une grande victoire, murmura le Diem de Gaborn, qui avait observé la bataille en silence.

Mais le jeune homme ne l'écoutait pas. Les épaules voûtées, la tête baissée, il était l'image vivante de la consternation. Des dizaines de seigneurs avaient péri durant la bataille.

— Je l'avais prévenu, dit Binnesman. Erden Geboren n'est pas mort au combat, mais parce que son cœur s'était brisé. Il arrivera la même chose à Gaborn.

— Comment pouvons-nous l'aider ? demanda Averan.

Mais elle savait déjà ce que le jeune souverain allait exiger d'elle. Dès que ses éclaireurs auraient trouvé le Guide, elle devrait se nourrir de sa cervelle.

— Écoute..., commença Binnesman.

Il balaya l'horizon du regard, et la femme verte inclina la tête. Mais Averan n'entendait rien d'inhabituel.

— Quoi ?

— Le silence règne sur des lieues et il est profond.

La fillette fronça les sourcils. Les gens continuaient à crier, les maraudeurs à siffler et le sol à gronder sur leur passage.

— Pas de chants d'oiseaux ou de grillons, pas de

meuglements de bétail…, murmura Binnesman. Rien que des humains et des maraudeurs à des lieues à la ronde. Que te dit la Terre ?

Averan ne voyait pas où il voulait en venir. Elle était fatiguée et voulait que cette guerre prenne fin.

Au sommet des collines, de l'autre côté de la vallée, les chevaliers de Gaborn formèrent un cercle. Ils levèrent leurs boucliers à l'unisson pour que le soleil se reflète dessus, envoyant la nouvelle de leur victoire dans toutes les directions.

La lumière était trop vive. Averan se protégea le visage.

Trois cents pieds en contrebas, elle remarqua un arbre noir et rabougri à peine plus grand qu'un homme adulte. En réalité, on aurait plutôt dit un buisson aux branches torturées. Son aspect n'avait rien de séduisant. Pourtant, la fillette sentait de la vie en lui. Il avait réussi à survivre près des Mares Puantes où ne poussait aucune autre végétation. Il était noble et intrépide.

Sans réfléchir, Averan sauta à terre et courut vers l'arbre. Vu de loin, il semblait n'avoir jamais eu de feuilles. En approchant, la fillette s'aperçut qu'elles étaient tombées en prévision de l'hiver. Larges et brunes, elles jonchaient le sol à ses pieds.

L'écorce d'un gris foncé et luisant évoquait du charbon. Averan n'avait jamais vu un arbre pareil et ignorait son nom. Tout ce qu'elle savait, c'était qu'il la fascinait.

Tendant une main hésitante, la fillette saisit une branche. Elle céda si facilement qu'elle crut d'abord que l'arbre était mort, que son bois avait pourri. Mais elle sentait couler la sève à l'intérieur, et le pouvoir circuler sous son écorce.

L'arbre lui avait fait cadeau de sa branche. Il s'était donné à elle.

Ça lui ferait un bon bâton : solide, puissant et dangereux. Averan tremblait d'excitation.

Dans son dos, la voix de Binnesman interrompit sa rêverie.

— Du laburnum noir. Très étrange…

— Quelle est sa nature ? demanda Averan. Que vous apprend-il sur moi ?

— Je ne sais pas trop, répondit le magicien. Personne ne l'avait choisi, à ma connaissance. Je n'ai entendu parler d'aucun Gardien de la Terre utilisant un bâton en bois empoisonné.

Averan sursauta.

— Empoisonné ?

— Toutes les parties des diverses variétés de laburnum sont meurtrières : les racines autant que l'écorce, les feuilles et les baies. Et le laburnum noir est le plus toxique de tous. Dans les collines de Lysle, où il abonde, les gens le surnomment poisonbois.

— Poisonbois, répéta Averan.

Ce nom avait une consonance sinistre qui paraissait appropriée en un lieu où tant de maraudeurs étaient morts empoisonnés.

La fillette leva les yeux vers Binnesman. Elle n'avait jamais été douée pour deviner ce que pensaient les autres. Mais le magicien l'observait d'un œil méfiant. Il savait quelque chose sur elle, et c'était le choix du laburnum noir qui le lui avait appris.

Gaborn revint vers eux au galop, porteur de mauvaises nouvelles. Il secoua tristement la tête.

— La reine Herin la Rouge est morte pendant la charge, dit-il à son Diem.

Il se tourna vers Averan.

— J'ai repéré un maraudeur à trente-six philia près des mares. Veux-tu venir le voir ?

La fillette comprit qu'elle ne supporterait pas de se

nourrir à nouveau, et surtout pas de la cervelle d'un maraudeur qui avait bu de l'eau empoisonnée.

Sans réfléchir, elle leva son bâton comme pour parer un coup. Puis elle réalisa que c'était bel et bien le cas. Elle plaça une de ses mains à chaque extrémité, comme l'avait fait Binnesman pour bénir Carris. Elle ne savait pas pourquoi ; il lui semblait seulement que le bâton réclamait d'être tenu de la sorte.

Alors, une image s'imposa à son esprit : celle du Guide, avec ses trente-six philia et ses énormes pattes. Elle le voyait courir au sein de la horde, filant vers le Monde du Dessous. Il arborait sur le flanc une cicatrice probablement causée par une lance. Dans l'air planait l'odeur des créatures épuisées qui le précédaient, tel un chuchotement de douleur et de désespoir circulant à travers les rangs.

Des milliers de voix que les humains n'avaient jamais entendues et qui submergeaient Averan.

— Il est vivant, lâcha-t-elle. Le Guide est vivant.

Gaborn la dévisagea, bouche bée.

Averan regarda la wylde.

— Printemps, tu peux venir m'aider ? lança-t-elle.

La femme verte s'approcha.

— Attrape mon bâton. Aide-moi à l'appeler.

Printemps se plaça dans le dos d'Averan, qui se laissa aller contre elle et sentit les muscles noueux de son corps presser sur ses omoplates. La wylde leva les bras pour empoigner les extrémités du bâton.

Averan ferma les yeux et se concentra sur l'image du maraudeur jusqu'à ce que leurs souffles se confondent et qu'elle ait l'impression de courir en même temps que lui.

Le Guide était faible et mort de soif. Ses pattes flageolantes le portaient à peine. Chaque pas lui coûtait un élancement dans les articulations. Il savait qu'il était en train de mourir, trop épuisé pour continuer à suivre la horde. Malgré sa terreur, il comptait les battements anarchiques de son cœur.

Averan n'aurait pas pu entrer en contact avec lui sans l'aide de son bâton et de la wylde. Son esprit était beaucoup trop étendu et complexe.

Des doigts d'ombre parurent se former dans l'air autour d'elle et le froid la saisit. Des tentacules descendirent du ciel pour ceinturer la créature épuisée. Averan se manifesta et lui lança un appel désespéré.

Viens à moi.

De l'autre côté de la vallée, un maraudeur solitaire s'immobilisa alors que le reste de la horde continuait à avancer. Puis il fit demi-tour et revint vers Averan.

Les troupes de Gaborn s'étaient rassemblées en haut des collines. Il ne restait personne dans la vallée pour achever le Guide.

Il vient ! Averan avait du mal à contenir son excitation. Baissant son bâton, elle tourna la tête vers Gaborn.

— Vous le voyez ? demanda-t-elle d'une voix rauque. Conduisez-moi à lui.

Le jeune homme lui prit le bras et la hissa en selle devant lui. Ensemble, ils descendirent dans la plaine ravagée, dépassant les troupes victorieuses, Langley et le baron Waggit, puis les mares sulfureuses et les carcasses qui jonchaient le sol autour d'elles.

Averan ruisselait de sueur. Maintenir le contact mental avec le Guide était difficile.

La créature ralentit et s'arrêta. Elle avait répondu à l'appel de la fillette, qui avait su profiter de son intellect affaibli. Mais le monstre commençait à paniquer en présence d'une magicienne humaine.

Averan n'était pas certaine de pouvoir retenir le Guide longtemps. Elle sonda les profondeurs de son esprit.

— Montre-moi le chemin ! supplia-t-elle. Pour le bien de nos deux peuples, montre-moi le chemin !

La conscience du Guide se révéla à elle comme une fleur qui ouvre ses pétales, lui dévoilant ses souvenirs et ses pensées.

C'était un maraudeur puissant qui s'était nourri de la cervelle de son prédécesseur… et, à travers lui, de celles de milliers de Guides qui formaient une lignée ininterrompue au fil des millénaires.

Des connaissances infinies déferlèrent dans la tête d'Averan. Les maraudeurs se souvenant des odeurs mieux que les hommes des mots ou des images, la carte du Monde du Dessous qui lui apparut était *olfactive*. Elle lui révéla la signification de tous les signaux, le moyen d'ouvrir toutes les portes secrètes, de découvrir tous les tunnels dissimulés et d'éviter la plupart des créatures dangereuses.

Les Guides avaient voyagé partout dans le Monde du Dessous, et même vogué sur la Mer Iduméenne à bord de navires de pierre. Ils avaient emprunté les chemins où les autres maraudeurs craignaient de s'aventurer. Averan se souvenait des merveilles et des horreurs qu'ils avaient vues, de la position des anciennes ruines duskins et d'autres sites historiques…

Elle se laissa tomber à terre et s'approcha du Guide.

Vaincu par la fatigue, celui-ci s'agenouilla. Même dans cette position, sa masse impressionnante surplombait la fillette de dizaines de pieds. Ses philia s'agitèrent faiblement.

Averan fouilla dans son esprit.

Le Guide était monté à la surface pour l'étudier et y tracer de nouvelles voies. Une glorieuse aventure qui promettait du danger et de l'excitation.

Mais elle ne l'avait conduit qu'à la mort.

CHAPITRE LXI

PASSAGES

Bien souvent nous devons cheminer dans la pénombre, sans savoir si nous déboucherons dans l'obscurité ou dans la lumière.

Jas Laren Sylvarresta.

Borenson atteignit Fenraven peu de temps après avoir abandonné Myrrima au torrent. L'épuisement l'empêchait de réfléchir et brouillait sa vue.

Il s'arrêta un instant pour observer le lugubre village perché au sommet d'une petite colline. La lumière du matin jouait sur les toits de chaume. Tout autour, un brouillard épais flottait sur le cloaque. Ainsi, Fenraven ressemblait à une île perdue dans une mer de brume.

Borenson titubait de fatigue.

Son portail à demi ouvert était encadré par deux braseros ; des miroirs argentés reflétaient leurs flammes vacillantes pour éclairer la route.

L'auberge de Fenraven disposait d'une seule chambre louée à deux gentilshommes originaires du Sud.

La propriétaire était occupée à préparer le petit déjeuner. Mais même l'odeur des amandes et des champignons frits ne put tirer Borenson de sa torpeur.

Il pensait à Myrrima, mais il avait un travail à faire et il devait rester concentré… Au moins, jusqu'à ce qu'il puisse dormir. Il se hissa sur un tabouret, une douleur paralysante se répandant entre ses omoplates.

— Vous n'avez eu que deux clients hier soir ? demanda-t-il à la femme d'une voix rauque. Personne ne vous a réveillée au milieu de la nuit ?

La propriétaire lui jeta un regard étonné.

— Un homme, précisa Borenson. Un cavalier solitaire avec des chaussons en peau de mouton sur les sabots de son cheval.

— Certainement pas ! s'exclama la femme. Nous n'accueillons pas les bandits de grand chemin ! J'ai entendu dire qu'il y avait des assassins sur la route. Hier matin, on a retrouvé le cadavre de Braithen Towner à quatre lieues d'ici.

Borenson s'interrogea. Les soldats de Raj Ahten qui rôdaient dans le coin n'avaient sans doute pas encore eu vent de la chute de Carris. Celui qu'il avait croisé n'était donc qu'un assassin isolé. Pourtant, il ne pouvait se défendre de l'impression que cet homme le cherchait…

Il frotta ses yeux injectés de sang et grignota une pâtisserie en attendant que les clients de la veille libèrent la chambre. Puis il informa la propriétaire qu'il partirait dès son réveil, et lui demanda de faire quelques achats pour lui pendant son sommeil, en prévision de son voyage en Inkarra. Fenraven se dressait à quarante lieues des montagnes qui délimitaient la frontière, et il n'y avait pas de communauté importante entre les deux.

Borenson monta dans la chambre et la trouva tout à fait à son goût, petite mais confortable et très propre.

La paille était fraîche sous le matelas. La fille de la propriétaire avait changé les couvertures, donc il ne risquait pas d'attraper des puces ou des morpions.

Il avait bien déjeuné et le palefrenier connaissait son affaire. C'était la première fois qu'il avait une occasion de se reposer depuis des jours. Faute de Dons de Constitution, il en avait salement besoin.

Allongé dans son lit, il songea au voyage qui l'attendait. Le lendemain, il devrait se mettre en quête de nouveaux Dédiés. Une atroce tristesse lui serra la gorge quand il pensa à Myrrima, au goût de ses lèvres, à son corps glacé juste avant qu'il ne la jette à l'eau. Ce n'était pas pour lui qu'il avait mal, et peut-être même pas pour elle. Mais il lui semblait que le monde avait perdu quelque chose de beau et de glorieux.

Borenson avait tellement mal aux yeux qu'il baissa les paupières, et plongea sans s'en apercevoir dans un profond sommeil.

Il s'éveilla quelques heures plus tard. La nuit était tombée. Lentement, il prit conscience qu'une autre personne dormait à côté de lui. Ça n'avait rien de très inhabituel : quand les auberges étaient pleines, les clients partageaient souvent le même lit.

Mais il était rare que les propriétaires envoient une femme coucher avec un homme inconnu. Or, à en juger par l'odeur de ses cheveux et la minceur du bras qu'elle avait passé autour de lui, c'était bien une femme qui sommeillait à côté de Borenson.

Il sursauta et s'assit dans le lit.

Myrrima était allongée près de lui.

— Que… ? balbutia-t-il.

La jeune femme se dressa sur un coude pour l'observer. Par la fenêtre ouverte brillait un mince croissant de lune. Il n'y avait personne d'autre dans la chambre.

— Ça y est, tu te réveilles ?

— Comment… ?

— Tu m'as jetée à l'eau. J'étais faible et agonisante, et tu m'as jetée à l'eau.

— Je suis désolé, souffla Borenson, horrifié.

Il avait vraiment cru qu'elle était morte. Mais voilà qu'elle se tenait devant lui, les vêtements secs et l'air en parfaite santé !

— Ce n'est pas grave, le rassura Myrrima. J'ai découvert quelque chose. Averan n'est pas la seule magenée parmi nous.

Un million de questions se bousculaient dans la tête de Borenson.

J'aurais dû m'en apercevoir ! *Le deviner à sa manière d'être douce ou dure selon ce qu'exigent les circonstances, à la façon dont ses caresses m'ont apaisé, comme celles de l'ondine après que j'ai massacré les Dédiés de Château Sylvarresta.*

Mais un seul mot sortit de sa bouche :

— Comment ?

— L'eau m'a emportée, expliqua Myrrima. J'ai rêvé de nuages gonflés de pluie, de cascades et de torrents qui dévalaient le flanc des montagnes. Tu sais peut-être que j'ai toujours aimé l'eau. J'ai rêvé des grands magiciens qui vivent dans les profondeurs de l'océan, et des merveilles qu'ils y côtoient. L'eau m'a guérie, et elle voulait m'emporter jusqu'à la mer, au-delà de la Cour des Marées. J'aurais pu la laisser faire.

« Mais j'ai compris que je t'aimais davantage qu'elle, et je suis revenue pour jouer mon rôle d'épouse près de toi.

Borenson la dévisagea, bouche bée. Myrrima n'était pas réellement morte, même si elle était passée tout près, car elle avait toujours ses Dons de Charisme. Il lui avait semblé que quelque chose clochait quand il l'avait jetée à l'eau, mais il était trop fatigué pour réfléchir. Il avait étudié son visage, attendant l'inévitable transformation qui n'avait jamais eu lieu.

Voilà pourquoi il lui avait semblé que l'abandonner était une trahison.

Plus que tout, il mesurait à quel point elle l'aimait. Elle ne voulait pas seulement le suivre en Inkarra, mais venait de laisser passer une chance de servir les Puissances, de devenir une magicienne et de vivre dans l'océan. Très peu de magenés auraient pu résister à un tel appel.

Myrrima se pencha vers lui et l'embrassa. Borenson sentit son corps lui répondre. Binnesman l'avait guéri au-delà de ses espoirs les plus fous.

Enfin, il se sentait capable d'aimer sa femme.

— Je pourrais bien offrir tout un pichet de bière à ce vieux forban de magicien, plaisanta-t-il en l'attirant à lui.

L'après-midi touchait à sa fin quand Erin et Celinor quittèrent Fleeds, traversèrent le sud de l'Heredon et franchirent la frontière du Crowthen Méridional. Plus ils avançaient vers le nord, plus la terre était sèche, les couleurs de l'automne embrasant le paysage.

Erin n'avait pas osé se rendormir la nuit précédente. Mais toute la journée, elle avait pensé au monde de son rêve, et au dangereux locus Asgaroth venu pour détruire son monde.

Elle n'en avait pas parlé à Célinor, de peur qu'il ne la prenne pour une folle. Pourtant, les paroles du hibou s'étaient gravées à jamais dans son cœur. Elle soupçonnait qu'il l'avait appelée, et qu'une partie d'elle était restée dans les limbes, attendant la suite de ses révélations.

Erin avait la certitude qu'une créature beaucoup plus redoutable qu'un Éclat Ténébreux était entrée dans leur monde. Elle voulait en savoir plus, mais n'osait pas dormir.

À la frontière, les deux jeunes gens furent arrêtés

par des centaines de chevaliers et de seigneurs mineurs qui avaient dressé leurs pavillons multicolores sur le bord de la route. À cet endroit, le terrain était vallonné et couvert de fougères. Une dizaine de marchands tentaient de baratiner les gardes pour qu'ils les laissent passer.

Un vieil homme reconnut Celinor et s'écria :

— Prince Anders, vous devez parler à votre père ! Je travaille pour lui depuis des années et j'ai même mangé à sa table ! C'est de la folie !

Celinor voulut franchir le barrage, mais deux hommes armés de piques s'interposèrent.

Un jeune capitaine s'approcha, une lueur fanatique brillant dans son regard.

— Navré, Votre Altesse. J'ai reçu l'ordre de ne laisser passer personne.

— Gantrell ? Vous êtes devenu aveugle, ou quoi ? Aurais-je changé à ce point ?

— Nous vivons une époque dangereuse. Mes ordres sont clairs : personne ne doit entrer ni sortir du royaume.

— Pas même l'héritier de la couronne ?

Erin imaginait bien le dilemme du capitaine. En laissant passer Celinor, il se rendrait coupable de désobéissance. En refusant, il se mettrait à dos son futur souverain. Au rythme où déclinait Anders, ça ne semblait guère prudent…

— Très bien, capitula Gantrell. Mais vous devrez accepter une escorte.

— C'est parfait.

— La femme reste ici, ajouta Gantrell en regardant Erin, qui portait la tenue rustique d'une cavalière de Fleeds : une tunique de laine poussiéreuse sur son armure.

— Cette femme est la mienne, répliqua Celinor. Un jour, elle sera votre reine.

Gantrell frémit, comme s'il venait de s'aviser que son faux pas risquait de lui coûter sa carrière.

— Dans ce cas… Bienvenue au Crowthen Méridional, ma dame.

Il s'inclina, et Erin entra dans le royaume sous bonne garde.

Gantrell se joignit à la cinquantaine de chevaliers désignés pour les escorter. Pendant le trajet, il ne cessa de jeter des regards en coin à Erin.

— Suis-je en état d'arrestation ? demanda enfin la jeune femme.

— Bien sûr que non, répondit Gantrell avec un total manque de conviction.

Averan ruisselait de sueur. Elle avait lié son esprit à celui du Guide et absorbé ses connaissances. Sans avoir d'abord mangé la cervelle d'autres maraudeurs, elle n'aurait pas pu comprendre ni interpréter ses souvenirs.

Elle se concentra pour générer une image mentale : une carte du Monde du Dessous. Tout ce qui l'entourait se volatilisa. Elle n'entendait plus rien, ne voyait plus rien, n'avait pas conscience du temps qui s'écoulait.

Quand elle rompit enfin le contact, elle s'affaissa sur le sol.

Averan promena autour d'elle un regard hébété. La nuit était tombée. Voilà des heures qu'elle fouillait dans la mémoire du Guide.

Complètement déshydraté, il gisait devant elle, la gueule grande ouverte, le souffle laborieux et les philia inertes. Il ne passerait pas la nuit.

Gaborn n'avait pas quitté Averan.

Il l'aida à se relever.

— Viens, dit-il doucement. Éloignons-nous de ce monstre, il est encore dangereux.

Il ne me mangera pas, aurait aimé répondre Averan. Mais elle ne savait pas si c'était vrai, et elle avait la bouche trop sèche pour parler.

Gaborn la porta jusqu'à un chariot. Le cocher se frottait les yeux et les chevaux s'étaient endormis tout attelés...

— Que s'est-il passé ? demanda Averan. Où sont les autres ?

— Partis à la poursuite de la horde, vers le sud. Mais Binnesman et sa wylde sont restés ici.

La fillette en fut contente, car la présence du vieux magicien la réconfortait.

Une boule de feu jaillit dans les ténèbres, laissant derrière elle un sillage de fumée écarlate. Puis une autre, et encore une autre. Les étoiles tombaient de la voûte céleste.

— Que se passe-t-il ? répéta Averan pendant que Gaborn montait à l'arrière du chariot avec elle.

Le cocher fit claquer son fouet, et le véhicule s'ébranla.

— Le Seul et Unique Maître a lié le Sceau de la Désolation à ceux des Cieux et de l'Enfer. Nous devons absolument les briser...

— Vous voulez dire qu'il a déjà réussi ?

— Oui. Et ce n'est pas tout. Je crois que les maraudeurs ont vaincu Raj Ahten à Kartish. Le danger est devenu plus pressant ; il augmente de minute en minute. Connais-tu le chemin de la Salle des Ossements ?

— Oui.

— Peux-tu me le décrire ?

Averan secoua la tête.

— J'en serais incapable même si nous disposions d'un mois entier.

— Dans ce cas, accepteras-tu de me guider ? Pendant que tu étais occupée, Iomé est revenue avec un officiant et des vecteurs. J'ai déjà pris quelques Dons d'Odorat. Je sens les paroles des maraudeurs sur le sol, mais je n'arrive pas à les comprendre.

Averan frissonna. Elle avait vu le Monde du Dessous à travers les perceptions de leurs ennemis. Le voyage serait long et périlleux et ils rencontreraient des créatures bien pis que les maraudeurs.

Au-dessus de sa tête, les étoiles tombaient du firmament. *Que se passera-t-il quand il n'en restera plus ?* se demanda la fillette.

Elle frissonna. Ce n'était pas ça qu'elle attendait de la vie…

— Conduisez-moi aux vecteurs, souffla-t-elle, résignée. Je vous guiderai de mon mieux.

Achevé d'imprimer sur les presses de

BUSSIÈRE

GROUPE CPI

à Saint-Amand-Montrond (Cher)
en janvier 2002

POCKET - 12, avenue d'Italie - 75627 Paris Cedex 13
Tél. : 01-44-16-05-00

— N° d'imp. 17134. —
Dépôt légal : février 2002.

Imprimé en France